metro

Jörg Juretzka

TrailerPark

metro wurde begründet
von Thomas Wörtche

Zu diesem Buch

Es war wirklich keine gute Idee, die Mafia von Marseille zu beklauen, muss Ex-Privatdetektiv und Ex-Kneipier Kristof Kryszinski einsehen. Seit dem Coup hält er sich, getarnt als lettischer Werftarbeiter, im portugiesischen Surferstädtchen Jerusalé versteckt. Doch als der Winter und die Riesenwellen nahen, bröckelt seine Fassade, und die Zeit läuft ab. Er muss eine Entscheidung treffen: flüchten oder sich seinen Verfolgern stellen. Flieht er, wird er zum Gehetzten, bleibt er, bringt er sich und alle um ihn herum in Lebensgefahr. Die beste Lösung scheint da, er wäre tot …

»Jörg Juretzka zeigt mal wieder, dass er nicht an Ruhrpott-Klischees hängt und groteske, komische und actiongeladene Krimis schreiben kann, die nicht zwingend an einem Ort verwurzelt sein müssen. Er bleibt sich treu und wird mit jedem Roman besser und besser. Lesen!« *Lars Schafft, Krimi-Couch.de*

»›TrailerPark‹ liefert eine abgefahrene Story, reichlich skurrile Charaktere und rasiermesserscharfe Dialoge. Absolut lesenswert!«
Krimilandblog

Der Autor

Jörg Juretzka (*1955) ist gelernter Zimmermann und baute Blockhütten in Kanada, bevor er sich aufs Schreiben konzentrierte. Für seine Romane wurde er dreimal mit dem Deutschen Krimi Preis ausgezeichnet.

Im Unionsverlag sind außerdem lieferbar: *Der Willy ist weg; Alles total groovy hier; Rotzig & Rotzig; Sense; Fallera; Freakshow; Prickel; TaxiBar; Equinox* und *Bis zum Hals.*

Mehr über den Autor und sein Werk auf *www.unionsverlag.com*

Jörg Juretzka

TrailerPark

Kriminalroman

Unionsverlag

Die Originalausgabe erschien 2015
im Rotbuch Verlag, Berlin.

Im Internet
Aktuelle Informationen, Dokumente und Materialien
zu Jörg Juretzka und diesem Buch
www.unionsverlag.com

Unionsverlag Taschenbuch 783

Neptunstrasse 20, CH-8032 Zürich
Telefon +41 44283 20 00
mail@unionsverlag.ch

Reihengestaltung: Heinz Unternährer
Umschlagbild: Balint Roxana (123rf)
Umschlaggestaltung: Heike Ossenkop
Druck und Bindung: CPI – Clausen & Bosse, Leck
ISBN 978-3-293-20783-7

Der Unionsverlag wird vom Bundesamt für Kultur mit einem
Verlagsförderungs-Strukturbeitrag für die Jahre 2016–2020 unterstützt.

Für Cora und Verena

Speziellen Dank an
Chris Spedding für »Heisenberg«

Tot. Ich war tot.

Na, so gut wie. Noch wummerte mein Herz gegen den Brustkorb, noch schwitzten meine Poren, noch gruben sich meine Fingernägel in die Handflächen, noch hielt ich mich irgendwie senkrecht. Noch waren es nur meine Gedanken, die wie Querschläger kreuz und quer durch mein Schädelrund heulten. Noch.

Ich stand wie gelähmt, umgeben von Finsternis, eingekreist von einer schwer bewaffneten Einheit krimineller CRS-Beamter, belauert von einer fünfköpfigen Drogengang, verraten von der Frau, mit der ich mich nur Stunden zuvor in lustvoller Umklammerung über die Laken gewälzt hatte.

Meine Ermordung war beschlossene Sache, Zeitpunkt: sofort. Nur stellte man gerade zur allgemeinen Irritation fest, nicht bis zum Letzten geklärt zu haben, wer genau mich denn nun abkehlen sollte.

Inmitten einer an Abstrusität unüberbietbaren »Nach Ihnen« / »Nein danke, nach *Ihnen*«-Situation stand ich da, erstarrt in kaltem Entsetzen, und wartete darauf, dass sie anfingen, Streichhölzer zu ziehen.

*

Der alte Clark-Stapler ächzte, als ich die Ladung Krummholz vorsichtig auf den Böcken ablegte. Vorsichtig, weil die Böcke, wie der Stapler, schon bessere Tage gesehen hatten. Alles hier in der Werft war abgegriffen, leck, krumm, rostig, rissig, schadhaft, angeschlagen. Man kann sagen, ich fühlte mich ganz zu Hause.

Vorarbeiter Rafael hatte mir einen Stapel nummerierter Schablonen hingelegt. Ich nahm die oberste und glich sie unter Drehen und Wenden mit den Krümmungen der starken Äste und jungen Baumstämme ab, manche davon angekokelt und rußüberzogen, Reste der Waldbrände der letzten Jahre. Nach Monaten am Schneidbrenner, Monaten des Abwrackens einer alten Fähre sägte ich jetzt schon die zweite Woche in Folge Spanten für den Neubau, ein Fischerboot mit Holzrumpf, das Eusebio in Auftrag genommen hatte. Passten Schablone und Krummholz übereinander, schrieb ich die jeweilige Nummer mit Kreide aufs Kopfende. Anschließend zog ich das erste Holz auf die »Ping-Pong-Tisch« genannte stählerne Arbeitsfläche und legte es auf die Seite. Sie haben hier in der Werft ihre eigene Methode, um auch ohne Sägewerk ein Rundholz rechtwinklig zu bekommen: Mit einem auf einen Holzklotz gelegten Bleistift fuhr ich über den Tisch und zog dabei der Länge nach eine Linie an der äußeren Krümmung entlang und wiederholte das dann auf der inneren Seite. Folgte ich den beiden Linien nun mit der flach gehaltenen Kettensäge, hatte ich schon mal eine Seite der zukünftigen Spante plan. Doch es ging nicht recht vorwärts. Kette stumpf. Yesus. Keine Ahnung, wie er das macht, aber der baumlange Eritreer braucht die Stihl nur anzusehen, und die Kette ist hinüber. Milde genervt griff ich zur Rundfeile, hockte mich hin, nahm das Kettenschwert zwischen die Knie und begann, die Zähne durchzufeilen, erst die Linken, dann die Rechten. Zündung an, Startleine gezerrt, Gas, Gas, Gas und … aah.

Um drei heulte die Sirene. Feierabend. Ich packte das Werkzeug zusammen, brachte es in den Schuppen, bürstete mir die Sägespäne ab, wusch mich flüchtig an der Wassertonne und reihte mich ein in die Schlange mit den anderen Illegalen. Samstag, Zahltag.

*

Obwohl es mich innerlich geradezu in Streifen schnitt, war es mir irgendwann als der einzige Ausweg erschienen, das Drogenpaket zurück an den Fundort nach Frankreich zu bringen, ehe noch mehr Leute – mich eingeschlossen – deswegen draufgingen. Gleichzeitig war ich nicht so naiv gewesen anzunehmen, dass man mich nach der Übergabe mit einem warmen Händedruck und einem freundlichen Schulterklopfen ziehen lassen würde. Nicht nach dem, was schon passiert war, nicht mit dem, was ich mittlerweile wusste. Also habe ich mir Rückendeckung in Form der schönen Zollinspektorin Ingrid Dessentrangle und ihrer Behörde verschafft.

Oder gedacht, ich hätte. Ja, Scheiße.

Ohne mich zu rühren – äußerlich blickte ich, ganz das Opfer, dumpf ins Nichts – suchte ich fieberhaft nach einer, einer einzigen, noch so winzigen Möglichkeit des Entkommens. Flucht beherrschte mein Denken. Heillose, kopflose, ziellose Flucht, nur weg und mich irgendwo verkriechen, wie ein Karnickel in seinem Bau. Ich hätte angefangen, den Asphalt unter meinen Sohlen mit bloßen Händen aufzureißen, wenn das nur die geringste Aussicht auf Erfolg versprochen hätte.

Ein nächtlicher Parkplatz in den Dünen der Atlantikküste, drumherum ein rasch aufgestelltes Geviert transportabler Sichtschutzzäune, darin ein Bus und ein Lkw der CRS mit einem gruseligen Sortiment von Äxten und Schaufeln an den Bracken, Ingrid Dessentrangles privater Citroen, der heruntergekommene Mitsubishi Evo der Drogentypen, mein rostbeuliger 77er Toyota mit offener Fahrertür, Schlüssel im Zündschloss, doch zwischen mir und meinem Auto die ringförmig angeordnete, zwölf Mann starke Einheit in Kampfanzügen und voller Bewaffnung, Finger an den Abzügen, alle Mündungen auf meine Beine, alle Blicke auf meinen Hals gerichtet. Hinter dem Zaun in westlicher Richtung ein Fußweg durch die Dünen zum Strand, in östlicher eine Fahrbahn durch die Dünen zur nahen Landstraße, und in jeder anderen Richtung ausschließlich Dünen, Dünen, Dünen.

Einer aus der Drogengang, ein kaum dem Teenie-Alter entwachsener Typ in Laufschuhen, Trainingshose und ärmellosem T-Shirt, mit seinen rotblonden Stoppeln der einzige Nicht-Schwarzhaarige seiner Bande, stand etwa anderthalb Meter rechts von mir. Uns gegenüber, nicht viel weiter als einen langen Schritt entfernt, reckte sich der Kommandant der CRS-Truppe in breitbeiniger Pose, Drogenpaket in einer Ikea-Tasche und Drogengeld in zwei Kühlboxen zu seinen Füßen. Er und der Rotblonde verhandelten. Es ging nicht um die Kaufsumme, die war vorher vereinbart und gerade eben ausgehändigt worden, sondern um – mich. Der Gangster sprach laut und in einem gewöhnungsbedürftigen Dialekt, der die Modulationsmöglichkeiten des weichen französischen »n«-Nasals verweigerte und durch ein geradezu abgehacktes »ng« ersetzte. Südfrankreich, erinnerte ich mich, während meine Gedanken sich mehr und mehr auf die Gestalt des Kommandanten konzentrierten, Midi, entsann ich mich eines Urlaubs vor langer Zeit, vermutlich Marseille.

Flucht. Ich hatte nichts, womit ich drohen, worum ich feilschen, was ich zum Tausch anbieten könnte dafür, am Leben gelassen zu werden. Ich besaß keinerlei Verhandlungsposition. Flucht war meine letzte verbliebene Hoffnung. Flucht durch den Kreis der Polizisten und in mein Auto und dann ab durch die Mitte, und all das, ohne schon im Ansatz gepackt, niedergeknüppelt oder über den Haufen geschossen zu werden … Hm. Sprint durch den Kreis der Polizisten, und dann schwungvoll über den instabilen Zaun aus groben Drahtmaschen und glatter Kunststoffbahn gehechtet … Zweimal »Hm«, vor allem was das »schwungvoll« anging. Ich hatte mehrere wirklich robuste Attacken auf meine Person hinter mir, und noch war längst nicht alles wieder abgeschwollen.

Blieb der Kommandant und die Pistole in dem Holster an seinem Gürtel, knapp oberhalb der rechten Arschbacke, gehalten von einem Lederriemen, den ein simpler, durch einen Schlitz gedrückter Knopf sicherte. Ich musste mich zwingen, nicht darauf zu starren wie ein Reiher auf seine nächste Mahlzeit.

Ein Satz nach vorn, den Riemen losrupfen, die Waffe packen, aus dem Holster zerren, hochreißen und augenblicklich um mich schießen. Packen, hochreißen und so viele wie möglich umnieten, mitnehmen ins Verderben … Hm. Selbst in meinem Zustand am Rande panischer Umnachtung entging mir nicht der eine oder andere Schwachpunkt in meinem Plan, angefangen bei der Tatsache, dass der Ausgang für mich unverändert letal ausfallen dürfte, bis hin zu meiner nahezu völligen, fast schon anrührenden Unkenntnis, was Schusswaffen und ihre Handhabung angeht. Nie gelernt, das. Nie gewollt, wenn ich ehrlich bin. Wahrscheinlich wäre ich schon zu einem Klumpen blutigen Fleischs zusammengesackt, bevor ich auch nur herausgefunden hätte, wie man das Biest entsichert.

Die Waffe packen, aus dem Holster zerren und sie ohne zu zögern dem Kommandanten an den Hals setzen, und scheiß drauf, ob sie nun entsichert war oder nicht. Ihn lautstark bedrohen, gewaltsam mit zum Auto schleifen und in den Kofferraum zwingen. Und dann mit Vollgas abhauen. Das war sie, das war meine letzte Chance.

Der Rotblonde machte jetzt einen Vorschlag. Alle ringsum scharrten mittlerweile mit den Hufen, wollten weg, doch nicht, solange ich noch in der Lage war, eine Aussage zu machen, mit dem Finger zu deuten, das CRS-Kommando, die schöne Zollinspektorin und die jugendliche Drogengang in die Kacke zu reiten. Oder, anders ausgedrückt: zu atmen.

»Ssänke mille, eh ang le liquid eh l'angterr dang leh dühn«, bot er an. Zumindest klang es so. »Fünf Mille und wir machen ihn platt und verscharren ihn in den Dünen«, sinngemäß übersetzt.

Der Kommandant zog ein abwägendes Gesicht.

Bei drei, entschied ich.

Eins …

*

Ich zählte nach. Eusebio entlohnt seine Leute immer in kleinen Scheinen, weil das, wie er hofft, nach mehr aussieht, und dabei vertut er sich bekanntermaßen ganz gern und – seltsam – immer zu seinen Gunsten.

»Stimmt«, sagte ich und steckte das Geld ein.

Eusebio blätterte in seiner Kladde und wog den Kopf hin und her, ein allsamstägliches Ritual. Er war alt, eingefallen, der ganzjährig sonnenbraune Schädel umflust von weißen Haartupfen. Seine viel zu große Lesebrille ließ es so wirken, als habe er seit ihrer Anschaffung dreißig Kilo Gewicht, zwanzig Zentimeter Höhe und mindestens zehn Prozent seines Kopfumfangs eingebüßt.

»Wie kommst du voran?«, fragte er und hob Brille, Blick und Brauen. Mit mir sprach er englisch, mit anderen französisch, mit wieder anderen portugiesisch, und das völlig ungeachtet der Tatsache, in welcher Sprache sein Gegenüber antwortete.

»Fantastisch«, behauptete ich. Ich meine, was erwartete er? Dass ich, »Na ja, irgendwie total schleppend«, antwortete? Ich war Wochenlöhner. Ich kam entweder fantastisch voran, oder ich kam nicht wieder.

Er sah mich an und nickte dann gnädig. »Montag, sieben Uhr.« Und er blickte abwartend.

Ich sagte nur: »Gut.« Mag sein, er erhoffte irgendein Zeichen von Dankbarkeit, doch mal ganz im Ernst, dafür zahlte der alte Halunke einfach zu beschissen. Außerdem hatte ich den Job zumindest finanziell nicht unbedingt nötig, nicht so händeringend wie die meisten anderen. Warum ich trotzdem Woche für Woche weitermachte, hatte damit zu tun, dass ich einen nachvollziehbaren, einen sichtbaren Broterwerb brauchte, eine Arbeit, eine *Rolle*, um meine Fassade aufrechtzuerhalten. Ich war angelernter Werftarbeiter aus dem Baltikum, wohin ich aus privaten Gründen nicht zurückwollte. Wenn mir hier irgendetwas das Genick brechen konnte, dann wäre das, als Deutscher erkannt und mit einem Haufen Bargeld in Verbindung gebracht zu werden. Da könnte ich mir auch gleich »Kryszinski« quer über die Schultern pinseln und eine Zielscheibe darunter. Nein, ich musste immer ein bisschen knapp bei Kasse wirken und arbeiten, arbeiten, arbeiten. Angenehmer Nebeneffekt war, dass mir so weniger Zeit zum Grübeln blieb, während ich mich auf das Unvermeidliche vorbereitete.

*

Niemand hatte ihn kommen hören. Der Kampfhubschrauber stieg so plötzlich über den Dünenkamm, dass es wie ein Hopsen wirkte und man so halb und halb erwartete, ihn genauso rasch wieder außer Sicht sacken zu sehen. Doch er blieb, ein mattschwarzes Monstrum, hässlich wie ein tödlich giftiges Insekt. Stand auf der Stelle, trotz des Meerwinds, was ihn faktisch dazu zwang, rückwärts zu fliegen. Stand, knapp über den Dünen, alle Scheinwerfer an, und dazu, rot, scharf, deutlich sichtbar in der feuchten Luft, der Feuerleitlaser einer Bordkanone, in ruhiger Schwenkbewegung, suchend, drohend.

Zwei …

Jeder Mensch kann vor Schreck verkrampfen, doch besonders heftig fällt diese Reaktion für gewöhnlich aus, wenn sie an Schuldbewusstsein geknüpft ist.

Wohl dem, der das nicht kennt.

Alle starrten in das grelle Licht, Klamotten knatternd im Abwind der Rotorblätter, vollkommen verblüfft, regelrecht vor den Kopf geschlagen, nur ich nicht.

Drei!

Ich warf mich nach vorn, packte die Tragegriffe, wirbelte herum, stürmte los, durch den Ring meiner Bewacher zum Toyota, wuchtete meine Last aus vollem Lauf durch die offen stehende Fahrertür, hechtete hinters Lenkrad, drehte den Schlüssel, trat das Gas, und – zögerte. *Wohin?!,* gellte mir in den Ohren. *Nach links* war die logische Antwort, zur Zufahrt, zur einzigen Lücke im Zaun, und von da aus weiter, immer weiter in die Nacht. Bloß dass in genau dem Augenblick, als ich die Kupplung schnackeln ließ, in eben dieser Lücke ein mit »Police« beschrifteter Schützenpanzer zum Stehen kam, in seinem Rücken ein Meer von Blaulicht.

*

Die Schmarotzer warteten draußen vor der Werft. Eine kleine Gruppe asozialer Portugiesen und sonstigen europäischen Treibguts, meist hängen gebliebene Alternativ-Touristen, lauter aggressive Schnorrer, die sich das Abgreifen der arbeitenden »Sem Papéis« zu einer liebgewonnenen Gewohnheit gemacht hatten. Ich trat vors Tor und sah, wie sie Yesus in die Mangel nahmen. Ihr Chef war ein – ich weiß nicht – Holländer, Belgier? Jedenfalls sprach er mit einem kratzigen flämischen Akzent. Er war ungefähr in meinem Alter, aber fleischiger, und hatte etwas ungemein Schmieriges an sich. Diese gelben Augen, dieses großkotzige Gehabe, dieses Tattoo im Genick, diese schwere Kette ums Handgelenk, golden mit Ansätzen von Grünspan in den Gliedern. Früher sicher mal ganz gutaussehend, war er mittlerweile dabei, an den Rändern auszufransen wie eine abgelatschte Badematte.

Ich gab ihm noch zwei, drei Jahre, bis er als ein aufgedunsenes, zahnloses Wrack durch die Straßen eiern würde. Doch so lange konnte ich nicht warten.

Er lehnte am Zaun der Werft, während das restliche Pack meinen Kollegen bedrängte.

Unter den »Papierlosen« gibt es keine wirkliche Solidarität, sondern eher eine generelle »Besser du als ich«-Haltung. Keiner will in etwas hineingezogen werden, das die Behörden auf den Plan rufen könnte, doch ich mochte Yesus gut leiden, und stoppte deshalb, anstatt einen Bogen um die Szene zu machen. Von allen Afrikanern, die ich je getroffen habe, sieht Yesus einer dieser dünnen Ebenholz-Figuren vom Trödelmarkt am ähnlichsten. Er blickte unglücklich drein, wie ein Basketballer, der sich unversehens mit dem Ei unterm Arm inmitten eines Football-Matches wiederfindet.

»Gib ihnen nichts«, sagte ich in einem um Leichtigkeit bemühten Tonfall, »sie versaufen's ja doch bloß.« Alle waren hier freundlich – dies war kein Raubüberfall, *nein*, dies war nur eine gutmütige Kungelei unter Freunden – ›Komm, Sem Papéis, leih uns ein bisschen was von deinem Lohn, wir wollen doch alle nicht, dass man dich gefesselt und geknebelt in den nächsten Flieger zurück ins Elend schiebt, oder?‹

Yesus warf mir nur einen kurzen, scheuen Blick zu und forkte dann einen Schein heraus.

»Bisschen wenig«, fand der Typ, der ihn annahm, ein Vierschrot, dem graue Wolle aus sämtlichen Öffnungen seines Unterhemds quoll.

»Schluss jetzt«, entschied ich, legte Yesus einen Arm um die Schultern und wollte weiter, als sich der Chef der Truppe vom Zaun löste.

»Du hast noch nicht gezahlt, Lette«, stellte er in kehligem Englisch fest und packte mich am linken Ärmel meines langen, robusten Grobkarierten. »Ja, genau genommen, hast du noch nie gezahlt.«

Und er hielt mich, während sich der Kreis der Schnorrer um uns schloss. Meine Schuld. Seit Monaten war ich ihnen ausgewichen, seit Monaten hatte es sich angebahnt, und nun war es so weit. Mein Herz schlug bis zum Hals, doch einmal nachgeben heißt für immer nachgeben. Und das ließ sich mit irgendetwas in meinem Inneren nicht vereinbaren. Du kannst sinken, wie in meinem Fall sogar tief sinken, doch wenn du nicht an einem bestimmten Punkt einen Strich ziehst, gehst du unter. Der Punkt war erreicht.

Ich sah von der Hand an meinem Ärmel hoch, sah den Typen direkt an – nicht in die Augen, immer ein bisschen tiefer, um zumindest peripher die Bewegungen seiner Arme, seiner Beine, seiner Hände und Füße im Blick zu behalten – und sagte klar, ruhig und präzise: »Lass los. Sofort. Oder ich breche dir den Arm.«

Seine Augen weiteten sich in gemimtem Erstaunen, dann fiel sein Blick auf das mit Blei gefüllte Stück Stahlrohr, das ich aus meiner Zollstocktasche gezaubert hatte.

Er sagte etwas auf Portugiesisch, das seine Kumpels grinsen ließ und aus dem ich nur »Polícia aliens« heraushörte, dann ließ er meinen Ärmel los. Ich nickte ihm zu und ging, Yesus an meiner Seite.

»Nepomuk, was tust du da?«, raunte er eindringlich, kaum dass wir außer Hörweite waren. »Sie werden dich bei der Fremdenpolizei anzeigen.«

Ich wog das einen Moment lang ab, mein Blut noch heiß und meine Finger vielleicht ein ganz klein bisschen zittrig. Es war *so* knapp gewesen und Blut wäre geflossen. Immer hässlich, das.

»Noch nicht«, entschied ich dann. »Sie geben sich jetzt gerade noch einen letzten Versuch.« Und bis dahin, bis zum nächsten Zahltag, musste ich mir etwas einfallen lassen.

*

Die Vergaser schnorchelten entschlossen, die Hinterreifen quietschten auf, ich beschleunigte direkt auf die Sichtschutzwand zu, rammte sie um und nahm sie unter die Räder, nutzte sie als Rampe die Düne hinauf. Wie durch ein Wunder reichte der Schwung bis hoch zum Kamm, doch dann leider nur halbwegs drüberweg. Für einen Moment, gerade lange genug, um mit der Phalanx liegender und mit Strandhafer an den Helmen perfekt getarnter Polizisten Rezepte für Choucroute à l'Alsacienne auszutauschen, lag der Toyota knirschend auf dem Bauch, Räder baumelnd, hilflos rotierend, während die Polizisten die Läufe ihrer Sturmgewehre in meine Richtung drehten und mich ins Visier nahmen. Ich duckte mich, schloss die Augen, erwartete das Peitschen von Schüssen zu hören, das Splittern von Glas und mein letztes, röchelndes Atmen, dann zog das Gewicht des Motors die Nase des Wagens nach unten, und es ging wieder vorwärts. Kein einziger Schuss war gefallen.

Dann sah ich die Straßensperre. Und die Beamten sahen mich. Verblüffung auf beiden Seiten. Ich hatte irgendwie nicht damit gerechnet, dass sie zusätzlich zu dem Kampfhubschrauber, dem Schützenpanzer und dem durch die Dünen robbenden Großaufgebot noch Straßensperren für nötig halten würden. Und sie waren sich völlig sicher gewesen, eben damit für alle Fälle vorgesorgt zu haben, und jetzt kam ich hier inmitten einer Sandlawine den Hang heruntergerodelt, Vorderräder voll eingeschlagen und trotzdem mehr oder weniger direkt auf sie zu. Ich zog kurz, ganz kurz die Handbremse, das Heck begann wie erhofft auszuschwenken und hörte dann, anders als erwartet, nicht wieder auf. Wir drohten, breitseits bis in den Straßengraben zu rutschen, wo sie mich dann nur noch aus dem Auto zu pflücken brauchten, also lenkte ich bis zum Anschlag gegen, trat das Gas in kurzen Stößen und zwang den Wagen mehr als dass ich ihn steuerte in eine schräge Linie zur Straße hinab. Ich zielte auf die Rückseite der Blockade, bekam unter Rütteln der Hinterachse und Fontänen von Sand gerade genug Fahrt drauf, um den Graben in flachem Winkel zu queren, fühlte Asphalt unter die Räder wachsen und presste das Pedal auf den Boden wie schon lange nicht mehr. Noch immer kamen keine Kugeln durch Glas oder Blech geknallt. Dritter Gang, und ich geriet jetzt sehr schnell außer Reichweite, sollten sie mir doch noch ein paar hinterherjagen.

Verraten, verkauft, verdammt, drauf und dran, mit dem Klappspaten erschlagen und in der nächsten Düne verscharrt zu werden. Ha! Dem war ich entkommen. Eigentlich, der Vernunft gehorchend, hätte ich mich stellen können. Doch ich war es gewesen, der die fünfundzwanzig Kilo angeliefert hatte, und das bedeutete mit Sicherheit erst mal Überstellung in U-Haft. In französische U-Haft. Mitsamt meinem Wissen über eine in den Drogenschmuggel verwickelte französische Eliteeinheit und ihre Geschäftsbeziehungen zur Marseiller Mafia. Es gibt, alles in allem, rosigere und, tja, wie soll ich sagen, *längerfristige* Zukunftsaussichten. Hinzu kam der kleine und doch so ernüchternde Nachgedanke, dass man mir auch unter Verweis auf ausgestandene Mühen, Härten und Gefahren wohl kaum gestatten würde, den fetten sechsstelligen Betrag in den beiden Kühlboxen für mich zu behalten. Also blieb ich voll am Gas, während sie hinter mir hektisch auf Motorräder und in Autos sprangen. Scheinwerfer leuchteten in meinen Spiegeln auf, doch immer noch kein Mündungsfeuer. All das Geballer ist doch eher was fürs Fernsehen. Die Situation war einfach zu undurchsichtig. Wer war ich? Ein Verdächtiger, oder ein zufälliger Augenzeuge? War ich allein oder hatte ich andere Personen mit im Auto? All das musste erst einmal geklärt und dann ein Befehl zum Schießen erteilt werden. Bis dahin jagte ich davon in die Nacht. Verfolgt von der französischen Staatsmacht und den sicherlich nicht unbedingt besten Wünschen der auf dem Parkplatz Zurückgebliebenen. Dabei konnten sie noch nicht mal meckern. Das Heroin zumindest hatte ich ihnen dagelassen.

*

»Wo ist der Haken?«, fragte ich. Äußerlich machte der Jetski einen neuwertigen Eindruck, der sich allerdings nicht im Preis widerspiegelte. Bisschen sehr günstig.

»Er springt im Moment nicht an«, antwortete Walter, Inhaber von West Coast Marina, dem größten Bootshandels- und Lagerbetrieb der ganzen Gegend. Walter ist gebürtiger Gelsenkirchener mit einer Vorliebe für überweite Hemden mit halbem Arm und Bügelfalten. Die Saison für ihn war eigentlich vorbei, Walter schon längst auf dem Sprung in sein südspanisches Winterdomizil, doch nicht ohne vorher noch zu versuchen, mir ein paar schnelle Scheine aus dem Kreuz zu leiern.

»Im Moment«, echote ich, und er nickte ein paarmal öfter als nötig.

»Vermutlich nur die Kerzen.«

»Aber sicher. Zehn Minuten Schrauben und das Ding rennt wieder. Walter, wofür hältst du mich?«

Er wurde ein wenig lebhaft. »Jetzt sieh doch mal, Nepomuk: Ein RXP, keine zweihundert Betriebsstunden auf der Uhr, fuffzehnhundert Kubik, Kompressor, zweihundertfuffzehn PS, noch ohne die verdammte Speed-Abriegelung, und es ist ein echter Sea-Doo, keine nachgebaute Scheiße aus China.«

»Ich suche eigentlich einen von Yamaha«, log ich.

»Mit Hänger!«

»Walter, ein Jetski, der nicht anspringt, ist nichts anderes als eine überteuerte Boje.«

Er rang mit sich, oh wie er mit sich rang. Es war geradezu

rührend anzuschauen. Abraham, drauf und dran seinen eigenen Sohn abzuschlachten, er kann nicht beeindruckender mit sich gerungen haben. Schließlich ließ er mir fünfhundert nach, und ich schlug ein. War reell betrachtet wahrscheinlich immer noch zu teuer, aber ich wusste, wie und wo ich günstig an Teile für das Ding kam. Und ich brauchte ein zweites Standbein. Eusebio war launisch, und sein Arbeitsaufkommen schwankend wie die Gezeiten.

»Aber du musst ihn heute noch bezahlen und abholen. Ich sperre zu und fliege morgen früh nach Marbella.«

»Gib mir 'ne Stunde.«

*

Niemand mehr im Rückspiegel. Keine Scheinwerfer, kein Blaulicht, nichts, nur beruhigende Schwärze. Ich wollte gerade aufatmen, gerade versuchen, meinen Puls ein paar Beats runterzuregulieren, da überholte mich – Fünfter drin nach dem nächsten reifenkreischenden Abbiegemanöver auf eine weitere mehr oder weniger schnurgerade, wenn auch schmale und holprige Landstraße – ein Hubschrauber. Im Gegensatz zu dem mattschwarzen Monstrum am Strand war dieser hier in glänzendem Dunkelblau lackiert und weiß mit »Police« beschriftet. Ich sah kurz seine Flanke, als er mich einmal umkreiste, bevor er seinen Suchscheinwerfer auf meine Heckscheibe ausrichtete und anschließend den Schatten des Toyotas fast schon spielerisch vor mir über den Asphalt tanzen ließ. Ich blieb auf dem Gas, auch wenn das bedeutete, dass ich bei jedem entgegenkommenden Fahrzeug das Lenkrad packen musste, bis meine Fingerknöchel weiß durch die Haut schimmerten. Nicht unbedingt für französische Landstraßen gemacht, die japanischen Fahrwerke aus den Siebzigern.

Gleichzeitig redete ich mir gut zu. Polizeihubschrauber

haben keine Bordkanonen, und dass sich da oben einer aus der Tür lehnte, um auf mich zu feuern, war irgendwie nicht ernsthaft zu erwar…

»*KTACKKK!*« stach etwas durch das Dach und schlug in den Beifahrersitz, dass der Staub nur so aufstieg. Mein Puls schnellte hoch, bis ich ihn hören konnte, ein rasendes, dumpfes Stakkato, wie eine Basstrommel mit Keith Moons Fuß auf dem Pedal.

Den Schießbefehl, wurde mir mit einiger Hitze bewusst, hatte man inzwischen offensichtlich erteilt. Der rote Toyota mit dem Verdächtigen am Steuer war mit allen Mitteln am Entkommen zu hindern. Mit allen Mitteln.

Baumkronen! Ich musste mich so schnell wie möglich unter Bäume flüchten, wollte ich weitere Zielübungen von oben verhindern. Doch selbst wenn mir das gelang, gab die Hubschrauberbesatzung natürlich meine wechselnden Positionen an die Kollegen am Boden weiter. Zumindest, solange sie konnten, solange sie mich im Blick behielten. Das war die Problemstellung, und sie war heftig, in diesem riesigen, ehemaligen Sumpfgebiet, dieser dünn besiedelten, total platten Gegend. Keine Brücken, keine Tunnel, keine Unterführungen, keine Parkhäuser und somit nichts, rein gar nichts, um sich und sein Auto einer Überwachung aus der Luft zu entziehen. Also nur und bestenfalls Baumkronen, da, wo der Pinienwald alt genug war und dicht genug wuchs. Ich bremste brachial, riss den Wagen in einen Forstweg und schaltete sofort die Scheinwerfer aus. Im ersten Moment sah ich nichts, nur durch Lücken im Geäst stechende Lichtfinger, meinte aber, irgendwo über mir jemanden hämisch auflachen zu hören.

Der Sattel quietschte leise vor sich hin, das Vorderrad eierte mit nahezu handbreitem Seitenausschlag, die Kette übersprang immer mal wieder klackend einen Zahn. Seit Tagen schon wollte ich sie ölen und vergaß es dann wieder. Meine kleine grüne Gazelle litt, wie es aussah, unter einem leichten Wartungsstau. Quietschend, eiernd, klackend strampelten wir in gemächlichem Tempo Jerusalés Hauptstraße hinunter, die am Strand entlangführende Avenida da Constituição, auch liebevoll »Avenida Dada« genannt. Auf Höhe der Mulholland Bar stoppte das Rad von ganz allein und lehnte sich mit einem Pedal auf den Bordstein. Ein paar Schritte nur, und ich hockte an Danielos Tresen. Danielo heißt eigentlich Daniel, ist Ire mit schwarzen Haaren und dieser herausfordernden irischen Männlichkeit, die mich früher immer gereizt hat, der ich mittlerweile aber wesentlich entspannter begegne. Jeder, wie er will, jeder, wie er kann.

Eine sorgfältig in eine Papierserviette gewickelte Flasche Cristal in der Hand, sah ich mich mit der Zufriedenheit um, wie sie sich gern am Ende einer langen Woche harter Maloche einstellt.

Zu Füßen des Hotel Mar an eine Straßenecke geschmiegt, ist die Mulholland Bar die Kneipe mit dem gemischtesten Publikum in Jerusalé. Also noch nicht völlig von ausschließlich Surfern mit Kapuzensweatern und Schlabbershorts oder Bootstypen mit Weltumsegler-Gehabe übernommen, und Danielo sei Dank auch nicht von Horden semi-deliriöser Briten oder Ostgoten.

Du kannst hier in Arbeitsklamotten oder Abendanzug dein Bier trinken, niemand stört sich dran, und so muss es sein.

Die Fenster der Bar, im Sommer meist weit geöffnet, waren zu, der Himmel draußen über der Bucht mehr grau als blau, der Wind böig. Obwohl die Temperaturen weiterhin ungewöhnlich hoch waren, trübte das Wetter ein, kündigte sich der Winter an. Mir war's, ehrlich gesagt, ganz recht. Als gebürtiger Ruhrpöttler, gewohnt an rund dreihundert Tage grauesten Graus da oben pro Jahr, hätte ich mir niemals träumen lassen, dass es auch so etwas wie *zu viel* schönes

Wetter geben könnte. Doch der Sommer hier hatte mir die Haut gegerbt, bis ich mich zu fühlen begann wie ein Stück Dörrfleisch. Also sah ich sinkenden Temperaturen und steigenden Niederschlägen mit einiger Gelassenheit entgegen. Brennholz hatte ich auch schon gehackt, und mit dem Winter und seinen Stürmen begann in Jerusalé obendrein die »zweite Saison«, an der ich ein wenig mitzuverdienen gedachte. Das brachte meine Gedanken zurück zu dem Jetski, den ich noch abholen musste.

Ich legte etwas Kleingeld auf die Theke und wollte mich verabschieden, doch ein Blick nach draußen ließ mich zögern.

»Danielo«, sagte ich, »kennst du den Typen da drüben? Den mit der Tinte im Genick, der mit den beiden Nutten auf der Parkbank spricht?«

»Kennen ist zu viel gesagt.« Danielo strich mein Geld ein, warf eine der Münzen in die Trinkgeldschale. »Warte mal, wie heißt der noch? Chris? Ja, Chris. Warum?«

»Was weißt du über ihn?«

»Hausverbot, bei mir. Ständig dicht. Meth, Alk, Klebstoff, was weiß ich. Angeblich Zuhälter der alleruntersten Schiene, schnorrt, klaut, dealt ein bisschen. Ich hoffe nur, du hast nicht vor, bei ihm etwas zu kaufen. Nepomuk, wenn du Drogen willst, frag mich.«

Ich sah ihn an. Er blickte schläfrig zurück. Danielo blickt immer schläfrig drein, doch das ist nur Show. Als – und ich kann das beurteilen – geborener Barkeeper, hatte er erst eine Karriere als Surfer gegen den besser bezahlten Job eines Models getauscht, bis ihm eines Tages die Lust am Posieren vergangen war und er kurzentschlossen die Mulholland Bar übernommen hat. Und sie steht ihm gut, wenn man das so sagen kann. Mit seinem Schopf dunkler Locken und dem ewigen Schlafzimmerblick, mit seiner ruhigen, nachdenklichen Art besitzt er einen Magnetismus, der weit über das Erotische hinausgeht. Selbst wer nicht mit ihm ins Bett will, möchte zumindest unbedingt mit ihm befreundet sein. Nachdem unser sexuelles Desinteresse aneinander schon mit der ersten Begrüßung geklärt war, hatten Danielo und ich uns ziemlich rasch auf die zweite Option verständigt.

»Kannst du mir sonst noch etwas über den Typen erzählen? Egal was?«

»Nur unter uns, aber warum interessiert dich der Penner?«

»Er versucht, mir und den Jungs von der Werft Schwierigkeiten zu machen. Das will ich, tja, unterbinden.«

»Ich weiß nur, dass er Jorge, deinem Vermieter, ab und zu dabei hilft, Schulden einzutreiben und säumige Zahler an die Luft zu setzen. Dafür lässt der ihn umsonst in einer seiner Mietbaracken hausen, drüben in der Favela.«

»Urgs.«

Danielo nickte und glitt davon, andere Gäste versorgen.

»Favela« nennt sich ein typisches Sozialbau-Viertel, nicht weit von Jerusalé im Schatten einer Autobahnbrücke vor zig Jahren in der scheinbar universell unausweichlichen Scheußlichkeit hastig hochgezogen und dann wie selbstverständlich vom ersten Tag an der Verwahrlosung überlassen. Kurz nach meiner Ankunft hatte ich mich da mal vorsichtig nach einer Wohnung umgesehen und war schaudernd geflüchtet. Das Furchtbare an solchen Vierteln ist ihre Saugkraft, die an Treibsand erinnert. Bist du einmal dort gelandet, kannst du dich abmühen, wie du willst, sie lassen dich nicht wieder los, sondern ziehen dich weiter und weiter hinein und nuckeln dir nebenbei so ganz allmählich das Mark aus den Knochen. Als Favela-Bewohner giltst du automatisch als ambitionslos und arbeitsscheu, und selbst wenn du es trotzdem schaffst, einen Job zu finden, ist die Bezahlung dann unweigerlich so bemessen, dass du dir einen Umzug in eine bessere Gegend komplett aus dem Kopf schlagen kannst. Saugkraft, ich sag's doch.

Danielo kam wieder an mein Ende des Tresens gedriftet.

»Du hast nicht zufällig seine genaue Adresse?«, fragte ich.

Er schüttelte den Kopf. »Und ich würde an deiner Stelle nichts überstürzen. So ein Typ wie Chris zieht sowieso weiter, sobald er sich irgendwo genug Feinde gemacht hat. Manchmal ist Warten das Klügste.«

Chris, dachte ich, trat raus auf die Straße und schwang ein Bein über meine Gazelle. Okay, Chris, ich will klug sein und warte. Ich geb dir bis morgen.

*

Unterführungen haben sie nicht im französischen Aquitaine, Parkhäuser schon gar nicht, auch keine verwirrend angelegten Industriegebiete voller Rohrleitungen, Hallen und Kräne. Kurz, keine Deckung. Doch was sie hier haben – vor allem in sternklaren Nächten, wenn der sandige Boden sehr rasch auskühlt, während sich die Meeresluft warm und feucht darüberwälzt – sind Nebelbänke. Aber holla.

Der Forstweg war in die nächste Landstraße gemündet, und ich hatte die Scheinwerfer wieder an und den Fünften erneut drin und den Hubschrauber nach wie vor im Nacken. Sein Lichtkegel klebte auf meinen Dach und leuchtete in allen Scheiben, als sich mit einem Mal die graue Wand vor mir aufbaute. Im nächsten Augenblick war ich drin. Und ging sofort vom Gas. Sicht rundum: knapp über Armlänge, dann wabernde graue Watte. Scheinwerfer aus. Gang raus. Handbremse gezogen, um ein Aufleuchten der Bremslichter zu vermeiden. Motor aus. Scheibe runter. Kopf raus.

Anstatt mit vollem Tempo weitergeflogen zu sein, stand der verfluchte Hubschrauber direkt über mir, über dem Nebel, unsichtbar, aber unüberhörbar.

Eine Infrarotkamera, vermutete ich, im Zentrum der Linse mein rotgelb leuchtender Sechzehnhunderter. Einen kurzen Moment vollkommen entnervter Ratlosigkeit lang presste ich meine Stirn gegen den Lenkradkranz, dann startete ich den Motor und klopfte den Ersten rein. Weiter. Einfach in Bewegung bleiben. Denn Stillstand, so heißt es doch immer, ist der Tod.

*

Mit dem Fahrrad auf der Schulter erklomm ich die Stufen zur Plattform. Die Eingeborenen nennen den Schrägaufzug »Titia«, also »Tantchen«. Er ist ein Relikt aus der Zeit vor dem Bau des Wellenbrechers, als die Bucht noch unbewohnt war, nur ein Strand, auf dem die Fischer ihre Boote hochzogen und sich Sommerfrischler in der Sonne aalten. Dann hat man den Hafen angelegt und die Bucht nach und nach mit maritimer und touristischer Infrastruktur bebaut. Das Tantchen führt hinauf auf den steilen, zum Meer hin schroffen Hügel im Norden, auf dem noch das alte Fischerdorf steht, mittlerweile umgeben von einem Golfplatz und dem »TrailerPark«, einem für Reisemobile reservierten Campingplatz mit einer unauffällig großzügig über das Areal verteilten Ansammlung alter Wohnwagen, sehr beliebt bei den örtlichen Sem Papéis. Zum einen ignorieren die TrailerPark-Besitzer die behördliche Meldepflicht, zum anderen heißt die einzige bezahlbare Alternative »Favela«. So ein Leben im Wohnwagen mag seine Nachteile haben, aber zumindest muss man da nicht jede zweite Nacht mitanhören, wie in der unmittelbaren Nachbarschaft jemand abgestochen oder vergewaltigt wird.

Es gibt auch eine Straße hoch auf den Hügel, doch sie schlägt in Serpentinen einen weiten Bogen durchs Inland. Und dann existiert noch ein Klippenpfad vom Strand hoch, der aber einen alpinistischen Schwierigkeitsgrad hat, dessen Beschreibung mit »Nur für erfahrene und entsprechend ausgerüstete …« beginnt. Blieb das Tantchen mit all seinem angejahrten Charme, den Scherengittertüren, Holzbänken und einem der Obskurität überlassenen Wartungszustand.

Auf der Plattform traf ich Yesus wieder, zwei Einkaufstüten zu seinen Füßen. Die eine, einzige, auf Stelzen stehende Kabine des Tantchens war noch unterwegs, wir mussten warten.

»Fährst du morgen nach Figueras?«, fragte er. Yesus heißt mit vollem Namen eigentlich Monteyesus, was für einen im Arbeitsalltag häufig gebrauchten Vornamen nun wirklich ein paar Silben zu lang ist. Für die Kollegen aus französischsprachigen Ländern ist er deshalb »Monpti«, kurz für »Mon Petit«, also »Mein Kleiner«, für die anderen, die den Witz nicht recht kapieren, Yesus.

»Am Nachmittag«, antwortete ich. »Willst du mit?«

Er nickte. Wegen der vielen Immigranten in schlecht bezahlten, aber stundenintensiven Jobs hier in der Gegend hat das Büro von Western Union in Figueras auch sonntags geöffnet. Zusammen mit einer ganzen Anzahl kleinerer Läden für den täglichen Bedarf, auch wenn man bei den meisten erst mal an der Tür klopfen muss. »Ich zahle auch das Benzin.« Yesus muss jeden Sonntag nach Figueras, um einen Teil seines Lohns an seine Familie in Eritrea zu überweisen.

»Diesel«, korrigierte ich ihn. »Und du brauchst mir kein Geld zu geben. Ich muss sowieso in die Stadt.« Den Diesel bezog ich von der Werft. Allein aus der abgewrackten Fähre hatten wir noch fünfhundert Liter rausgepumpt.

»Aber …«

»Doch du könntest mir gleich ein bisschen zur Hand gehen«, schlug ich vor. Yesus will nichts umsonst, genau wie ich.

»Gut«, fand er. »Und anschließend isst du bei mir.«

Der Aufzug kam die Schräge heruntergerumpelt und zu einem polternden Stillstand.

»Ich fürchte, ich bin heute Abend schon verabredet.«

»Mit wem?«

Wir stiegen ein, ich lehnte das Fahrrad gegen eine der Sitzbänke und Yesus drückte den Startknopf. Nach einer etwa halbminütigen Bedenkzeit, gerade lang genug, um milde Zweifel an seiner Funktionstüchtigkeit aufkommen zu lassen, setzte sich der Aufzug mit dem gewohnten Ruck in Bewegung.

»Mit rund zwanzig Bieren«, gestand ich.

Yesus schüttelte missbilligend den Kopf, sagte aber nichts weiter.

Ein weiterer Ruck, und wir waren da.

Von der oberen Plattform hat man einen guten Blick auf die Bucht und den Ort. Nach all dem Gewusel des Sommers wirkten der Strand, die Promenade, die Straßen und Plätze regelrecht verwaist. Nur rings um das der Seenotrettungsstation angeschlossene Unfallkrankenhaus herrschte wie immer reges Kommen und Gehen, zu Wasser, zu Lande und aus der Luft.

Da der tiefliegende Teil von Jerusalé von Anfang an für Touristen geplant war, bewohnen die meisten Ortsansässigen die umliegenden Hügel, im Osten die Favela, im Süden schicke Fincas an schattigen Alleen.

Yesus wuchtete seine Einkaufstüten auf den Gepäckträger und hielt sie dort fest, ich schob das Rad. So tippelten wir die paar hundert Meter bis zum Eingang des TrailerParks. Kurz hinterm Schlagbaum trennten sich unsere Wege. Yesus' Trailer, den er sich mit zwei anderen Afrikanern teilte, stand unter einer Akazie gleich hinter dem Steingebäude des Saniblocks. Ich wohnte weiter hinten, direkt am Rande der Klippe, und hatte den seltenen Luxus eines Trailers ganz für mich allein, mit einem ungetrübten Weitblick übers Meer.

Der Datsun Pick-up stand an seinem gewohnten Platz neben meinem Trailer, die Haube halb offen für die beiden Drähte des Ladegeräts, an dem er hing.

Es war mir emotional verwehrt, mich von meinem Toyota

zu trennen, doch da es nicht klug – ach was, suizidaler Wahnsinn – wäre, weiter damit herumzufahren, habe ich ihn gleich nach meiner Ankunft in einer baufälligen Halle auf dem Werftgelände geparkt und unter einer Plane und einem Haufen Altreifen versteckt. Anschließend war ich mit dem Bus nach Figueras gefahren und nach dem Abklappern diverser Schrottplätze mit dem Datsun zurückgekommen. Ein früher Patrol, Jeepform mit Ladefläche, mechanische Seilwinde wie ein Traktor, der ehemals rote Lack zu einer Art Pink verblichen, Tacho bei 435 666 Kilometern stehen geblieben, auch wenn niemand sagen konnte, wann genau das wohl gewesen sein mochte. Eigentlich hätte er Allradantrieb haben sollen, doch irgendeine Welle fehlte. Egal. Der Datsun fuhr, und er passte zu meiner Rolle.

Ich stöpselte das Ladegerät aus, zog die Krokodilklemmen von den Polen, ließ die Haube zufallen und schwang mich hinters Lenkrad.

Der Schlüssel steckte, wie immer. Mangels einer funktionierenden Anzeige glühte ich den Motor, einen 2,7-Liter Perkins Diesel, der nur aus Schwungmasse und Drehmoment zu bestehen schien, die übliche geschätzte Minute vor und startete. Nach einer Weile zähen Mahlens würgte der Auspuff schließlich eine enorme Rußwolke heraus und die Mühle sprang an, rasselnd wie tausend Stahlkugeln im Wäschetrockner. Dann musste ich noch mal aussteigen, die Haube hochpoppen und den Luftfilterkasten aufschrauben, in dem ich eine Rolle Scheine gebunkert habe, als Fluchtgeld, als Notgroschen für den Fall, dass der gesamte Wochenlohn schon Sonntagmorgen verdunstet ist, und für eventuelle Anschaffungen.

Geld in die Hosentasche gestopft, fuhr ich rüber zu Yesus, hupte. Er kam raus und faltete sich in die enge Fahrerkabine.

»Was haben wir vor?«, fragte er.

»Wir holen den kaputten Jetski aus Halle 3.«

Ein Sea-Doo, das irgendein Genie beim Zurücksetzen mitsamt Hänger vor eine Wand gedrückt hatte. Rumpf und Antrieb waren unrettbar hinüber, doch – und darum ging's – die Anbauteile des Motors sollten noch in Ordnung sein.

»Gehört der nicht einem Kunden?«

»Ich will ihn mir ja nur ausleihen«, sagte ich. »Teile probeweise austauschen. Um herauszufinden, warum mein Sea-Doo nicht läuft.«

»*Dein* Sea-Doo?«

»Das holen wir anschließend.«

Eusebio ist immer da, rund um die Uhr, er lebt auf der Werft, scheint sie nie zu verlassen.

»Das heißt«, resümierte er mein Ansinnen säuerlich, seine Augen hinter den Brillengläsern wie Eierscheiben in Aspik, »du wirst die guten Teile an deinen Jetski schrauben und die kaputten wieder hierhin zurückbringen.«

»Genau«, bestätigte ich, nach einem kleinen, kontemplativen Moment. »Habe ich etwas anderes gesagt?«

So knauserig Eusebio mit Geld ist, so großzügig verfährt er mit allem anderen. Egal ob du ein paar Meter Stahlrohr brauchst, oder dir übers Wochenende ein Schweißgerät ausleihen willst, oder beides, es heißt immer: »Ja, ja. Nimm mit.«

Das Sea-Doo konnte ihm eigentlich egal sein. Das Ding war unrettbar hinüber, und der Besitzer hatte sich seit ewigen Zeiten nicht mehr gemeldet.

»Was willst du denn mit einem Jetski?«

Ich dachte kurz nach und entschied mich dann für die Wahrheit. »Mietservice für Surfer in den Wintermonaten.«

»Zahl ich dir etwa nicht genug?«

»Nein. Nicht annähernd.«

Er lehnte sich zurück und zupfte an seiner Unterlippe. »Mietservice für Surfer? Ein hartes Geschäft.«

»Sind das nicht alle Geschäfte?«

»Du wirst dich noch wundern«, meinte er.

»Also, kriege ich das Sea-Doo-Wrack geliehen?«

»Ja, ja. Nimm mit.«

Fünf Minuten später hatten wir es aufgeladen.

Dann zu West Coast Marina, Walter die Scheine in die Hand gedrückt und den Hänger mit dem anderen Jet auf den Zughaken des Datsuns gedrückt. Ab nach Hause mit diesem leicht kribbeligen Gefühl, eine Investition getätigt zu haben, von der nicht so recht zu sagen ist, ob sie sich jemals rentieren wird.

»Bist du sicher, dass du nicht zum Essen kommen willst?«, fragte Yesus, als ich ihn vor seinem Trailer absetzte.

Ich bedankte mich und verneinte, so höflich ich nur konnte.

»Du isst zu oft allein, Nepomuk. Du weißt doch: Wer allein isst, isst mit dem Teufel.«

»Das mag sein. Aber er ist ein so verdammt interessanter Gesprächspartner.«

*

Die Scheibenwischer gnurpsten im untersten Intervallmodus die Nebelschlieren von der Scheibe. Entgegenkommender Verkehr und reflektierende Richtungspfeile tauchten ohne Vorwarnung aus dem Murkel auf und schreckten mich regelmäßig aus meinem Starren ins graue Nichts. Rechtsrum. Mimizan, noch zwei Kilometer.

Dort, entschied ich, würde ich eine Entscheidung herbeizwingen.

Die Straßenlaternen der kleinen, aber weitläufigen Stadt färbten die Nebelschwaden orange und erzeugten eine Atmosphäre wie in einem Zombie-Film.

Auf dem Gelände eines selbst um diese Uhrzeit noch

geöffneten Hypermarchés entdeckte ich eine großzügig überdachte Tankstelle, und bog sofort von der Straße ab. Ich wollte direkt zu der ersten Säulenreihe. Doch die war schon belegt. Kaum unter dem Betondach, manövrierte ich den Toyota deshalb an eine andere, freie Säule. Und jetzt? Raus aus dem Wagen, Tankdeckel auf, Schlauch vom Haken und so schnell wie möglich den Tank gefüllt. Mit stoischem Rotorflattern stand der Hubschrauber über dem Dach, wartete, lauerte. Bis ich gezahlt hatte, waren zwei andere Autos weggefahren, eins davon von der ersten Säulenreihe. Der Hubschrauber war ebenfalls aus seiner Starre erwacht. Schon am Geräusch ließ sich eine gewisse Beunruhigung da oben ausmachen. Als ob das Ding tänzelte. Als ob sich Pilot und Copilot nicht ganz einig wären. Gut so.

Noch unter der Überdachung wendete ich und verließ die Tankstelle in der Richtung, aus der ich gekommen war, fuhr zügig bis zum nächsten Kreisverkehr, drehte eine komplette Runde, und kehrte zur Tanke zurück. Wie jemand, der etwas vergessen hat.

Drinnen schnappte ich mir je eine Flasche Wasser und Wein, ein Stück Käse und ein eher lappiges Baguette. Als Proviant. Und – einer Eingebung folgend – holte ich aus der Kühltruhe noch einen Zehn-Kilo-Beutel Eiswürfel.

Wenn die Gegenseite die bessere Technik hat, musst du sie aus dem Konzept bringen. Einen Anfang hatte ich gemacht. Jetzt ging es darum, den beiden da oben endgültig die Köpfe zum Rauchen zu bringen.

Ich ging bewusst gemächlich vom Tankstellengebäude zum Auto, Eisbeutel für die Infrarotkamera gut sichtbar vor der Brust. Startete, fuhr zurück zum Kreisverkehr, nur dass ich diesmal die erste Ausfahrt nahm und dann in verhaltenem Tempo die Straße hinunterzockelte.

Sie waren über mir, ich konnte sie durch das offene Seitenfenster hören.

Ferienhäuser reihten sich links und rechts. Ich suchte und fand schließlich eines mit einem erleuchteten Fenster und – vor allem – einem großen Vordach. Möglichst leise stoppte ich den Toyota direkt davor, stieg aus und trat mit meinem, ich war mir sicher, in kaltem Blau leuchtenden Einkauf in Händen unter das Dach. Nur ein Ortsansässiger, der es abends gern in seinem Glas klimpern hört. Ich musste an mich halten, nicht »Liebling, ich bin zurü-hück« zu rufen.

Mit einiger Genugtuung und dem allerschmalsten Grinsen im Gesicht hörte ich sie nach einem Moment davonflattern. Und … wartete.

Ha! Nur eine Minute und sie kamen noch mal zurück, kontrollieren, ob der Wagen noch immer dastand. Tat er.

Als sie diesmal abdrehten, klang es endgültig. Im nächsten Augenblick saß ich am Steuer und ließ den Auspuff Feuer spucken.

Zeit wurde es.

Wohin? Ich war in Mimizan und die halbe französische Polizei war darüber informiert. Vermutlich hatten sie mittlerweile alle Ausfahrtstraßen abgeriegelt. Ich dachte daran, den Wagen irgendwo stehen zu lassen und den Weg zu Fuß fortzusetzen, vielleicht in ein leer stehendes Ferienhaus einzubrechen und mich dort ein, zwei Tage versteckt zu halten. Doch ich wollte den Toyota nicht aufgeben, und ich mochte mich auch nicht in Begleitung zweier bis obenhin mit gebündelten Euroscheinen vollgestopfter Kühlboxen den Angeboten von Bus und Bahn anvertrauen. Mir blieb nach kurzer Überlegung nur ein Ausweg: der Strand.

Vorsichtig tastete ich mich durch die orange leuchtenden Schwaden, hielt angestrengt Ausschau nach den reflektierenden Streifen auf Uniformen und Karossen der Fahndungstrupps, wich einem entgegenkommenden Blaulicht in eine Seitenstraße aus, schaffte es bis auf die Promenade, fand eine

Rampe durch die Dünen, schoss mit Vollgas drüber weg und auf der anderen Seite runter auf den Strand.

Der Schwung reichte, um den Toyota über den weichen, mit Fußstapfen übersäten Teil der Sandfläche zu tragen. Dahinter, in Nähe der Wasserlinie, war der Untergrund glatt, deutlich fester und einigermaßen befahrbar, solange man am Gas blieb.

Was mir, wie man weiß, eh zweite Natur ist.

Wie ich vom Strand wieder runterkommen wollte, war eine Frage, die ich erst mal von mir schob. Ich lenkte nach links, in südliche Richtung, weil ich hoffte, damit mehr Raum zwischen mich und meine Verfolger zu bringen, und obwohl ich wusste, dass spätestens bei Contis Plage Schluss war, weil dort ein Fluss ins Meer mündet.

Der Nebel waberte hier am Wasser weniger dicht, dafür war die Dunkelheit nahezu vollkommen. So gern ich ohne Licht gefahren wäre, es ging nicht. Dieser Strand sieht eigentlich schnurgerade und topfeben aus, doch im Fünften verwandelt er sich in eine Buckelpiste, in die von einer Seite die Sanddünen hineinragen und von der anderen Seite die offene See. Ich ließ den Toyota fliegen, schlingern, tanzen, bis irgendwann links oben auf dem Dünenkamm Straßenlaternen auftauchten. Ich hatte Contis Plage erreicht.

Hier gibt es eine Zufahrt zum Strand, doch die ist steil und nachts nur schlecht zu finden, vor allem bei hohem Tempo. Doch wenn ich die Rampe nicht mit dem nötigen Speed traf, konnte ich meine früheren Überlegungen vom Tippeln mit zwei Kühlboxen wieder aufnehmen. Der Toyota sprang über eine weitere Erhebung, die Drehzahlmessernadel schlug wütend ins Rote aus, und ich sah kurz, ganz kurz, dass vor mir mehrere Lagerfeuer brannten, umringt von Feiernden, dann tauchten wir in die nächste Senke und Wasser schoss über die Haube, weil die Flut im Anmarsch war. Wischer auf höchster Stufe, suchte ich den Weg runter vom Strand und musste

Gas wegnehmen, weil diese Idioten nicht nur an ihren Feuern hockten, sondern auch noch überall herumtorkelten. Ich dachte ernsthaft daran, einen oder zwei davon auf die Hörner zu nehmen, als Warnung an die andern, dann entdeckte ich die Rampe, hielt drauf zu, musste noch mal vom Gas wegen eines Hundes, und die Karre wühlte sich ein.

Beinahe augenblicklich war das Auto umringt von schwankenden Gestalten mit Bierbüchsen und Weinflaschen in Händen. So halb und halb erwartete ich, dass sie anfingen, damit nach mir zu schmeißen, weil ich hier mitten in der Nacht wie ein Gestörter angebrettert kam, doch nein, es gab nur ein Riesenhallo, und dann packten sie alle an und schoben den Toyota die fehlenden zwanzig Meter und winkten mir noch hinterher, als ich den sandigen Asphalt unter kratzig durchdrehende Räder nahm.

Ohne weitere Zeit zu verplempern, jagte ich davon Richtung Osten.

Und war, jetzt im Nachhinein, doch ganz froh, keinen der Idioten über den Haufen gefahren zu haben. Und sei es nur als Warnung.

Irgendwann lichtete sich der Nebel und noch ein bisschen später auch der Himmel. Mit einem unwillkürlichen Seufzer ging mir auf, dass selbst ich nicht länger wusste, wo ich mich befand.

*

Wie die meisten der zum Gelände gehörenden Mobilheime war auch mein Trailer in England zusammengenagelt worden, ein Willerby, rund vierzig Jahre alt, außen Wellblech, innen Kunststoff und Teppichfliesen, außen verlaufenes Blau, innen verschrapptes Braun und dieser schwer zu beschreibende, deprimierende Mief von allmählicher, feuchter Zersetzung.

Die Wohnfläche betrug, natürlich, 28 Quadratmeter. Ich kann einziehen, wo ich will, ich lande immer bei 28 Quadratmetern, was sich langsam, so ganz allmählich anfühlt wie eine mit jedem Waschgang enger werdende Jacke. Das Geld aus den Kühlboxen könnte das alles ändern, doch die Frage nach dem Wann und Wo stand ungelöst im Raum.

Da ich anders als viele meiner Kollegen keine Familie in der Heimat zu unterstützen hatte, konnte ich es mir leisten, den Trailer allein zu bewohnen. Nachteil war, dass ich ihn auch allein in Ordnung halten musste, nicht unbedingt eines meiner Talente.

Und da mir eine schöne Aussicht wichtiger war als ein kurzer Weg zum Saniblock, hatte ich meinen Trailer zum scharfen Rand der Klippe umgezogen, auch wenn das eine ganze Menge Arbeit bedeutete, die meiste davon für die Abwasser-Verrohrung meiner Nasszelle und Küchenspüle mit dem zentralen Entsorgungstank für die Chemieklos der Wohnmobile.

Abgesehen vom Luxus des Alleinbewohnens und des unverstellten Meerblicks, herrschten in meiner Behausung Verhältnisse, wie man sie für gewöhnlich mit »einfachst« umschreibt. Wassertank auf dem Dach, den ich regelmäßig mit einem Gartenschlauch befüllen musste, ein französisches »Hock-dich-und-scheiß-wie-ein-Hund«-Klo, gewagt kombiniert mit einer nur im Sommer benutzten Duscharmatur, ein Holzofen zum Heizen und ein Gasherd zum Kochen, da die elektrische Versorgung äußerst schwach auf der Brust ist – mach das Radio an, und das Licht dimmt ab.

Die gesamte Inneneinrichtung bestand aus verquollener, kunststoffbeschichteter Spanplatte im Holzdesign und war fest installiert, was ein Abonnement von »Schöner Wohnen« von vorneherein obsolet machte.

Alles in allem fühlte sich jeder längere Aufenthalt im Trailer an wie die bittere Bilanz eines gründlich verpfuschten Lebens. Bei schlechtem Wetter, längerer Dunkelheit und

Attacken von Schlaflosigkeit musste ich alle mit Schneiden versehenen oder zu Schlingen formbaren Gegenstände vor mir selbst verstecken.

Naheliegend also, dass ich mich soviel wie nur irgend möglich im Freien aufhielt. Im Laufe der Monate hatte mir die Wegwerfmentalität vieler Wohnmobilisten einen Kugelgrill beschert, eine funktionstüchtige, wenn auch nicht angeschlossene Tiefkühltruhe, einen täuschend bequem wirkenden Liegestuhl, den ich selten aufsuchte, aber umso lieber Besuchern anbot, weil man aus ihm ohne an Akrobatik grenzende Verrenkungen nicht mehr hochkam, eine Hängematte, die auf mich wie Rohypnol wirkte, eine Feuerschale für kühle Nächte und – kaum zu glauben – eine komplette Hollywoodschaukel, nahe genug an die Klippe gerückt, um beim Wippen für Gänsehaut zu sorgen, sehr gut geeignet zum Anschauen romantischer Sonnenuntergänge und zur Anbahnung erotischer Eskapaden mit flüchtigen Bekanntschaften.

Genau, dachte ich und bezog das Bett frisch, bevor ich mich mit mit dem Wäschekorb zum Sanitrakt aufmachte.

*

Nach einem kurzen Schlaf im Fahrersitz, versteckt auf einem Feldweg, fuhr ich in den nächsten Ort, besorgte mir einen Kaffee und ein Croissant, setzte mich damit wieder ins Auto und zog eine Frankreichkarte zurate. Nach der üblichen Phase ergebnislosen Stierens (Aber es *muss* doch hier in E4 sein!) fand ich heraus, wo ich mich befand und fuhr, etwas unentschlossen, erst mal vage in nordöstlicher Richtung weiter. Richtung Mülheim, wenn man so will, also Richtung Haftanstalt, aber egal, Hauptsache *heim*.

Der Toyota zerrte am Lenkrad wie ein schnüffelnder Hund an seiner Leine. Er wollte, genau wie ich, nur raus aus Frankreich. Die nächste Grenze war die zu Spanien, doch sie verbot sich von selbst. Jahrzehnte des ETA-Terror-Tourismus lassen dort im Alarmfall schwer bewaffnete Einheiten wie auf Knopfdruck aus dem Boden schießen. Also schien es klug, zumindest die Gegend hier zu verlassen, räumliche Distanz zum Tatort und damit einhergehend hoffentlich auch abnehmendes Interesse an meiner Person herzustellen. Auch wenn es Nerven kostete, verzichtete ich auf schnelles Vorankommen, mied also die Autobahnen und selbst die großen Nationalstraßen. Von einem Pendler-Parkplatz besorgte ich mir ein Paar französischer Kennzeichen und ließ mich von da an einfach treiben. Fuhr nach Himmelsrichtung und Gefühl, mitten durchs frühsommerliche Frankreich, lebte von Käsebaguettes und Kronenbourg. Unter auch nur ein ganz klein wenig anderen Umständen wäre es eine wundervolle Reise gewesen.

Mitten im Zentralmassiv stieß ich auf ein verlassenes Gehöft. Ich kam zu einem Entschluss, parkte den Toyota in der Scheune und ließ ihn in zwei Stunden schweißtreibender Plackerei komplett unter einem Haufen Strohballen verschwinden, ihn und die beiden Kühlboxen. An einer Viehtränke wusch ich mich und meine Klamotten, verbrachte die Nacht als eine Art Hüpfburg für Mäuse im Stroh und machte mich am frühen Morgen auf zur nächsten Bushaltestelle. Ich wusste jetzt, wie es mit mir weitergehen sollte, ich hatte jetzt ein Ziel.

*

Gewohnheiten schleichen sich ein, sie setzen sich fest und sind dann meist nur schwer wieder abzustellen. Nicht ungefährlich, das. Schon gar nicht in einer Situation wie der meinen.

Ein fester Job strukturiert den Tag, streng genommen auch die Nacht, und die Woche.

Sechs Tage Arbeit, Samstag – Zahltag, Sonntag – frei. Da liegt es nahe, Samstagabend ein bisschen vom sauer Verdienten unter die Leute zu bringen, in Alk aufzulösen und nebenbei mal zu schauen, was die Woche über so an möglicher weiblicher Gesellschaft in unserem kleinen Kaff gestrandet ist. Samstags ging es also regelmäßig auf die Piste, auch wenn es mir riskant vorkam. Man ist leicht abzupassen, wenn erst mal bekannt ist, dass du an bestimmten Tagen und zu bestimmten Uhrzeiten an bestimmten Orten für ein paar Stunden die Wutz fliegen lässt. Doch Samstagabend allein zu Hause zu hocken war unvorstellbar. Also.

Gewohnheiten, ich sag's doch. Sie werden noch mal mein Ende sein.

Während die Waschmaschine vor sich hin orgelte, duschte ich im Sanitrakt, stutzte mir wie jede Woche den Bart und zog anschließend meine Privatklamotten über. Die unterscheiden sich eigentlich nur unwesentlich von meinem Arbeitsdress. Um nicht wie ein alternder Surfer rüberzukommen, besaß ich keinen einzigen Kapuzenpulli und auch keine Shorts, sondern hatte mir im Laufe der Zeit einen Mix aus Hafenarbeiter- und Seebär-Chic zugelegt, mit weiten Jeans, groben Wollpullis oder Flanellhemden, darunter T-Shirts, die ich wie die anderen Sachen alle Second Hand und meist schon ausgebleicht gekauft hatte. Gab es nichts Ausgebleichtes, stopfte ich die Klamotten für ein paar Tage in einen Eimer mit Chlorwasser aus dem TrailerPark-Pool. »Patina« heißt das Zauberwort. Patina verleiht diesen Anstrich von Authentizität und ist Magnetismus pur, wenn es um Urlauberinnen geht, die einen Hang zum Abenteuer haben oder auf der Suche sind nach Material, nach möglichst prickelnden Anekdoten für die Autobiografien, die sie alle eines schönen Tages schreiben werden, aber sicher doch.

Die Arbeitsstiefel tauschte ich abends gegen hohe Wanderschuhe, ein krasser Bruch mit einer lebenslangen Affinität zu ausgelatschten Basketballtretern. Doch ein Mann auf der Flucht braucht strapazierfähiges Schuhwerk, trittsicher bei jedem Tempo und auf noch so schwierigem, noch so rauem Terrain. Möglichst mit Stahlkappe.

Ich hängte die Wäsche draußen vorm Trailer auf die Leine, räumte drinnen noch ein bisschen auf, spülte, fegte den Boden.

Bevor ich ging, zündete ich den Ofen an, legte zum Schluss ein bisschen Hartholz auf für eine längere Brenndauer und steckte noch eine Räucherkerze in Brand. Alles, damit einem beim Zurückkommen nicht gleich als Erstes der feuchte Schimmelmief entgegenschlug. Abtörnend, das, triebhemmend. Nicht gut.

*

Am Brüsseler Nordbahnhof stieg ich aus dem Zug. Die belgische Grenze hatte ich zu Fuß passiert, war mit Rucksack und Bergstiefeln einem Wanderweg gefolgt und dann mit Bussen und schließlich Vorortzügen weitergereist. Ich ließ mir bewusst Zeit. Die polizeilichen Bemühungen erlahmen erfahrungsgemäß, wenn schnelle Fahndungserfolge ausbleiben. Mehr und mehr Beamte werden abgezogen, bis nur noch ein Grüppchen Spezialisten mit dem Fall befasst ist. Doch die, machen wir uns nichts vor, bleiben dran.

Es nieselte in Brüssel, und das Umfeld des Bahnhofs trug nichts dazu bei, das triste Wetter vergessen zu machen. Ich ging ein paar Meter, hockte mich in das Wartehäuschen einer Bushaltestelle und … wartete. Wie man das so macht. Rumsitzen, vor sich hinstieren und diese Ergebenheit auferzwungener Geduld ausströmen. Dabei behielt ich die Nachbarschaft im Auge und da vor allem die Kneipen, die mein Blickfeld zu bieten hatte. Als das dritte Taxi vor dem »Cochon Noir« hielt und zum dritten Mal nur Männer ausstiegen, war ich mir sicher, dass ich gefunden hatte, was ich suchte. Nämlich eine Kneipe, die von Männern frequentiert wird, die in einer Stadt gewohnheitsmäßig mit dem Taxi unterwegs sind.

Zwei Minuten später hockte ich am Tresen.

Der Wirt trug ein FC Anderlecht-T-Shirt ohne Ärmel, wahrscheinlich damit man seine Tätowierungen bewundern konnte, die samt und sonders von dieser speziellen Kunstfertigkeit waren, wie man sie im Vollzug als Gegenleistung für ein Päckchen Tabak erwarten darf. Er lutschte einen Lolli, dessen Stiel in ständiger Bewegung war.

Ich bestellte ein Bier, der Wirt streifte mich mit einem gleichmütigen Blick und sortierte mich automatisch in eine bestimmte Kategorie. »Und ich brauche einen Pass«, vervollständigte ich mein Anliegen. Er nickte, zapfte, stellte das Glas vor mich hin, strich mein Geld ein, wandte sich dem nächsten Gast zu.

Ich sah mich kurz um. Ich war umgeben von Kerlen, die Kurzhaarschnitte bevorzugten und ihre Zivilklamotten vom Discounter bezogen. Alle rauchten, alle tranken, jeder einzelne hielt ein Smartphone in der freien Hand. Vom Typus her, sag ich mal: robust, hätten es ohne weiteres Bauarbeiter, Trucker oder Monteure sein können. Doch die Atmosphäre passte nicht, sie war zu aufgekratzt. Diese Jungs hatten keinen Feierabend oder Urlaub, sie hingen nicht gemütlich ab, sondern befanden sich auf dem Sprung. Profis in einem ambulanten Gewerbe, zwischen zwei Jobs, bereit zu reisen.

Eine Stunde und drei weitere Biere gingen ins Land, ohne dass ich mein Gesuch wiederholt hätte oder der Wirt in irgendeiner Weise darauf zurückgekommen wäre, als eine in jeder Hinsicht elegante Erscheinung neben mich trat, sich mit »Abdel« vorstellte, mir die Hand drückte und »Komm mit« sagte. »Das Taxi wartet.«

*

Hier im Süden sind die Tage im Dezember nicht ganz so kurz wie zu Hause im Ruhrpott, trotzdem war es schon längst dunkel, als ich aufbrach. Ich ging zu Fuß, nahm das Tantchen und rumpelte die Schräge hinab in den Ort. Obwohl das Meer nach dem langen Sommer noch eine schwüle, drückende Präsenz zeigte, hatte ich mich für einen groben Pulli entschieden und meine übliche Strickmütze auf dem Hinterkopf. Hände tief in den Hosentaschen spazierte ich in scheinbarer Gelassenheit die Promenade hinunter. In Wirklichkeit kontrollierte ich die geparkten Autos auf Neuankömmlinge, besah mir die Kennzeichen, vor allem die aus Frankreich, mit besonderem Augenmerk auf den Nummern der Départements. Eine 13 würde alle Alarmglocken schrillen lassen. 13 ist Bouche-du-Rhône, Präfektur Marseille.

Doch es fand sich nichts Verdächtiges. Überhaupt war die Zahl der Neuzugänge spärlich. Nur immer mehr zu rollenden Schlafboxen umgebaute und mit Surfausrüster-Aufklebern versehene Transporter säumten die Promenade, die meisten, der Tradition gehorchend, nach wie vor von VW.

Die Insassen füllten die Surferbars oder hockten auf der den Strand entlangführenden Mauer, die Gesichter hell im fahlen Schein ihrer Tablets.

Zu Anfang der Wintersaison findet in Jerusalé ein Stimmungsumschwung statt. Das Wetter wird rauer und vertreibt die Sonnentouristen. Mit ihnen verabschiedet sich auch ein Teil der relaxten Urlaubsatmosphäre, in der sich alles nur ums Rumdösen, Fressen, Saufen und Kopulieren dreht.

Mit dem Winter packt eine nervöse Unruhe den Ort, ja, den ganzen Küstenstreifen. Es geht um die Wellen, natürlich. Die berühmten portugiesischen Riesenwellen.

Auf halbem Weg die Promenade hinunter wechselte ich die Straßenseite und schlug einen Haken um die dort installierte Webcam. Drüben kam mir Mombassa entgegen, einer der beiden Mitbewohner von Monteyesus, ein sehr dunkelhäutiger, sehr kräftig gebauter Kongolese von gewöhnungsbedürftigem Gebaren. Ich nickte ihm zu, doch er nahm keine Notiz, ging ganz in seiner Rolle auf. Oder vielleicht sah er mich auch ganz einfach nicht, durch die dunklen Gläser hindurch. Samstags in Jerusalé gibt Mombassa immer den Negerkönig. Mit Sonnenbrille, langem, mit Goldbrokat verziertem Kaftan, lederne Flip-Flops an den Füßen und einem weißen, runden Käppi auf dem glatt rasierten Schädel. An der Linken eine feiste Armbanduhr, in der Rechten eine Gebetskette, watschelt er mit vorgestrecktem Bauch und gespreizten Füßen umher, immer auf der Suche nach einer heiratswilligen Europäerin. Man könnte ihn für eine Witzfigur halten, wäre da nicht der andere Mombassa, der unter der Woche in gedrungener Haltung und Camouflage-Klamotten auf dem TrailerPark seine Trainingseinheiten praktiziert. Tagsüber treibt er Sport, übt sprinten, Liegestütze, Hanteln stemmen. Doch nachts trainiert er regelmäßig, mit erstaunlicher und entnervender Lautlosigkeit herumzuschleichen.

Stell dir vor, du sitzt gedankenverloren an deiner Feuerschale, bis auf das Knistern des Holzes und das sanfte Rauschen des Meeres und vielleicht das ferne Zirpen der Zikaden in perfekter Stille, und plötzlich pustet dir jemand ins Ohr. Entnervend, ich sag's doch. Irgendwann war ich so sauer, dass ich ihm mit dem Ellenbogen die Nase geplättet und mir ab da einen Holzknüppel zurechtgelegt habe, entschlossen, ihm beim nächsten Mal eins über den dicken Schädel zu zimmern. Also hat er mir beim nächsten Mal zuerst geräuschlos den Knüppel geklaut und dann ins Ohr gepustet. *Und* sich unter meinem Ellenbogen weggeduckt.

»Du bist leicht zu töten«, befand er, mit großem Ernst.

Mombassa war mir, um es vorsichtig auszudrücken, nicht ganz geheuer.

Nachdem ich den Sichtbereich der Webcam umgangen hatte, wechselte ich zurück auf die Strandseite der Promenade. Aus einem Impuls heraus drehte ich mich um und sah, dass auch Mombassa wieder die Seiten gewechselt hatte. Hm.

Am hinteren Ende der Promenade, wo die ohnehin sparsame Laternenbeleuchtung ganz aufhörte, traf ich Monteyesus, der hier samstagabends immer mit anderen Afrikanern abhing, um zu quatschen, Khat zu kauen, Discounterbier zu trinken und selbstgezogenes Gras zu rauchen. Sie saßen oder standen in kleinen Grüppchen herum, mit der Ruine einer Konservenfabrik und dem dunklen Strand als Rückzugsmöglichkeiten. Ich kannte einige, meist Kollegen aus der Werft oder Nachbarn aus dem TrailerPark. Trotzdem wurden die Gespräche leiser, wenn ich herantrat, oder verstummten ganz, wandten sich die Gesichter ab, wurde der Joint in einer von mir wegführenden Richtung weitergereicht. Zu Anfang hatte mich das noch vor den Kopf gestoßen, es wollte mir nicht in den Sinn, warum wir tagsüber durchaus kumpelhaft zusammenarbeiten, abends aber kein Bier miteinander trinken konnten. Schließlich hab ich nachgefragt. Die Antwort: »Du verstehst nicht.«

Kein Europäer, egal in welcher Bredouille er stecken mag, hat auch nur eine Ahnung davon, was es für einen Afrikaner bedeutet, wie es sich anfühlt, krank vor Heimweh auf diesem fremden Kontinent gefangen zu sein. Denn Flüchtlinge können nicht pendeln. Einmal hier, müssen sie bleiben, so lange wie nur eben möglich. Zurückzugehen, ob freiwillig oder eben nicht, bedeutet in den meisten Fällen: für immer. Die Kosten und vor allem die Risiken einer Mittelmeerquerung nimmt kaum jemand ein zweites Mal auf sich.

»Du kannst dir nicht vorstellen«, hat Monteyesus mir erklärt, »wie lang vier Tage und Nächte werden, wenn du sie zusammengepfercht mit tausend anderen auf einem winzigen, ganz allmählich sinkenden Boot verbringst. Ich träume jede Nacht von dieser Überfahrt, Nepomuk, und wenn ich aufwache, bin ich nass vor Schweiß.«

Das Fazit war, dass die schwarzafrikanischen Sem Papéis samstagabends unter sich sein wollten, ohne die Gesellschaft eines in ihren Augen gepamperten Weißen, und wenn er noch so verständnissinnig daherkam.

Inzwischen hatte ich das akzeptiert, also sprach ich nur kurz ein paar Worte mit Yesus, nickte den anderen zu und machte kehrt, kaufte mir eine Tüte Pommes und steuerte die Mulholland Bar an.

Es gibt rund zwei Dutzend anderer Kneipen in Jerusalé, doch ich ging wenn, dann immer nur in diese eine. Teil meiner Strategie, auch wenn sich das übertrieben anhört. Ich wollte diesen Stammgast-Status, wollte mit Namen bekannt sein und entsprechend begrüßt werden. Zusammen mit dem Stil und der Patina meiner Klamotten sollte es auf jeden Außenstehenden so wirken, als ob ich schon Jahre, wenn nicht Jahrzehnte hier lebte. Zugezogen, sicher, aber vor langer, langer Zeit. Und zwar aus freien Stücken.

Als kleiner Nebeneffekt weckte es das Interesse der Urlauberinnen. Erkenntnis: Wenn du schon nicht in der Lage bist, deine Lebensumstände zu verbessern, dann tu so, als ob du das gar nicht erst wolltest. Tu so, als ob du deinen Traum lebst. Auf einer kurz vorm Bankrott stehenden Werft zu malochen und in einem windschiefen Trailer mit Ofenheizung zu hausen. Hauptsache, am Meer, Hauptsache, im ach so sonnigen Süden, und nie mehr zurück in den sicheren, aber öden Alltag eines Industrie-Architekten im grauen Jelgava. Und, was soll ich sagen? Sie kauften es mir nicht nur ab, sie schlabberten es geradezu auf.

*

Wir traten aus der Tür des Cochon Noir, raus in den Niesel, stiegen in das wartende Taxi, der Fahrer setzte den Blinker und fädelte sich in den Verkehr.

»Der ist zu groß«, sagte ich, klappte den Pass zu und legte ihn zwischen uns auf den Sitz. »Der zu klein, der zu alt, und der ist schon fast abgelaufen.«

Abdel, ein schlanker Nordafrikaner mit scharfen Anzugfalten, manikürten Fingernägeln und hochglanzpolierten Schuhen, zuckte gleichmütig die Achseln, nahm dabei aber keine Sekunde seine Augen von meinen Händen, die den Stapel von Pässen durchsortierten.

Arabische Musik wimmerte, immer wieder kurz unterbrochen, wenn das Taxi durch ein Schlagloch rummste.

»Der ist es«, entschied ich schließlich, nach mehrmaligem Hin und Her. Gleiche Größe, gleiche Augenfarbe, ungefähr gleiches Alter, Lette, somit EU. Dann las ich den Namen.

»Gibt es wirklich Leute, die *Nepomuk Blaumanis* heißen?«

»In Lettland schon.«

»Was ist mit ihm, dass er seinen Pass nicht mehr braucht?«

Abdel nahm die abgelehnten Pässe wieder an sich, schnürte ein Gummiband drum und verstaute das Bündel in der Innentasche seines Seidenanzugs. »Tot«, antwortet er dann. »Gefallen. Im Kongo. Für Gold. Bist du auch Söldner? Brauchst du einen Job?«

Ich schüttelte den Kopf. »Was kriegst du?«

Er nannte den Preis, ich zählte Scheine auf das freie Stück Rückbank zwischen uns.

»Führerschein?«, fragte er dann, und ich sah überrascht auf.

»Auf den selben Namen?«

Er zog den Mund schief. »Nepomuk kann auch damit nichts mehr anfangen.«

»Wie viel?«

Er nannte den Preis, wir kungelten ein bisschen, einigten uns und ich zahlte.

Das Taxi stoppte an einer Straßenecke, und Abdel drückte mir zum Abschied noch seine Business-Card in die Hand.

»Ich hätte nicht gedacht, dass das so einfach geht«, gestand ich. Er zögerte, ein Bein schon aus der Tür.

»Einfach«, echote er, dachte kurz nach und schüttelte dann den Kopf. »Deine Schwierigkeiten fangen jetzt erst an.«

*

»Nepomuk.« Barkeeper Danielo nickte mir freundlich zu und stellte ungefragt einen Whisky vor mich hin.

Ich blickte etwas verblüfft in das Glas, dann wieder hoch.

»Eigentlich wollte ich lieber ein Bier.«

Anstatt darauf einzugehen, legte er eine Münze auf die Theke.

»Geh und spiel Billard«, raunte er eindringlich.

»Aber ich bin lausig im Billard.«

»Egal. Scheißegal. Tu, was ich dir sage, und du wirst heute noch flachgelegt wie schon lange nicht mehr.«

Ich sah mich nicht um, sondern blickte weiter fragend.

»Sie *bebt*, Nepomuk, glaub mir. Und sie trinkt Whisky und glotzt jetzt schon den zweiten Abend jedem mit einem Queue in der Hand auf den Arsch. Und deinen wird sie lieben.« Danielo, muss man dazu sagen, hat einen Blick für solche Sachen.

Also trat ich an den Tisch, schob das Glas auf der Bande gut sichtbar ins Licht, warf die Münze in den Schlitz, ließ die Kugeln rappeln und packte sie rings um die Acht in den dreieckigen Rahmen.

Eine ranke, sommersprossige Weißblonde löste sich von einer Gruppe Yachties in ihren Blazern und flachen, teakholzdeckschonenden Turnschuhen.

Rahmen gelupft, Kreide auf die Pomeranze, die Weiße positioniert, Queue gepackt, Braue gehoben, Ziel genommen …

Sie stützte sich mit einer Hand auf das Kopfende des

Tisches, beugte sich in ihrer dunkelblauen Bluse leicht nach vorn für einen interessierten Blick, und ich schoss die Weiße über die Farbigen, über die Bande und vom Tisch, wo ich sie auf den Boden knallen und dann quer durch die Bar kullern hören konnte. Die Sommersprossen reichten bis weit in das Dekolleté hinein. Sehr weit.

Unsere Blicke trafen sich. Lachfältchen umschmeichelten ihre Augen.

»Etwas außer Übung?«, fragte sie. Sie sprach Englisch mit einem bezaubernden skandinavischen Akzent.

Ich schüttelte energisch den Kopf. »Das war Absicht«, behauptete ich. »Man nennt das ein non-verbales Kompliment.«

Ihre Fältchen vertieften sich. »Charmante Lügner sind mir die liebsten«, gestand sie, und ab da liefen wir ineinander wie die Zähnchen eines Reißverschlusses.

*

Sie war Schwedin, sie hieß Ankje, und sie schlief noch, als ich aus dem Trailer stieg. Bestenfalls halbwach, wusste ich nicht recht, wohin mit mir und ließ mich idiotischerweise in den Liegestuhl fallen. Der, aus dem man nicht mehr hochkommt, ohne sich erst eine Schaufel unter den Hintern zu schieben und dann mit aller Kraft zu hebeln.

Der Tag ließ sich trüb an, diesig und warm, das meteorologische Äquivalent zu Kartoffelsuppe, etwa. Möwen flatterten keifend vorbei, unzufrieden mit dem schlappen Aufwind vor der Steilküste, das Meer lag platt und lustlos unter dem gräulichen Himmel. Alles in allem war es eine Sonntagmorgenstimmung wie aus dem Bilderbuch.

Irgendwann war Ankje auf, ich hörte sie im Trailer rumoren, dachte daran, ihr einen Kaffee zu brühen, vielleicht ein paar Scheiben Weißbrot in der Pfanne zu toasten, doch ich kriegte buchstäblich den Arsch nicht recht hoch, und da kam sie auch schon heraus. Fertig angezogen, beschwingt, entspannt, wie eine Frau, die bekommen hat, was sie wollte, sei es eine letzte kleine wärmende Romanze vor dem langen skandinavischen Winter oder aber die endlich vollzogene Rache an einem untreuen Partner oder eine Bestätigung ihrer umgebrochenen Attraktivität. Was immer es war, sie hatte es gekriegt und es machte sie zufrieden, glatt und geschmeidig, während ich mich haarig fühlte, regelrecht pelzig, lahm und schlapp, wenn auch auf eine saturierte Art.

Sie beugte sich vor, küsste mich lange und sanft auf die Lippen.

»Ich verlasse dich jetzt«, sagte sie und tat genau das. Drehte sich um und ging federnden Schrittes davon. Ich sah ihr hinterher und versuchte mir vorzumachen, dass alleingelassen zu werden genau das war, was ich gewollt hatte, bevor ich nach ein paar Minuten aufgab.

Sie winkte noch mal, ich winkte zurück, dann passierte sie das Gebäude mit der Rezeption und geriet außer Sicht, aller Erfahrung nach für immer. Ich kämpfte noch einen Augenblick lang mit schweren Lidern und verlor.

Jemand mit einem kratzigen Schnurrbart und dem Atem eines Geiers schnüffelte mein Gesicht ab, und ich schlug die Augen auf. Yara, die Tochter meines Vermieters. Gekommen, um die Miete zu kassieren. Zusammen mit ihrer Tochter Elvira, genannt Ela, die ich anfangs wochenlang für Yaras kleine Schwester gehalten habe, bis das irgendwann mal ans Licht kam, woraufhin Ela mit einem *Plöpp* den Daumen aus dem Mund nahm und »Bist du doof?« fragte. »Das ist doch meine *Mamma*!«

Hat mich etwas bestürzt, damals. Yara ist ein bisschen zu jung, um schon Mutter zu sein. Und viel zu jung, um Mutter einer ausgesprochen naseweisen Fünfjährigen zu sein.

Begleitet wurden die beiden – ehe ich vergesse, das zu erwähnen – von Benno, ihrem Hund.

Benno ist nicht mehr der Jüngste. Wesentlich länger als hoch gleicht er von der Figur einem Bassett, vom Kopf einem Schnauzer, vom Fell einem Pudel und vom Wesen einem Labrador. Fertig mit Abschnuppern, entschied er, dass es nun an der Zeit sei, mir ein Ohr auszulutschen, all meiner angeekelten Lautäußerungen und mehr oder weniger hilflosen Versuche der Gegenwehr zum Trotz, und sehr zu Elas Vergnügen. Vor allem an meinem Ungemach hat sie immer wieder ihre helle Freude. Ich hab mir mal beim Reparieren der Bremsen des Datsuns den Schädel angeschlagen, und sie hat nur so gewiehert vor Lachen. Ich meine manchmal, ich könnte vom Baum herab und mit dem Arsch voran in eine laufende Kettensäge fallen, und sie würde sich kringeln. Sie besitzt diese äußerst robuste kindliche Frohnatur.

Benno hat's gern gemütlich. Vor allem auf mir. Er grunzte, hockte sich neben meine Liege, legte mir die Schnauze auf den Bauch, seufzte zufrieden und schloss die Augen. Ich tätschelte ihm ein bisschen den Kopf und fühlte mich bräsig und nicht wirklich behaglich unter der doppelten Musterung durch Mutter und Tochter. Yara saß mir im Schneidersitz gegenüber, wie meist einfach so auf dem Boden, wie oft in einem blassgrünen Overall, wie fast immer barfuß und wie stets in einigem Abstand, kühl und ungerührt. Wenn möglich noch kühler und ungerührter als sonst. Gab's dafür einen Anlass? Hatte ich geschnarcht? Gesabbert? Verstohlen tastete ich mir das Kinn ab. Alles trocken, Gott sei Dank.

Es machte *Plöpp,* und Ela sagte: »Als du geschlafen hast, ist eine dicke, fette Fliege in deinen Mund und wieder rausgeflogen. Bestimmt hat die da drin Aa gemacht.« Und sie gibbelte ein bisschen.

Was zu trinken wär nicht schlecht, fiel mir auf. Was Antiseptisches, wenn möglich.

»Lange Nacht gehabt?«, fragte Yara in einem Tonfall, der normalerweise für Bemerkungen wie »Dir steht die Hose offen« reserviert ist.

»Ziemlich«, antwortete ich und tastete verstohlen nach meinem Reißverschluss. Alles zu.

»Du hast zwei verschiedene Socken an«, fiel Ela auf.

»Elvira«, sagte ich, »warum nimmst du nicht einen Ball und gehst am Rand der Klippe spielen?«

Yara warf mir einen Blick zu, der mich eigentlich erst hätte blenden und dann töten müssen. Sie hat braune Augen, ein warmes Braun wie frisch gemahlener Kaffee, doch wenn sie wütend ist, und sie wird schnell wütend, verwandeln sie sich in dunkle Tupfen auf den Spitzen zweier Stahlmantel-Geschosse.

»Das war ein Scherz, Mamma«, beschwichtigte Ela.

Altklug ist sie auch noch, dachte ich verdrießlich.

Wir redeten Deutsch miteinander. Yaras Mutter, Caroline, ist Deutsche, hat ihre Tochter zweisprachig erzogen und die verfuhr nun mit Ela genauso. Mein Deutsch war Teil meiner Legende: In Lettland geboren, aber in Deutschland zur Schule gegangen.

»Neeepomuk will doch nicht, dass ich von der Klippe falle, oder?«

Ela packt immer mindestens zwei »e« zu viel in meinen Namen, wenn sie mich nerven will.

»Oder, Neeepomuk?«

»Dbnchmrnchtwrklchschr«, antwortete ich leise und vokalbereinigt.

»Ooder, Neeeepomuk?«

»Ela, warum gehst du nicht rein und setzt dich vor den Fernseher.«

»Du *hast* gar keinen Fernseher! Mann, bist du langweilig!« Wütend stampfte sie mit dem Fuß auf, machte kehrt, geriet aus meinem Blickfeld, doch ich hörte, wie sie sich in die Hängematte warf und furios schaukelte, bis ihr eine Idee kam.

»Benno!«

Der Hund kniff die Augen zusammen, duckte sein Kinn in meinen Bauch und stellte sich tot.

»Benno! Benno komm her und schaukel mit mir! Benno! *Benno!* Benno! Benno, komm her! Benno! Benno, *komm!* Bennoooo …«

Der Hund schlug die Augen auf, seufzte resigniert und fügte sich in sein Schicksal.

Yara sah sich kritisch um. Kann sie gut, das.

»Jorge sagt, wenn die Klippe abbricht und den Trailer mitreißt, macht er dich haftbar.«

Jorge Marquez ist Yaras Vater und der Besitzer des TrailerParks. Ich hatte ihn ein paarmal … »getroffen« ist zu viel gesagt. *Gesehen*, also. Gesprochen hatte ich ihn bisher kaum. Nach allem, was ich wusste, konnte er ganz charmant, aber auch ein absolutes Ekel sein. Muss man wohl, als Slumlord.

»Komm rein, Benno! Komm in die Hängematte, hopp! Jaa, so ist fein!« Die Karabinerhaken knirschten, als Ela das wilde Schaukeln wieder aufnahm.

»Wir haben in den letzten zehn Jahren fast anderthalb Meter verloren«, erklärte Yara, mit einem Anflug von Milde.

Hm. Verglichen mit dem, was mich sonst noch erwartete, erschien mir das Risiko kalkulierbar.

»Du kannst deinem Vater …«

»Jorge«, korrigierte sie mich.

Aha, dachte ich. Es war mir von Anfang an nicht entgangen, dass Yara eine »Mulata« ist, hellhäutig mit afrikanischen Zügen, was vermuten ließ, dass entweder Caroline oder aber Jorge nicht aktiv an ihrer Erzeugung beteiligt gewesen war, und ich glaubte nun zu wissen, wer.

»Du kannst Jorge ausrichten, dass ich den Trailer sehr gut

verankert habe.« Schließlich hatte ich nicht vor, mich beim ersten Wintersturm mitsamt meiner Behausung durch die Gegend blasen zu lassen.

»Benno, bleib hier!«

Hinter mir konnte ich jemanden aus der Hängematte hopsen hören, dann ein rhythmisches *»Hump! Hump! Hump!«*, gefolgt von dem kehligen *»Chrrllrks!«*, mit dem sich ein Hund erbricht.

»Igittigitt!«, freut sich Ela. »Mamma, Benno ist schlecht geworden!«

»Ja, Ela, das ist mir nicht entgangen. Und wessen Schuld ist das?«

Es war schön, ja geradezu tröstlich, dass Yara nicht nur zu mir so streng war. Mit hocherhobenem Kinn sah sie ihr Kind abwartend an. Wobei – und das werde ich nie kapieren – sie nur in meiner Nähe so schroff zu mir ist. Aus der Ferne winkt sie immer total nett. Schon mal beschleicht mich der Verdacht, dass sie kurzsichtig ist und mich auf die Distanz schlichtweg mit jemand anderem verwechselt. Wie soll ich das herauskriegen?

»Oh, Benno, Benno, Benno!«, hörte ich Ela in flehendem Tonfall. »Es tut mir leid! Das war gemein von mir. Kannst du mir noch mal verzeihen?«

Ich drehte mich nach hinten. Ela hatte ihre Arme um den Hals des Hundes geschlungen und rieb ihre Nase in seinem Nackenfell. Benno grummelte. Es wirkte nicht so, als ob er zu der nachtragenden Sorte gehörte. Ich an seiner Stelle hätte das kleine Aas in den Hintern gebissen.

»Warum ist sie denn schon gegangen, deine neueste Eroberung?«, fragte Yara übergangslos. »Hat es ihr bei dir nicht gefallen?«

Wem Privatsphäre nicht nahezu komplett egal ist, der sollte vielleicht besser nicht in einen Trailerpark ziehen.

»Ihr Flug geht heute noch.«

»Die war ja zur Abwechslung mal ganz hübsch«, kommentierte Yara ungefragt. »Anders als dieses …«

»Yara, bitte!«

Jeder, für den soziale Kontrolle bis dahin nichts als ein abstrakter Begriff ohne persönlichen Bezug war, wird sich nach nur einem Monat im Trailer zur eigenen Verblüffung in der Lage sehen, eine Abhandlung, wenn nicht gar ein Buch zu diesem Thema zu verfassen.

»Anders als dieses Gestell mit den …«

»Einsame Männer machen manchmal seltsame Sachen. Können wir es dabei belassen?«

»… pneumatischen Polstern.«

»Sie war von ihrem Mann verlassen worden und brauchte dringend eine Schulter zum Ausweinen«, erklärte ich und fragte mich gleichzeitig, warum ich mich so in die Defensive drängen ließ. Konnte mir doch furzegal sein, was Yara von mir und meinem Umgang hielt.

Ela und Benno kamen vorbei, verwickelt in ein energisches Tauziehen um etwas, das dem Gürtel meines Bademantels erstaunlich ähnlich sah und eigentlich auf der Wäscheleine hängen sollte. Der Hund knurrte, das Kind quietschte, während der Gürtel knirschte.

»Du magst sie … älter, oder?«, bohrte Yara weiter.

Ihre Ansichten konnten mir furzegal sein, trotzdem platzte mir hier der Kragen.

»Himmelarsch! Ich weiß, ich sehe aus wie ein allzu früh ergrauter Jüngling, aber lass dir gesagt sein, Yara, ich *bin* älter. Für Neunzehnjährige müsste ich mittlerweile wahrscheinlich bezahlen.« Sie schwieg, blickte auf eine amüsierte Art nachdenklich drein, bis bei mir der Groschen fiel. »Du bist neunzehn.«

Ruckartig wandte sie den Kopf zur Seite, irritiert, fast schon wütend, und stand auf. Das heißt, sie entknotete ihre Beine und stand. Ohne ihre Hände zu Hilfe zu nehmen, ohne Herumgekrabbel auf allen Vieren, wuchs sie einfach in die Höhe wie eine Blume im Zeitraffer. Man muss es gesehen haben.

»Die Miete«, sagte sie. Ich fummelte die Scheine aus der Brusttasche meines Hemdes, reichte sie rüber und Yara nahm sie, zählte nach, nickte und ging.

Und ich, Gefangener meines Liegestuhls, blickte ihr halb rätselnd, halb angefressen hinterher. Was, verdammt noch mal, hatte ich verbrochen?

Ela gesellte sich zu ihrer Mutter, nahm ihre Hand, drehte sich noch mal kurz zu mir um und winkte, während Benno unter wütendem Knurren, Schnappen und Ohrenschlackern sicherstellte, dass mein Frotteegürtel niemandem mehr gefährlich werden konnte, bevor er ihn fallen ließ und den beiden hinterherhoppelte.

Ich hatte sie auf ihr Alter angesprochen, das war's. Ich hatte geraten, wie alt sie ist, und richtig gelegen.

Was sie daran ärgerte, war vermutlich der Umstand, dass ich so unschwer zurückrechnen konnte, in welchem Alter sie ihre Tochter bekommen hat. Vierzehn, ganz recht. Und das hatte mich nicht zu interessieren, denke ich.

Ich wartete eine Weile, bis ich mir sicher war, zumindest halbwegs unbeobachtet zu sein, wälzte mich dann seitwärts von der Liege, krabbelte auf die Füße und richtete meine vom langen Liegen in ungesunder Haltung gekrümmte Gestalt mühsam auf. Also keinesfalls wie eine Blume im Zeitraffer, sondern eher wie eine Schildkröte, die auf die Idee verfallen ist, es mal auf zwei Beinen zu versuchen. Ja, Scheiße.

Die sonntägliche Fahrt nach Figueras entwickelte sich für mich langsam zu so etwas wie einem Highlight der Woche. Fahren, einfach nur am Steuer sitzen und unterwegs sein, ist mir nach wie vor ein Bedürfnis. Manchmal plagt mich der Verdacht, ich bin ein Nomade in Selbstverleugnung.

Von Jerusalé nach Figueras sind es rund vierzig Kilometer, teils an der Küste lang, teils über Land. Vierzig Kilometer ohne eine einzige Ampel, unfassbar. In Mülheim kommt man ja keine vierzig *Meter* weit, ohne direkt wieder wie blöde vor dem nächsten Rotlicht mit den Kiefern zu mahlen.

Yesus döste im Beifahrersitz. Seine beiden Mitbewohner kosten ihn eine Menge Schlaf, den er sonntags nachholen muss.

Ich ließ den Diesel vor sich hinschnarren und hing meinen Gedanken nach.

Vom Gefühl her hätte ich schon längst weitergezogen sein müssen. Doch es war nur schwer – streng genommen überhaupt nicht – vorhersehbar, was für ein Gebaren meine diversen Verfolger von mir erwarteten, nach was für Verhaltensmustern sie Ausschau hielten. Was konnten sie von mir wissen? Ehemaliger Privatdetektiv. Das ließ ein gewisses Talent zur Verstellung, zur Mimikry vermuten. Ehemaliger Gastwirt. Undenkbar war's nicht, dass so jemand unter neuem Namen und an neuen Ufern wieder ins alte Gewerbe einstieg, sich mit dem vielen Bargeld in seinem Besitz den in langen, langen Nächten hinterm Tresen seiner Bahnhofskneipe gehegten Traum nach einem eigenen Club erfüllte, einem Etablissement der Oberklasse, in dem er nicht länger wie ein Sklave am Zapfhahn hing, sondern nur noch repräsentierte, in einem weißen Anzug, ein It-Girl im Schlepptau …

Okay, diesen Fallstrick zumindest hatte ich umgangen.

Die andere Gefahr lag darin, mich nach all der Zeit in Sicherheit zu wähnen, der Versuchung des Geldes zu erliegen, damit um mich zu werfen, den Krösus zu mimen, in einem weißen Anzug, ein It-Girl am Arm …

Ja, wenn ich nur eine Sekunde darüber nachdachte, war es ganz erstaunlich, mit wie viel Geschick ich mir die ganzen It-Girls vom Hals hielt.

Während mir meine Instinkte also in den Ohren lagen, in Bewegung zu bleiben, möglichst oft den Ort zu wechseln, den Namen, das Aussehen, die Transportmittel, sagte mir die Vernunft, dass ich auf diesem Weg unweigerlich dauernd neue Bekanntschaften machen würde, viele, viele Bekanntschaften, die, egal wie flüchtig, allesamt ein Gedächtnis besaßen und daran gekoppelt die Fähigkeit, auf Nachfragen Auskunft zu geben.

So war dann eben der Entschluss gereift, hierzubleiben und meine Verteidigungsringe aufzubauen.

Yesus stöhnte im Schlaf, zuckte am ganzen Körper, schlug die Augen auf, sah mich verwirrt an, seufzte, schüttelte kurz den Kopf und sackte wieder in Schlaf.

Vierter und damit äußerster Ring war meine demonstrative Ortsansässigkeit, der Fakt, dass ich mit meinem alten Drahtesel oder Datsun mittlerweile ein vertrauter Anblick auf Jerusalés Straßen war. Jeden Morgen, jeden Abend, man könnte die Uhr danach stellen. »Von hier« also, kein kürzlich zugereister und sich wie auch immer konspirativ verhaltender Fremder.

Wir bogen um eine Ecke, und ich las »Carmela«, weiß auf den Fels gepinselt, wir bogen ein bisschen weiter, und ich las »eu«, dann »te«, dann »amo«. Auf den ersten Blick ganz nett gemacht, doch wie alles, das man wieder und wieder liest, verlor sich dieser Effekt von Mal zu Mal immer mehr.

Mir fiel auf, dass ich diese Strecke jeden Sonntag fuhr, und immer ungefähr zur selben Zeit. Gewohnheiten. Vielleicht sollte es Teil meiner Strategie werden, grundsätzlich und andauernd mit ihnen zu brechen.

Den dritten Ring bildete der TrailerPark, mit seinem Zaun und Schlagbaum als physische Barrieren. Natürlich wehrt das niemanden ab, der entschlossen ist, einen Auftragsmord auszuführen oder eine Verhaftung vorzunehmen, doch davor bietet das Areal noch eine andere, eine psychologische Hürde. Da ich nicht gemeldet bin, wohne ich offiziell gar nicht dort, weshalb man mich an der Rezeption auch weder kennt noch je gesehen hat, und das jedem gegenüber, seien ihre Interessen privater, geschäftlicher oder dienstlicher Natur. Aber ich würde es natürlich erfahren, sollte tatsächlich jemand nach mir oder einer mir ähnelnden Person fragen.

Ein dunkelgrauer Renault Espace tauchte im Innenspiegel auf, näherte sich zögerlich und riss mich damit aus meinen Gedanken. »Zögerlich«, muss man dazu wissen, ist für portugiesische Automobilisten ein Fremdwort, die fahren grundsätzlich auf Sieg. Es war kaum Verkehr, die Straße senkte sich in eine größere Bucht, bot ein schönes, freies Stück Gerade, doch der Espace überholte nicht, sondern folgte mir ungemütlich dicht. Getönte Scheiben, mehrere männliche, schwarz oder zumindest sehr dunkel gekleidete Gestalten so gerade ausmachbar. Zwei Türen vorn, große Schiebetür rechts. Ein gutes, ein wirklich praktisches Auto für einen Überfall. Mir wurde warm. Unter normalen Umständen, mit egal was für einem Fahrzeug, hätte ich jetzt erst mal versucht abzuhauen. Doch nicht mit dem Datsun. Mehr Gas bedeutete in seinem Fall nur mehr Qualm, nicht mehr Speed. Schließlich setzte ich kurzentschlossen den rechten Blinker – mal schauen, was passiert – der Renault scherte aus, zog neben mich und … vorbei. Ich atmete auf. Nur ein paar alte Knacker auf dem Weg zu einer Beerdigung, weia.

Yesus schmatzte im Traum mit den Lippen, und ich beruhigte mich wieder.

Zweiter, vorletzter Verteidigungsring war der Trailer selbst. Allgemeinem Unverständnis zum Trotz hatte ich beim Aufstellen an seinem jetzigen Platz das Panoramafenster am Heck nicht zum Meer gedreht, sondern so, dass ich vom Bett aus das Gelände im Blick behalten konnte. Auf eine Armierung des Trailers hatte ich allerdings bewusst verzichtet. Man kann eine solche Leichtbau-Wellblechhütte nicht in eine Festung verwandeln, es geht einfach nicht. Sämtliche Materialien sind dünn, alle Schlösser und Scharniere unterdimensioniert und altersschwach, wenn nicht eh schon hinüber. Nur eine Fluchtmöglichkeit hatte ich mir geschaffen, eine Klappe zur Steilküste hin, mit einer Strickleiter, von der ich hoffte, dass ich sie niemals brauchen würde.

Die ersten Tankstellen, Autohändler, Supermärkte und Möbelhäuser ließen ahnen, dass man sich einer Stadt näherte. Wie immer war mir danach, dem nächsten wegführenden Richtungsschild zu folgen und weiterzufahren, irgendwohin, wo ich noch nie gewesen bin, und sei es Kiew. Yesus sah mir so aus, als sei er entschlossen, bis dahin weiterzupennen. Mit einem Anflug von Widerwillen steuerte ich den Datsun durch den leichten Verkehr ins Zentrum.

Letzte Bastion war schließlich ich selbst, wobei ich gut beraten schien, mich mehr auf meine Sinne, meine Beobachtungsgabe und meine Vorahnungen zu verlassen als auf meine Fähigkeiten zur Selbstverteidigung. Mombassas Beurteilung meiner Wehrhaftigkeit hatte mich die eine oder andere noch verbliebene Illusionen gekostet.

Vier Ringe also, vier Hemmschwellen für meine Verfolger, und trotzdem wurde ich das Gefühl nicht los, dass ein fünfter, noch weiter außen vorgelagerter Ring nicht schaden könnte, von dem ich allerdings bisher nur eine äußerst vage Vorstellung hatte. Eine abstrakte Verteidigungslinie, die wenn möglich komplett von meiner Person losgelöst sein sollte. Darum kreisten meine Gedanken, bis wir in der Ortsmitte ankamen.

Wie so viele Hafenstädte ist Figueras eher eine Sommerstadt. Ähnlich einem getupften Kleid braucht sie die Luft, das Licht, die Leichtigkeit des Sommers, um sich mit Leben zu füllen und ihre Farben zum Leuchten zu bringen. An diesem trüben Dezembersonntag dagegen wirkte sie, als ob sie schlaff von der Leine hing und nicht recht trocken werden wollte.

Yesus erwachte, als ich den Datsun auf einem Supermarktparkplatz abstellte, wir stiegen aus und gingen unserer Wege. Er zu Western Union und einkaufen, und ich, mich um das Problem »Chris« kümmern. Fotografisch.

Als ich den Besitzer des kleinen Secondhandladens für Elektroartikel nach einem Fotoapparat fragte, ging der sofort davon aus, dass ich Surfer knipsen wollte und hatte schon ein Objektiv im Format meines Oberschenkels aus dem Regal gezogen, bevor ich ihm klarmachen konnte, dass ich etwas ganz entscheidend weniger Spektakuläres suchte. Klein, handlich, mit lichtstarkem Zoom und einem zuschaltbaren, weitreichenden Blitz. Etwas für Nachtaufnahmen. Was für Nachtaufnahmen sagte ich nicht, aber er schien seine eigenen Schlüsse zu ziehen und verfiel der Vorstellung, mir gegenüber Mondpreise durchsetzen zu können. Den Zahn musste ich ihm ziehen, was ihn dann endgültig empörte. Pervers *und* knickerig, das schickte ihm den Blutdruck in ungeahnte Höhen, darüber würde er sich eine ganze Woche nicht einkriegen, ich war mir sicher.

Zurück im Trailer hängte ich den Akku der Kamera ans Netz und betrachtete finster, weil lustlos, die mitgekaufte Gebrauchsanleitung im Ziegelsteinformat. Wer will, wer *braucht* eine Million Funktionen? In jedem noch so popeligen Gerät?

Es klarte den ganzen Tag nicht richtig auf und als eine frühe Dämmerung einsetzte, kramte ich meinen schwarzen Overall hervor, zog ihn an, schnappte mir die Kamera und machte mich auf die Jagd.

Eusebio saß vor seinem Büro an einem kleinen Tisch mit karierter Tischdecke. Seine stets schwarz gekleidete und deshalb nur »Die Witwe« genannte Haushälterin füllte ihm gerade den Teller mit Fischsuppe aus einer bauchigen Porzellanschüssel. Mit einer Geste lud er mich ein, ihm Gesellschaft zu leisten, was ich nicht ablehnen konnte, also zog ich mir einen Klappstuhl heran, bekam einen Teller vorgesetzt und gefüllt. Wir prosteten uns mit Weißwein zu, brachen Brot, tauchten die Löffel ein und aßen schweigend.

Ich glaube, ich nahm viermal nach. Ich hätte fünfmal nachgenommen, doch irgendwann war selbst die große Schüssel leer.

»Das war die beste Fischsuppe, die ich je gegessen habe«, sagte ich, Eusebio übersetzte, seine Haushälterin errötete sachte, räumte den Tisch ab, Eusebio steckte sich einen Zigarillo an und betrachtete mich nachdenklich durch seine Brillengläser.

»Der Kunde hat die zweite Rate noch nicht bezahlt«, sagte er schließlich.

»Das heißt, Arbeit wird knapp«, vermutete ich. Die Werft baute grundsätzlich nur nach Vorkasse in fest vereinbarten Raten.

»Wenn bis Mittwoch kein Geld da ist, muss ich ein paar Leute nach Hause schicken.«

Das kam öfter vor, also zuckte ich nur die Achseln.

»Du hast keine Familie.« Es klang halb fragend.

»Nein«, bestätigte ich, »und ich bräuchte eh etwas Zeit, um den Jetski zu reparieren.«

Eusebio nickte. »Die Saison naht. Die Wellen kommen. Und sie werden jedes Jahr größer.«

Ich erhob mich, bedankte mich für das Essen und fragte, ob ich mir den Transporter der Werft für ein paar Stunden leihen könnte.

»Nimm mit.«

Ich rollte die Wollmütze ab, bis sie mir fast in die Augen hing, legte die Kamera griffbereit auf die Sitzbank neben mir und startete den alten Ford Transit. Ich hätte natürlich auch den Datsun nehmen können, doch in einem Pick-up kann man sich schlecht verbergen, in einem nachtblauen Transporter dagegen schon. Mit heruntergeklappter Sonnenblende tuckerte ich im zweiten Gang die Promenade hinunter und bestrich mit den Schweinwerfern das aufgegebene Fabrikgelände an ihrem Ende, den Strand.

David, Yesus' zweiter Mitbewohner und Mombassas »Schützling«, torkelte weit hinten an der Wasserlinie entlang. Auch er war aus dem Kongo, ein wortkarger Halbwüchsiger, dessen einziges Interesse es zu sein schien, sich rund um die Uhr die Birne bis zum Anschlag dichtzuziehen. Egal, womit.

Ich erkannte ihn selbst auf die Distanz an seiner seltsamen Gangart, ein bisschen wie Bernd das Brot, dem über Nacht ellenlange Arme und Beine gewachsen sind. Also noch ein wenig unkoordiniert, ungeübt, schwankend, fuchtelnd.

Wenn er richtig zugedröhnt ist, »schießt« er mit einem Stock oder sonstigen längeren Gegenstand auf Umstehende und Passanten, bevor er vor Lachen zusammenbricht und sich dann noch eine Weile herumwälzt, schluchzend. Wenn mir Mombassa schon nicht ganz geheuer war, vor David gruselte es mich regelrecht.

Langsam fuhr ich weiter. In einer der Nebenstraßen der Avenida da Constituição gibt es einen schäbigen kleinen Supermarkt, der anscheinend immer geöffnet ist und vor dem Chris und seine Kumpels gern herumhängen, Kunden anschnorren und das Erschnorrte drinnen dann in Alkohol umsetzen. Wie Berliner Punks, eigentlich.

Doch die Gasse war leer, bis auf einen vor dem Supermarkt angeleinten und brummig dreinblickenden Hund.

Zurück auf der Promenade, steuerte ich das andere Ende

der Bucht an, wo, im Schatten der Plattform des Schrägaufzuges, im bitteren Mief schalen Urins, allnächtlich eine Handvoll Straßenhuren den hygienisch Unerschrockenen den Samen abmolk.

Ich nickte mir zu – Bingo –, als das Scheinwerferlicht des Transits auf das tätowierte Genick von Chris fiel. Unterwegs zu den Nutten. Und allein. Ich passierte ihn, bog in die nächste Seitenstraße, parkte und stieg aus, Kamera in der Hand.

Kryszinski auf Safari, ganz wie früher mal. Es war ein gutes Gefühl.

Ich knipste Chris von oben, von der Plattform, als er sich gerade einen rubbeln ließ.

Eine halbe Stunde später erwischte ich ihn von hinten, wie er auf den Strand pisste. Als der Blitz zuckte, fuhr er herum, doch ich hatte mich schon hinter den Transit geduckt.

Dann traf er auf seine Gang, und ich hielt mich eine Weile bedeckt, während sie soffen, qualmten, gestikulierten und Dünnschiss redeten.

Irgendwann hatte Chris genug getankt und wankte davon.

Ich ging in gemächlichem Tempo zurück zum Transit, hockte mich auf den Fahrersitz und schloss für fünf Minuten die Augen, bevor ich den Motor startete.

Wie vermutet, befand Chris sich auf dem Heimweg, den Hügel hinter der Stadt hoch in Richtung der Favela. Ich fotografierte ihn aus dem fahrenden Auto heraus, durch die Windschutzscheibe, im vollen Scheinwerferlicht auf der schmalen, fußweglosen Landstraße. Er hielt, ohne sich umzudrehen, den Daumen raus. Ich hupte ihn nur beiseite und machte mich auf den Heimweg.

Drei Aufnahmen, das war auf den ersten Blick keine große Ausbeute, doch wichtiger als die Zahl war für mich ihre Zielsetzung: Sie zeigten Chris von oben, von hinten, das heißt immer von einer blinden, ungeschützten Seite, und jeweils ohne seine Gang, allein. Ganz allein, darum ging es.

Es war spät, der Schlagbaum unten, das Rezeptionsgebäude dunkel und Yara und Ela wohl schon längst im Bett, als ich den Transit auf dem Besucherparkplatz des TrailerParks abstellte.

Das Gelände lag ruhig und verlassen, nur wenige Fenster waren noch erleuchtet, die meisten flackernd im abrupten, unrhythmischen Lichtwechsel der Fernsehbilder.

Gleichzeitig müde und noch ein wenig aufgekratzt, zündete ich erst mal eine Räucherkerze an, verschwendete ein paar Gedanken an die Frage der chemischen Zusammensetzung dieser obskuren asiatischen Mixturen, vor allem in Hinblick auf mögliche schädliche Wirkung beim Einatmen der entstehenden Dämpfe, dann fiel mein Blick auf die T-Shirts, die ich in Figueras gekauft hatte, allesamt Neuware, die ihrer Bleichung harrte, weshalb ich kurzentschlossen zum Putzeimer griff.

Wohl damit niemand im Dunkeln hineinfällt, bleiben im Pool die ganze Nacht über ein paar Lampen an. Ich steuerte auf das sanfte, blaue Leuchten zu, bückte mich an seinem Rand, tauchte den Eimer ein und … erstarrte. Auf dem Grund des Pools lag eine Gestalt. Eine schwarze, menschliche Gestalt. Reglos.

Ohne nachzudenken hechtete ich ins Wasser, tauchte hinab, packte die Gestalt unter den Armen, zog sie hoch. Sie geriet in zappelnde Bewegung und, als wir gemeinsam durch die Oberfläche brachen, verpasste sie mir einen Faustschlag, der mich völlig unvorbereitet an der linken Braue traf.

»Mãos fora!«, fauchte Yara, vom Scheitel bis zur Sohle in schwarzem Neopren. Ich ließ los und sie ruderte wütend zurück, bis rund zwei Meter zwischen uns lagen. »Ich trainiere«, teilte sie mir dann schroff und schwer atmend mit, stützte sich auf den Beckenrand, glitt aus dem Wasser, stand, einfach so, und ging davon.

»Ah«, sagte ich, etwas, tja, vor den Kopf gestoßen und in Ermangelung anderer Worte. Schließlich watete ich mehr, als dass ich schwamm zum Kopfende des Beckens, stemmte mich in die Höhe, bekam ein Knie auf die Kacheln, meinen Oberkörper, das andere Knie, setzte einen Fuß auf, den anderen, reckte mich in meinen am Balg klebenden Klamotten und stand ebenfalls, wenn auch alles andere als einfach so. Triefend, wütend und irgendwie zutiefst beleidigt schnappte ich mir den Eimer und schlurfte in schmatzenden Schuhen zurück zu meinem Trailer.

Was war mit mir, dass Yara meinte, mich wie einen Ebola-Patienten auf Distanz halten zu müssen?

Zurück am Trailer zog ich mir trockene Sachen an, stopfte die T-Shirts in die Chlorbrühe und griff mir ein Sixpack aus dem Kühlschrank, rupfte eine Dose ab, riss sie auf, nahm einen Schluck und hielt sie mir dann an die Stelle über meinem linken Auge, wo Yaras Faust mich erwischt hatte. Mit dem verbliebenen Fivepack ließ ich mich in die Hollywoodschaukel fallen und brütete noch lange darüber nach, was ich anstelle von »Ah« alles hätte sagen können.

*

Ohne Gehörschutz ließ sich die Kettensäge Montagmorgen nicht ertragen. Einzeln, Stück für Stück zog ich die Krummhölzer von den Böcken und mit der schon begradigten Seite nach unten auf den stählernen Arbeitstisch. An der Kreissäge hatte ich mir einen Klotz zugeschnitten, der ein paar Millimeter stärker war als die Spanten werden sollten. Etwas stärker, weil sie später in der Dickenhobelmaschine auf genaues Maß gebracht wurden, dann Schablone drauf und ab zur Bandsäge, für die Radien.

Bleistift auf den Klotz gelegt, zog ich erneut Linien entlang der noch unbesäumten Oberseite und folgte ihnen anschließend mit dem Kettenschwert zu jaulenden Zweitaktklängen und fliegenden Spänen. Abgesehen vom Lärm war es eine ruhige Beschäftigung, eine dieser Tätigkeiten, die man Auge und Hand selbstständig überlassen kann, während der halsgestützte Rechner noch mit nicht zu Ende gegrübelten Vorgängen des Vorabends beschäftigt ist.

Stolz ist, wie eine Eierschale, leicht zu knacken und nur schwer wieder zu kitten.

Nachdem ich den ganzen Stapel durch hatte, stellte ich die Stihl beiseite, zog mir die Mickymaus von den Ohren und wollte mich auf die Suche nach dem Stapler machen, als Rafael auftauchte.

Rafael ist Portugiese und einer der wenigen Festangestellten der Werft. Als Vorarbeiter leidet er an der gleichen Macke wie viele seiner Artgenossen, nämlich der, sich für den eigentlichen Chef zu halten.

Er blickte mürrisch auf das Ergebnis meiner Bemühungen.

Um etwas zu tun zu haben, schraubte ich den Verschluss vom Benzintank der Kettensäge, linste hinein. Nicht mehr viel drin.

Wenn Rafael meint, mich wegen irgendetwas ankacken zu müssen – und er findet immer was, wenn ihm danach ist – sage ich für gewöhnlich so lange »Ja, ja«, bis er die Beherrschung verliert und sehe ihn dann erst an. Bringt ihn zum Platzen, jedes Mal, und trotzdem kann er's nicht lassen.

»Du bist langsam«, stellte er fest.

»Aber gründlich«, entgegnete ich gutmütig. Rafael kam mir heute genau recht.

»Wir sind hier eine Werft, kein Uhrmacherbetrieb.«

Öl musste auch nachgefüllt werden, stellte ich fest. »Echt? Das hätte man mir wirklich früher sagen können.«

Er geriet ein wenig in Hitze. »Deine Attitüde passt mir überhaupt nicht.«

»Rafael«, sagte ich und lupfte mit zwei Fingern die Sägekette, prüfte ihre Spannung, »was wir beide voneinander halten, haben wir doch schon vor Monaten geklärt. Also, was willst du?«

Ein mieses kleines Grinsen stahl sich in seine Mundwinkel, er versuchte, das zu verhindern, doch es stahl sich trotzdem.

»Eusebio will dich sprechen.«

Ich sah ihn an. »Endlich, was?«

Er nickte.

Eusebio strich sich mit der Hand über den Schädel mit den braunen Flecken und den weißen Haartupfen. Ich würde gern behaupten, dass er zerknirscht wirkte, aber es wäre gelogen. Er wirkte geschäftsmäßig, nüchtern.

»Der Kunde hat angerufen, er kann erst Anfang Januar zahlen.« Kein Geschäft für ihn, keine Arbeit für mich. So simpel war das. Kein Grund für Ausdrücke des Bedauerns.

Er sah hoch zur Wanduhr, rechnete nach, wie viele Stunden ich gearbeitet hatte, zog eine Schublade auf, entnahm ihr ein paar kleine Scheine und reichte sie mir rüber. »Falls sich vorher noch etwas tut, melde ich mich. Ansonsten sprechen wir uns im neuen Jahr wieder. Okay?«

Wir blickten uns einen Moment lang schweigend an. Irgendwie, unausgesprochen, doch mit einer rätselhaften Sicherheit wussten wir beide, dass ich nicht wiederkommen würde. Aus welchen Gründen auch immer.

Ich lehnte die Gazelle an den Trailer, ein freier Mann. Vielleicht sollte ich ganz in den Sack hauen hier, dachte ich, meine Sachen packen und weiterziehen.

Oder mir erst mal ein Bier aufmachen.

Dose auf der Faust, stellte ich mich an die Klippe und ließ den Blick schweifen. Keine Schaumkronen heute, nur ein ruhiges Wogen, glitzernd, wo Bündel von Sonnenstrahlen ihren Weg durch die Wolken fanden.

Weiterziehen, dachte ich. Den Datsun vollpacken, hoch in die Pyrenäen fahren, mir eine Hütte suchen, mich einschneien lassen. Es gab nichts hier, was mich hielt.

Hufgetrappel näherte sich. Punky, geritten von Yara, Ela auf ihrer Hüfte im Arm. Sie stoppten in der gewohnten Blaumanis-Quarantäne-Distanz. Yara schwang ein gestrecktes Bein über den Pferdehals und glitt zu Boden, setzte Ela ab.

Ich widmete meine Aufmerksamkeit wieder dem Panorama. Benno kam angewackelt, zwängte meine Waden mit der Nase auseinander und hockte sich zwischen meine Füße, sah mit mir hinaus aufs Meer. Er ist ein guter Hund.

»Frei, heute?«, wollte Yara wissen.

»Frei«, antwortete ich. »Ohne ›heute‹.«

Schweigen. Mein Bier, musste ich feststellen, war alle, also zerknüllte ich die Dose.

»Jorge sagt, wenn du noch mehr Krempel anschleppst, erhöht er dir die Miete.«

Ich drehte mich um, sah, was sie sah. Ja, es sammelte sich an, verdammt noch mal. Auf dem Wasser wirken Jets immer so winzig. Erst an Land und auf einer kleinen Parzelle wie der meinen merkt man, dass sie nahezu den Platzbedarf eines Pkws haben.

»Sobald der eine Jetski repariert ist, kommt der andere weg.«

»Und was hast du mit dem einen dann vor?« Es schien sie tatsächlich zu interessieren. Ein Novum in unserer Beziehung.

»Ich denke drüber nach, ihn gegen ein Snowmobil einzutauschen.«

Alle drei sahen mich jetzt an. Mutter, Tochter, Pferd. Aus irgendeinem Grund fiel mir auf, wie unterschiedlich ihre Frisuren ausfielen.

Punky hat sandfarbenes Fell, mit einem schwarzen Strich längs über Hals und Rücken. Seine Mähne war zu einer Bürste gestutzt, und zwar so, dass die schwarzen Borsten in der Mitte höher standen als die hellen links und rechts. Damit erinnerte er mich – auch vom Gesicht her – regelmäßig an den Gitarristen dieser Berliner Band, wie hieß der noch? Gehin Rente? Bauein Unfall? So ähnlich.

Yara trug ihr braunes Haar wie immer wurzelknirschend straff gebunden oder geflochten, *gebändigt*, heute in zwei schulterlangen Zöpfen, während Elas dunkelbraune Rastalocken in völlig ungezähmten Büscheln ringsum von ihrem Kopf abstanden. Punky versuchte, mit dicken Lippen daran zu zupfen, doch sie schob ihn weg, auf diese resolute Art, die kleine Mädchen im Umgang mit großen Pferden haben.

Fallin Ohnmacht? Lassein Faren? Verdammt, ich kam nicht drauf.

»Jetzt sag's schon«, forderte Ela ihre Mutter auf.

Yara gab sich einen Ruck. »Also. Wegen gestern. Ich habe mich erschreckt. Apnoe-Tauchen ist mehr als nur Luftanhalten. Man muss Attacken von Panik überwinden. Das erfordert sehr viel Konzentration.«

Knapp vorbei ist auch daneben, dachte ich in Hinblick auf die haarscharf umschiffte Entschuldigung.

»Und wozu um alles in der Welt soll das nütze sein?«, fragte ich.

»Für den Fall, dass man unter eine wirklich große Welle gerät.«

Surferin, war ja klar. Daher ihre Cocktailglas-Figur, in der Rückansicht. Schultern und Brustkorb zur Taille hin wie ein gleichschenkliges Dreieck, vom vielen Paddeln. Ich hatte schon länger darüber gerätselt.

»Du surfst? Wieso habe ich dich dann noch nie auf dem Wasser gesehen?« Und ich hätte es, zumindest in den Werksferien der Werft, in denen ich als Jetski-Touristenführer gearbeitet hatte, oder während des sommerlichen Surf-Wettbewerbs, als ich Teil der Rettungsstaffel gewesen war. Mit einer »Schlitten« genannten schwimmenden Trage im Schlepptau des Jets haben wir herrenlose Surfbretter geborgen, in Schwierigkeiten geratene Fotografen, verletzte, manchmal bewusstlose Surfer, und einen Toten.

»Länger nicht trainiert«, sagte sie mit einem kurzen Seitenblick auf Ela.

»Von mir aus geh ruhig surfen«, meinte die. »Ich kann schon auf mich allein aufpassen.«

»Das glaubst du«, sagte Yara.

»Nun sei ihr wieder gut«, wandte sich Ela an mich und stupste mir mit dem Fuß vors Bein. Die Blaumanis-Quarantäne schien für sie nicht zu gelten. »Es ist doch nichts passiert.«

Ich beugte mich ruckartig zu ihr hinab und deutete mit spitzem Zeigefinger auf die halbmondförmige Schwellung über meinem linken Auge.

»Ja nu«, meinte sie unbeeindruckt. »Du hast meine Mamma ja auch erschreckt.« Und sie starrte mich abwartend an.

Schließlich rang ich mir ein ebenso säuerliches wie bedeutungsschwangeres »Soll nicht wieder vorkommen« ab.

»Na also«, meinte Ela fröhlich und zwinkerte ihrer Mutter verschwörerisch zu. Die blickte zärtlich zurück, was eine gewisse Wärme in ihre sonst so verschlossenen Züge brachte. Selbst in Anbetracht der kleinen Narbe unterhalb der Nase war sie auf eine natürliche, jungenhafte Art bildhübsch, ja, wenn sie lächelte ausgesprochen anziehend, und zur selben Zeit widerborstig, regelrecht unnahbar. Wie eine in Blüte stehende Kaktee oder eine bestenfalls halbzahme Katze. Schnupper dran, kraul ihr das Fell, und sieh dein Blut, so ungefähr. Manchmal kam sie mir vor wie ein lange Zeit wegen seines Aussehens gehänseltes Kind, das noch nicht so recht begriffen hat, dass es mittlerweile zu einer Schönheit herangewachsen ist.

Aber vielleicht machte ich mir auch einfach nur zu viel Gedanken um etwas, das mich nichts anging.

Yara schwang ein Bein über den Pferderücken und saß, kein Steigbügel, kein Sattel nötig, dann bückte sie sich zu Ela, die hoch in ihre Arme hopste und wieder auf der Hüfte ihrer Mutter Platz nahm.

Ein Zungenschnalzen, und Punky trottete los, quer über das Gelände zurück zur Rezeption.

Ich wartete eine Weile, ob sich jemand umdrehen und winken würde, doch sie ritten einfach davon, vertieft in ein Gespräch, und ließen mich unzufrieden und verstimmt zurück.

Ich hockte mich neben Benno ins Gras, kraulte ihm ein wenig das Fell im Versuch, mein Hirn daran zu hindern, komplett ins Trübe abzudriften, bevor ich mich aufrappelte und den Werkzeugkasten hervorkramte. Mieterhöhung, das fehlte noch.

Das Auseinandernehmen des Sea-Doo gestaltete sich denkbar einfach. Die Fehlersuche nicht.

Als Erstes kramte ich den Zündschlüssel aus dem kleinen Handschuhfach und setzte ihn auf. Er hängt an einem Spiralband, das man während des Betriebs an der Rettungsweste oder am Handgelenk befestigt, sodass, wenn man über Bord gehen sollte, der Schlüssel abzieht und so die Zündung unterbricht. Also, Schlüssel aufgesetzt, Starterknopf gedrückt und – nichts.

Unter einer Klappe im Bug befindet sich ein eimerförmiger Stauraum. Hievt man den raus, sieht man Zündbox, Sicherungskasten und Batterie. Ich ging rüber zum Datsun, nahm ihn vom Strom und schloss das Ladegerät stattdessen am Jetski an, bevor ich sämtliche Sicherungen nacheinander rauszog und ins Licht hielt. Alle okay. Dann hob ich die große Sitzbank ab und vertiefte mich in eine längere Betrachtung des Motors und seiner Aggregate. Wie man das so macht.

David kam vorbei, grußlos, schwankend, ungelenk wie eine Marionette, der Blick ohne Fokus, die Miene ohne Ausdruck, der Gang ohne Ziel. Gerademal fünfzehn, vielleicht sechzehn Jahre alt und schon ein Veteran, körperlich anscheinend unversehrt, aber psychisch gebrochen, vernichtet, ein Wrack. Es stand außer Frage, dass er in Behandlung gehörte, doch wie, ohne Krankenversicherung? Illegale müssen ihre Probleme ausschwitzen, ganz gleich welcher Natur sie auch sein mögen. Kein Wunder, dass sie uns für verhätschelt halten.

Ich behielt ihn eine Weile im Auge, nicht, dass er über die Klippe stolperte, doch er machte kurz vor der Kante abrupt kehrt und entfernte sich lachend, der unglücklichste Mensch, dem ich je begegnet bin.

Als es dunkel wurde, räumte ich das Werkzeug weg und stieg wieder in meine schwarze Montur, meine Nachtmaske, ein Relikt aus einem früheren Leben, genau wie der kleine Rucksack voll mit so nützlichen Dingen wie Kneifzange, Sägedraht, Kabelbindern, Brecheisen, Gaffer-Tape und Taschenlampe. Ich packte die Kamera noch dazu, schnallte den Rucksack um und war unterwegs.

Chris war nicht bei den Nutten, er lungerte nicht vor dem kleinen Supermarkt herum und er hing nicht in der Fabrikruine ab. Mit der Wollmütze tief in den Augen und gesenktem Kopf ging ich schnell und zielgerichtet die gesamte Promenade hinunter und wollte schon aufgeben, als mich ein wabernder Dunst bei der Nase packte und mir den Kopf herumzog, ein nahezu sichtbares, vermutlich zündfähiges

Gemisch aus Achselschweiß, Flatulenz und Fusel-Atem. Chris lag besinnungslos ausgestreckt auf einer Parkbank und stank vor sich hin. Ich sah mich kurz um – niemand von seiner Gang in Sichtweite, andere Passanten spärlich und weiter weg – kramte ein paar Utensilien aus meinem Rucksack, traf ein paar Vorbereitungen, griff dann zur Kamera, beugte mich über Chris und drückte auf den Auslöser. Kamera noch vor der Nase, bemerkte ich, wie er die Augen aufschlug, und schoss deshalb direkt noch ein Foto, blendete ihn mit dem Blitz und entfernte mich dann ohne Hast.

Er schickte mir ein paar raue, verwirrte Lautäußerungen hinterher, und als ich mich an der nächsten Straßenecke noch einmal umdrehte, versuchte er gerade, sich aufzusetzen, was gar nicht so einfach ist, wenn einem einer den Hals mit Kabelbindern an die Parkbank gefesselt hat.

Kaum durch die Tür der Mulholland Bar blieb ich mit einem Ruck stehen und sah mich genervt um. Weihnachtsdekoration. Der alljährliche Schwachsinn. Ganz in Grün, weil das irischer aussieht.

»Sie mögen Weihnachten nicht?«, fragte jemand, der hinter mir reingekommen war. Dr. Aziz, gebürtiger Libanese. Unfallchirurg. Jung, schlank, hellwach, entscheidungsfreudig, saugt in seiner Freizeit eine Menge Bier an, also exakt der Typ, unter dessen Messer ich landen wollte, sobald es mich mal wieder aus dem Sattel gerissen oder aus der Kurve getragen haben sollte. Man brauchte nur seine Finger zu beobachten und wusste, die Narben würden was zum Herzeigen.

»Sie etwa?«, fragte ich zurück.

»Ich müsste, eigentlich. Schließlich bin ich getauft. Aber wenn ich ehrlich bin, ist es mir ganz recht, dass ich an allen drei Tagen Dienst habe.«

Wir hockten uns an die Theke, Danielo nahte mit Bier.

Dr. Aziz nahm einen langen Schluck und seufzte genüsslich. »Arbeiten Sie eigentlich noch auf der Werft?«, fragte er dann.

»Nein, Kurzarbeit, mal wieder. Ich glaube irgendwie nicht, dass ich da noch mal anfange.«

»Was haben Sie stattdessen vor?«

»Ich will einen Jetski-Service aufziehen.«

»Gut. Ich hätte Sie nämlich gern wieder für die Rettungsstaffel, für die Wintersaison. Allerdings auf Abruf, je nach Wetterlage und Wellensituation, Bezahlung pro Einsatztag.«

Und noch ein weiterer, kleiner Strick um Gullivers Beine, dachte ich, ein weiteres Häkchen in meiner Pelle, das mich an Jerusalé fesselte. Doch es spielte im Grunde keine Rolle. Irgendwo musste ich halt sein, also warum dann nicht hier?

»Sind Sie inzwischen über Handy erreichbar?«

»Ich besorg mir eins.«

»Das haben Sie im Sommer auch schon gesagt.«

»Echt? Okay, aber diesmal …«

Dr. Aziz lehnte sich zu mir rüber und senkte die Stimme. »Herr Blaumanis, es ist mir egal, wovor Sie weglaufen. Ich möchte Sie als Fahrer, und wenn Sie einen eigenen Jet hätten, würde das vieles vereinfachen. Deshalb: Sie beschaffen den Jetski, und ich besorge das Handy. Okay?«

»Darauf nehmen wir noch einen«, sagte ich und winkte Danielo.

Eigentlich war's Zeit fürs Bett, doch weil ich nicht länger zu einer bestimmten Uhrzeit aufstehen musste, konnte ich mich auch noch ein Weilchen mit einem Bier auf der Faust in die Hollywoodschaukel fläzen. Mitte Dezember und immer noch zu warm für die Feuerschale.

Ich streckte die Füße, bis sie über den dunklen Abgrund ragten. Über mir war's hell, die tief hängende Wolkenschicht reflektierte das Licht des nahen Ortes. Jemand trat neben die Schaukel, und ich schrak kurz zusammen.

Yara, das Haar zu einem Knötsch gebündelt, aus dem ein paar Haarnadeln ragten, Geisha-Style. In einem bunten Kleid, eine minimalistische Strickjacke um die Schultern, ein auffallender, fast schon eklatanter Unterschied zu ihrem üblichen Landmaschinenmechaniker-Outfit. Sie setzte sich zu mir. Okay, sie setzte sich an das hinterste andere Ende der Bank, aber immerhin zu mir auf die Schaukel. Schwebte da ein Hauch von Parfüm durch die Nachtluft, oder ging meine Fantasie mit mir durch?

Weia, dachte ich, hab ich's doch geahnt: Sie ist scharf auf dich. Wenn das mit der Annäherung in diesem Tempo weitergeht, ist es nur noch eine Frage von Jahren, und schon hast du sie auf den Laken.

»Hast du getrunken?«, fragte sie, doch ohne den vorwurfsvollen Unterton, den sie sonst in jedem an mich gerichteten Wort mitschwingen ließ, sondern eher, als ob es sie aus, sagen wir, technischen Gründen interessierte. Fahrtüchtigkeit, Zurechnungsfähigkeit, so was in der Art.

»Ach was, grademal zehn, fünfzehn Bier«, antwortete ich aufgeräumt. »Wenn überhaupt.« Ich hatte leicht einen sitzen, und war entschlossen, mir das nicht vermiesen zu lassen.

»Ich weiß, du hast mir gestern nur helfen wollen, aber …«

»Schwamm drüber«, sagte ich mit dem Großmut, der mich ab einer bestimmten Promillezahl schon mal übermannt.

»Diese Apnoe-Übungen sind nötig, weil ich so bald wie möglich mein Surftraining wieder aufnehmen will.« Und was ist in der Zeit mit Ela? Die Frage stand im Raum, doch ich zögerte. Man wird nicht Privatdetektiv ohne ein Gespür für das Unausgesprochene in einer Situation, ohne zu *wissen*, kein Hauch eines Zweifels, dass der Vater, der dich unter Tränen anfleht, seine verschwundene Tochter zu finden, sie eigenhändig umgebracht hat. Also knöpfst du ihm einen möglichst großen Vorschuss ab, folgst ihm unauffällig, findest heraus, dass er einen Schrebergarten beackert, und welchen genau, brichst in die Laube ein, siehst dich um, bis dein Blick auf den alten Holzboden fällt, gesäumt von blanken Reihen fabrikneuer Nagelköpfe, fährst zum Präsidium an der Von-Bock-Straße, platzt in Hauptkommissar Mendens Büro und beleidigst ihn und seinen Apparat frei nach der Devise »Und wer muss mal wieder für euch Sesselfurzer die ganze Arbeit machen? Ich.«

Und mit einer ähnlichen Gewissheit spürte ich in diesem Moment, wenn ich jetzt nur Elas Namen nannte oder einen Zentimeter näher an Yara heranrückte, würde eine Tür zufallen, die ich vielleicht nie wieder aufbekäme. Dies hier war eine Prüfung, begriff ich. Zu welchem Zweck blieb mir allerdings schleierhaft.

»Warum gerade jetzt?«, fragte ich, um das Gespräch in Gang zu halten. »Warum im Winter?«

Sie zog sich das Strickjäckchen ein wenig enger um die Schultern, ließ den Blick über die schwarze Weite wandern, wo am Horizont die Lichter eines Fischerbootes blinkten.

»Ich kann mir keine Surfkarriere im üblichen Sinn aufbauen«, antwortete sie schließlich. »Ich habe kein Budget, kann also nicht reisen, und ich muss mich um Ela kümmern. Meine einzige Chance ist also, mir schlagartig einen Namen zu machen. Und das geht eben nur im Winter.«

Mich fröstelte ein bisschen, als mir klar wurde, was sie damit meinte, mit »schlagartig«. Eine einzige Welle musste genügen. Eine Monsterwelle.

»Ich brauche Sponsoren, ich brauche ein Einkommen, und ich möchte weg sein, weit weg von hier, wenn Ela eingeschult wird.«

»Warum das?«, fragte ich, doch sie schüttelte nur den Kopf.

»Was ist denn mit deinen Eltern? Die haben doch …«

»Nein, sie haben nicht.«

Das überraschte mich. Okay, ein bisschen. Ich wusste,

wenn ich ehrlich war, rein gar nichts über ihre Verhältnisse, kannte letzten Endes nur die Fassade. Carolines Auftreten war stets elegant, von mir aus *mondän*, während Jorge den Landedelmann mit Stock im Arsch gab. Reiten, jagen, golfen, öffentliche Auftritte, und zu allem immer von Kopf bis Fuß im passenden, tadellosen Zwirn.

»Was Caroline nicht verschwendet hat, hat Jorge verspekuliert. Mit Immobilien, wie so viele. Alles, was sie noch besitzen, ist ihre Finca. Selbst der TrailerPark gehört der Bank. Was glaubst du, warum wir an Sem Papéis vermieten, gegen Bares? Damit die beiden den Schein wahren können.«

Sie schien nicht unbedingt die höchste Meinung von ihren Eltern zu haben, was aber auch nichts wirklich Ungewöhnliches ist.

»Doch selbst wenn …«, fuhr sie fort, ließ das Satzende dann aber in der Luft hängen. »Ich muss los«, stellte sie schließlich fest, stand auf und verschwand in der Nacht.

Ende der Prüfung. Bestanden? Vom Gefühl her, ja. Doch was das Ganze sollte, stand weiterhin in den Sternen.

*

Die Batterie des Sea-Doo war geladen, der Anlasser drehte den Motor mit einigem Schwung, wenn nicht gar Gusto, einzig die Zündung blieb aus, und zwar vollkommen. Nicht der kleinste Furz der Ermutigung verließ den Auspuff.

Es dauerte nur ganz, ganz kurz, und es wurde klar, dass der von einem meiner Vormieter zurückgelassene Werkzeugkasten nur und ausschließlich den für zurückgelassene Werkzeugkästen archetypischen Ronz enthielt. Maulschlüssel waren rundgedreht, Hammerstiele abgebrochen, Drahtbürsten zahn-, Eisensägen blattlos, Kreuzschlitzschraubendreherspitzen nur noch bestenfalls T-förmig, gängige sowie benötigte Schlüsselweiten abwesend. Ich kann mich nicht entsinnen, jemals einen 23er gebraucht zu haben, doch dieser Kasten enthielt gleich drei davon.

Ich holte mir Stift und Block, machte mir eine Liste und schwang mich in den Datsun.

In der Innenstadt von Figueras herrschte vorweihnachtliche Hektik. Shopper rannten mit Tunnelblick und ausgefahrenen Ellbogen kreuz und quer, Autofahrer bedrängten und bedrohten einander auf der Jagd nach Parkplätzen. Ich hatte mich an einer Vorort-Tankstelle nach einem Eisenwarenladen erkundigt, die Wegbeschreibung nur halb verstanden, den Datsun vor einem Möbelhaus abgestellt und irrte nun zwischen all den hupenden und Einkaufstüten schwingenden Hysterikern durch die Straßen.

Ein Auto mit kaputtem Auspuff kroch von hinten an mich heran und ich bog geschmeidig in eine Seitengasse ab, drückte mich in einen Hauseingang. Der Wagen knurrte vorbei, ich trat wieder auf die Straße und sah ihm hinterher, atmete auf. Ein alter Opel Omega, kein rostzerfressenes Volvo Coupé. Schon seit Monaten erwartete ich so halb und halb, Claude Honka durch die Straßen cruisen zu sehen. Doch irgendetwas sagte mir, dass der nicht mit der Suche nach mir beauftragt war. Weil er mich längst aufgespürt hätte. Honka ist hartnäckig und er geht über Leichen. Also, wenn es irgendjemanden gab, der mich finden könnte, dann diese Mischung aus Panzer und Bluthund in Geldeintreiberform. Und da das bisher nicht passiert war …

Einen Moment lang verfiel ich wieder in diese peinliche Träumerei, dieses schwachsinnige Hoffen, dass alles sich schon zum Besten fügen würde, dass ich und die sechs- oder siebenhunderttausend Öcken einfach in Vergessenheit geraten und wir eines schönen Tages zurück nach … Da rief, über den Straßenlärm hinweg, jemand »Kristof!«.

Ich ging einfach weiter.

Der Vorteil eines Namens wie Nepomuk ist, in einem Fall wie dem meinen, dass er so selten und so auffällig ist. Leicht zu lernen. Und der Umstand, dass auf der Werft noch ein Senegalese namens Christophe arbeitete, half ungemein, meinen Vornamen zu vergessen. Wenn du dich hinter einem Pseudonym versteckst, darfst du nicht reagieren, wenn dich jemand mit deinem richtigen Namen anspricht. Außerdem ist »Christof« weitverbreitet und es war somit in hohem Maße unwahrscheinlich, dass, wer immer da rief, mich damit gemeint …

Jemand fasste mir an die Schulter, ich fuhr herum und packte ihn bei der Gurgel.

Scuzzi.

Pierfrancesco Scuzzi.

Mein Scuzzi. Sandkastenkumpel, Weggefährte, Freund fürs Leben, Drogenschwamm, Klotz am Bein, Nervensäge, alles in einer Person.

»Was machst *du* denn hier?«, entfuhr es mir.

Scuzzi zog vorsichtig meine Hand von seinem Hals und räusperte sich. »Na, dich besuchen«, antwortete er.

Wir standen da, umkurvt von mürrischen Weihnachtseinkäufern, und starrten uns an. Er sah immer noch so aus, als müsste er eigentlich ein Schiffchen tragen, eine Glocke schwingen und Eis aus dem Kühlkoffer eines dreirädrigen Fahrrads verkaufen.

»Gewöhnungsbedürftig, der Bart«, fand er.

Das weckte mich, in gewisser Weise. Wir waren im Weg, erregten Aufmerksamkeit. Nicht gut. Also fasste ich Scuzzi kurzerhand am Arm und zog ihn mit mir mit. »Wie, verflucht noch mal, hast du mich gefunden?«

»Heckenpennes«, kam die lapidare Antwort.

Ah, ich hätte es ahnen müssen.

»Er hat in seiner Firma ein Programm sämtliche Webcams weltweit nach deinen Gesichtszügen absuchen lassen.«

»*Weltweit?*«

Scuzzi nickte. »Klar. Mann, es wusste doch keiner, wo du abgeblieben bist.«

»Aber ich habe immer einen Riesenbogen um …« Ich brach ab. Wir waren nicht in Jerusalé, fiel mir auf.

»Monatelang kam nichts, nur Köppe, die dir ähnlich waren, doch dann hat man wohl Anfang Dezember eine neue Webcam hier am Eingang zum Weihnachtsbasar installiert und … Peng, da warste. Zusammen mit so einem baumlangen Neger. Der Rest ist glücklicher Zufall.«

Mir wurde schlecht. Da hatte ich alles getan und nichts unversucht gelassen, meine Spuren zu verwischen, hatte mir eine neue Identität, ein neues Aussehen, ein neues Leben zugelegt, und dieser Ex-Kleindealer und spätberufene Nachtwächter bittet einen seiner Ex-Kunden und heutigen Fabrikanten von Security-Scannern, mal nach mir zu schauen, und zupp!, hatten sie mich am Arsch. Das zeigte nur wieder einmal, auf was für dünnem Eis ich hier meine Pirouetten drehte.

»Krist…« Reflexartig hielt ich Scuzzi den Mund zu.

»Nepomuk! Ich heiße Nepomuk. Wie heiße ich?« Ich nahm die Hand weg.

»Nepomuk. Wie niedlich.«

Durch irgendeinen Zufall befanden wir uns direkt vor der gesuchten Eisenwarenhandlung, doch das war jetzt nebensächlich. Erst mal musste ich Scuzzi wieder loswerden.

»Pass auf. Du musst zurück. Heute noch. Und bestell allen schöne Grüße.«

»Aber mein Rückflug geht erst in zwei Monaten.«

»In zwei *Monaten*? Was willst du denn so lange machen?«

»Na, Ferien. Ich hab noch Resturlaub, und Überstunden muss ich auch abfeiern. Wenn ich den Urlaub jetzt nicht nehme, verfällt er. Und, weißt du, ich habe die letzten anderthalb Jahre so hart gearbeitet …« Er brach ab, vielleicht auch, weil ich ihn so anstarrte. Dazu muss man wissen, dass die erwähnten anderthalb Jahre Pierfrancesco Scuzzis gesamtes Œuvre in Sachen bezahlter Arbeit darstellen. Vor diesem einen, ersten und einzigen Job hat er die meiste Zeit seines Lebens zugekifft in seinem Sessel gehangen und Drogen für den Weiterverkauf portioniert. Und, ja: Er ist tatsächlich davon überzeugt, dass viermal pro Nacht durch eine Wohnanlage für Behinderte zu schlurfen und dabei einen Scanner über diverse Magnetstreifen zu ziehen ein Knochenjob ist, der Herkules wie Sisyphos ächzend in die Knie zwingen würde. »Die nächsten zwei Monate werde ich einfach nur megamäßig abhängen.«

Und mir dabei megamäßig auf den Sack gehen, so viel war abzusehen. Wenn ich irgendwas nicht brauchen konnte, wenn ich irgendetwas nicht *wollte*, dann war das, für Wochen rund um die Uhr einen hirnlos seine Zeit verdödelnden Scuzzi an der Backe zu haben.

»Aber ich bin in akuter Gefahr.« Immer ein blödes Gefühl, so was auszusprechen, doch es war nun einmal wahr.

»Umso besser.« Scuzzi nickte zufrieden und grinste. Unser Zusammentreffen war noch keine fünf Minuten alt, und er fing schon an zu nerven.

»Was heißt hier ›umso besser?‹«

»Na, zwei sind doch besser als einer allein, oder?«

Ich verstand ihn nicht, oder er mich nicht. Zwei Tote stellen im Vergleich zu einer Leiche zwar eine Vermehrung, aber damit selbst beim besten Willen noch lange keine Verbesserung dar.

»Umso besser, meine ich, wenn noch jemand da ist, der Augen und Ohren offenhält.«

Pierfrancesco Scuzzi, für immer unentschieden zwischen Halbschlaf und Tiefschlaf, Sinne und Reflexe so scharf wie die eines Stofftieres, exakt der Mann, den man im Ernstfall an seiner Seite wissen möchte.

»Ich bring dich zum Flughafen«, entschied ich, »und kauf dir ein Ticket.«

»Aber wo soll ich denn hin? Meine Dienstwohnung ist mit meiner Urlaubsvertretung belegt.«

»Mit anderen Worten: Du hast dir in den Kopf gesetzt, zu bleiben.«

»Jetzt freu dich doch mal ein bisschen. Es wird wieder wie in alten Zeiten. Wo wohnst du?«

Ich kaufte die auf meiner Liste notierten Werkzeuge, anschließend gingen wir zum Bahnhof, wo Scuzzi sein Gepäck abholte. Ich sah nur den Rollkoffer und hätte ihn am liebsten einfach stehen gelassen.

Im Gegenzug beäugte Scuzzi dann den Datsun wie eine zum Gegenstand herangewachsene Zumutung.

»Menden hat was davon gesagt, dass du mehr als eine halbe Million an Drogengeld eingesackt hast, und das hier ist das Ergebnis?«

Ich ließ das unkommentiert, wir verstauten unsere Sachen und stiegen ein.

»Was sagt Menden sonst noch?« Der Diesel nagelte los, und wir waren unterwegs.

»Ach, der geht in erster Linie Bian-Tao auf den Keks. Kristo…«

Ich packte Scuzzi bei der Gurgel. Könnte mir glatt zur Gewohnheit werden. »Wie heiße ich?«

»*Nepomuk*, du musst dich bei ihr melden. Sie sagt zwar nicht viel, aber man merkt ihr an, dass sie krank vor Sorge ist. Schick ihr ’ne SMS, oder ’ne Mail, oder ruf sie an. Heckenpennes hat mir so eine Software aufs Handy geladen …«

»Ja, ja«, sagte ich. Was sollte ich ihr sagen? ›Alles ist gut‹? Bian-Tao und ich, das war … das war ein Zukunftsprojekt. Das musste warten.

»Wer weiß inzwischen sonst noch, dass ich hier bin?«

»Außer Heckenpennes? Keiner. Du hältst mich doch nicht etwa für blöd, oder?«

Ich dachte über eine Antwort nach und entschied mich dann stattdessen für eine möglichst neutrale Miene. »Hast du irgendjemandem gesagt, dass du nach Portugal reist?«

»Ich hab allen erzählt, ich fliege auf die Kanaren.« Scuzzi gähnte, zerrte ein Smartphone aus seiner Hosentasche, stopfte sich Hörstöpsel in die Ohren und begann im Takt zu nicken. Ich fragte nicht, wozu. Manche Dinge sind zu grausig, als dass man sie wissen möchte. Scuzzis Musikgeschmack ist … Sagen wir es so: Wenn ich ihn jemals im Leben an das Autoradio gelassen hätte, wir beide wären schon lange tot.

Wir verließen Figueras. Die Baumärkte, Burger-Buden, Tankstellen dünnten aus und machten Stück für Stück der Landschaft Platz. Vierter rein, Arm raus.

Ich dachte nach.

»Du kannst nicht bei mir wohnen.«

»Was?« Scuzzi rupfte sich einen Hörer aus dem Ohr.

»Ich hab gesagt: Du kannst nicht bei mir wohnen.«

»Aber wieso das denn nicht?«

»Was ist, wenn mich die Bullen aufspüren, wenn sie mir die Bude auseinandernehmen, und du hockst da mit deiner Apotheke?«

»Was denn für eine Apotheke?«

Ich sah ihn lange genug an, um uns in ernsthafte Nähe eines Verkehrsunfalls zu bringen.

»Hey, Mann, ich bin seit einem halben Jahr clean. Ich hab mit Drogen nichts mehr am Hut.«

Nur unter erheblicher Mühe bekam ich meinen Kopf wieder in Fahrtrichtung gedreht. Ich sagte: »Ich glaub dir kein Wort.«

»Na ja, das kam nicht ganz freiwillig. Irgendwann ist irgendwem in der Elenor-Nathmann-Stiftung aufgefallen, dass zwischen der eingekauften und der ausgegebenen Menge bestimmter Medikamente eine, tja, Differenz bestand. Daraufhin hat Frau Doktor Marx mich mit Nachforschungen beauftragt.«

»Dich? Den Nachtwächter?«

»Den *Security-Manager*. Doch ich konnte mich ja schlecht selbst als Abnehmer inkriminieren, haha, also hab ich versucht, den Fehlbestand mit ›Schwund‹ zu erklären.« Scuzzi seufzte. »Keine gute Idee. Als Resultat sollten sich dann sämtliche Mitarbeiter plötzlich regelmäßigen Drogentests unterziehen.« Er schauderte. »Ich bin sofort zu Dr. Korthner gegangen.«

»War das nicht ein bisschen voreilig?« Korthner, muss man wissen, ist eigentlich Pathologe.

»Der hat mich krankgeschrieben und zur Entgiftung geschickt. Und seither bin ich lachend durch sämtliche Drogentests gesegelt.« Damit stöpselte er sich das Ohr wieder zu und senkte den Blick zurück auf sein Handy.

Scuzzi und *clean*? Ich war sprachlos. Putin und schwul hätte mich, jetzt mal ganz im Ernst, weniger verblüfft. Wenn sich das als wahr herausstellen sollte, dann war es nicht zu glauben, ja nicht zu *fassen*, dass Scuzzi irgendwann mal ein sackdämlicher Job wichtiger sein könnte als seine allnächtliche, alltägliche, allstündliche Dröhnung.

Die Strecke zwischen Figueras nach Jerusalé ist – ich weiß nicht, ob ich das schon erwähnt habe – reizvoll. Abwechslungsreich. Mal führt sie in der Höhe über Felder und durch kleine Waldstücke, doch immer wieder windet sich die Straße auch hinunter in teils felsige, teils sandige Buchten, manchmal direkt am Wasser entlang.

Sonne und Wolken teilten sich den Himmel, Möwen schwebten, blau schimmerte das Meer, und weiß schäumte die Brandung.

Scuzzi sah nicht ein einziges Mal hoch. Stattdessen linste er die ganze Zeit auf sein Smartphone, tippte auf den Tasten herum, die Miene in milder Heiterkeit immer weiter entrückt, bis es einer Vorstufe des Schwachsinns gleichkam.

Wieder und wieder versuchte er, mir das eine oder andere, ach so witzige Filmchen auf dem winzigen Bildschirm zu zeigen, bis ich mich wirklich beherrschen musste, ihm das Ding nicht abzuknöpfen und in hohem Bogen aus dem Fenster zu schmeißen.

Wenn es das ist, was die Entwöhnung aus ihm macht, dachte ich, wäre es mir lieber, er nähme wieder Drogen.

Wir rollten nach Jerusalé hinein, und ich stoppte abrupt vor dem Hotel Mar. »Endstation«, sagte ich.

Scuzzi blickte auf. »Hier wohnst du?«

»Nein, du.«

»Aber das kann ich mir nicht leisten.«

»Scuzzi, früher oder später wird jemand kommen und versuchen, mich umzubringen. Willst du wirklich dabei sein? Ich rate dir: Penn eine Nacht drüber und dann fahr wieder nach Hause. Und schöne Grüße.«

»Ich bin mir sicher, du übertreibst.«

»Hotel oder Flughafen. Such es dir aus.«

Doch es sollte nicht sein. Der Rezeptionist gab sich die größte Mühe und telefonierte für uns sogar noch aufwendig herum, doch in ganz Jerusalé waren die Hotels entweder über den Winter geschlossen, oder aber alle Betten belegt oder reserviert. Extremsurfer aus der ganzen Welt waren im Anmarsch, und in ihrem Gefolge Vertreter der Surf-Industrie und Berichterstatter der Medien, Fans und Wellentouristen. Der ganze Zirkus halt. Und Flüge nach Deutschland gingen heute auch keine mehr.

»Ja, Scheiße«, fluchte ich und zog die Fahrertür mit einem Knall ins Schloss.

»Jetzt sei doch nicht so muffelig«, meinte Scuzzi vergnügt. »So können wir wunderbar zusammen Weihnachten feiern.«

Der Gedanke gab meiner Laune den Rest.

»Du wohnst in einem *Trailer*?«

»Herzlich willkommen in deinem neuen Zuhause«, strahlte ich, hielt Scuzzi die Tür auf und ließ dabei meinen Blick über das Gelände streifen, auf der Suche nach Neuankömmlingen und sonstigen Veränderungen. Wie immer, wenn ich von irgendwoher zurückkam.

»Du fährst einen schrottreifen Datsun und du haust in einem gammeligen *Trailer*?«

»Und ich heiße Nepomuk Blaumanis«, betonte ich in der Hoffnung, dass er begriff.

Ein großes amerikanisches Wohnmobil, ein Winnebago, parkte mitten auf der Wiese, sämtliche Fenster und die Windschutzscheibe von innen verhangen. Englische Kennzeichen. Hm.

»Blaumanis?« Er verschwand kurz im Inneren, zog seinen Rollkoffer mit sich und kam dann wieder raus, ein Notebook unterm Arm, mit dem er sich an den Campingtisch setzte.

»Hey, ich habe hier Netz«, freute er sich. »Ah, warte.« Er griff in seine Hosentasche und reichte mir sein Smartphone. »Hier. Heckenpennes hat gesagt, damit kannst du problemlos telefonieren. Abhörsicher, nicht zu orten. Also ruf sie an.«

Ich ging ein paar Schritte, atmete tief durch, wählte eine Nummer aus dem Gedächtnis und ließ es tuten.

»TaxiBar.« Bian-Taos Stimme, im Hintergrund nur allzu vertraute Kneipengeräusche.

»Ich bin's.«

Ein Schweigen folgte, ein Rauschen, das Quietschen einer Tür, Stille.

»Kristof«, sagte Bian-Tao leise. »Du lebst.«

»Ja klar«, bestätigte ich in, wie ich hoffte, aufmunterndem Tonfall.

»Wann kommst du nach Hause?«

Wie das klang, ›nach Hause‹. Es gab mir einen Stich. »Bald.«

»Gib das Geld zurück, Kristof. Wir brauchen es nicht. Die Bar läuft wirklich gut.«

Das Geld, ja, das verfluchte Geld. Ich hatte es einmal an mich gebracht und könnte es jetzt, selbst wenn ich wollte, nicht wieder rausrücken. An wen? »Mafia, Marseille« ist für eine sichere Postzustellung leider etwas unpräzise. Der Plan, der große Plan in all seiner Nebulosität war, möglichst viel davon durch die Kasse der TaxiBar zu schleusen und dann ganz legal ein Haus damit zu kaufen. Irgendwo, wo's schön ist, mit Garten und Hund, vielleicht einer Dogge.

»Geht es dir gut?«

»Na ja, wie man's nimmt. Scuzzi ist hier und scheint zum Bleiben entschlossen.«

»Du bist gemein«, fand sie, mit einem hörbaren Lächeln.

Ich fühlte die Notwendigkeit, sie zu beruhigen, ihr ein paar Sorgen zu nehmen. »Sobald ich zurück bin, werde ich etwas Ruhe in unser Leben bringen«, versprach ich. Und glaubte wirklich daran. Ganz fest.

»Gib es zurück, Kristof.«

»Ich werd's versuchen«, log ich.

Scuzzi gähnte, als ich ihm sein Handy in die Hand drückte, und klappte seinen Rechner zu.

»Ich glaube, ich geh jetzt erst mal pennen«, kündigte er an. »Bin total geschafft, hab zuletzt fünf Nächte am Stück malocht.«

»Fünf Nächte? Am Stück? Mannomann, da grenzt es ja an ein Wunder, dass du dich überhaupt auf den Beinen halten kannst.« Verschwendete Ironie, musste ich feststellen, denn Scuzzi nickte nur ganz ernsthaft und verzog sich.

Ich packte mein Werkzeug aus und machte mich daran, die Zündbox am Sea-Doo gegen die aus dem Wrack zu tauschen. Schon bald zeigte sich, dass die beiden Jetskis zwar die Typenbezeichnung teilten, aber offensichtlich nicht die

Baureihe. Kurz, ein paar Details waren unterschiedlich, angefangen bei den Steckverbindungen der Zündboxen, was der ganzen Aktion mit einem Schlag den »Mal eben«-Charakter raubte.

Irgendwann gegen Mittag schwang die Tür vom Winnebago auf, und zwei Typen kamen herausgestolpert, begleitet von Rauch. Beide waren um die dreißig, beide schlank, modisch gekleidet mit einem Mut zur Farbe, den man fast schon waghalsig nennen konnte. Sie grinsten, wankten, blinzelten ins Licht. Stoned wie die Affen.

Schließlich bemerkten sie mich und kamen rüber, um Guten Tag zu sagen.

»Ich bin Larry«, stellte sich der eine vor. Es kam raus als »Oim Lairy«, mit einem Cockney-Akzent so dick wie Kidney-Pie. Er hatte eine Brille mit riesigem, rosafarbenem Gestell auf der Nase und darüber einen polierten Kahlschädel.

Der andere hieß Tom, doch es war bereits zu spät. Wenn der erste Lairy hieß, dann war der zweite für mich Hairy. Er trug seinen rotbraunen Dread-Kopfputz wie Spargel gebündelt in einer Art Wickelrock am Hinterkopf, und dazu einen Bart, bei dessen Anblick selbst einem Gandalf die Spucke weggeblieben wäre.

Lairy und Hairy, dachte ich mit der milden Verzückung, die einen überkommt, wenn man sich für witzig hält. Obwohl – Tom und Larry war auch nicht schlecht.

»Wir sind Fotografen«, behauptete Larry und verwies, wohl zur Untermauerung, auf die Kamera um seinen Hals.

Ich äußerte ein »Aah«, aus dem die Skepsis troff wie Honig aus einer türkischen Waffel. Alle Profi-Fotografen, die ich hier bisher zu Gesicht gekriegt hatte, waren entweder leicht verwahrloste Reporter-Typen, die sich mit ihren riesigen Teleobjektiven auf dem Dach des Hotel Mar versammelten (höchster Punkt der Promenade mit gleichzeitig dem kürzestmöglichen räumlichen Abstand zur nächsten Kneipe – perfekt), oder aber wettergegerbte Ex-Surfer mit Neopren-Anzügen, Schwimmwesten und wasserdichter Ausrüstung, die von Jetskis so dicht wie nur möglich ans Geschehen inmitten der Wogen gebracht wurden. Die beiden hier sahen mir dagegen eher aus wie Nachteulen aus der gehobenen Clubszene, so bleich die Haut, so schick das Tuch. Mit ihrer einen Brot-und-Butter-Nikon mit Weitwinkelobjektiv bildeten sie unter den lokalen Fotokünstlern eine dritte, bis dato unbekannte Spezies.

»Sind hier wegen der Action«, behauptete Larry tapfer.

»Die Wellen.«

»Du weißt.«

Ich nickte wissend. »Schon Erfahrungen gesammelt, mit der Surf-Fotografie?«

»Nicht wirklich«, gab Larry zu und die beiden kicherten nervös.

»Aber damit lässt sich viel Geld verdienen.«

»Für die Urlaubskasse.«

»Wir wollen nach Indien.«

Ich wünschte ihnen mit großem Ernst viel Glück, und sie kicherten erneut.

»Kannst du uns einen Club empfehlen«, fragte Larry, »in Jerusalé … äh, wie war noch mal dein Name?«

Ich sah ihm in die Augen. »Nepomuk.«

Er wandte den Kopf ab, blickte auf eine ungläubige Art erheitert drein. Wie jemand, der sich veräppelt fühlt. Oder den Blickkontakt scheut. »Das … das ist doch nicht etwa dein richtiger Name, oder?«

Hoppla, dachte ich. Wohin soll denn diese Reise gehen?

»Doch«, sagte ich langsam und hängte ein kleines Fragezeichen hintendran.

»Ungewöhnlich«, fand Tom. »Seltener Name.«

»Nicht in Lettland.«

»Club«, erinnerte sich Larry mit einem Ruck. »Kennst du …?«

»Nein«, unterbrach ich ihn. »Doch wenn ihr eine Surfer-Kneipe sucht, kann ich euch das ›Eddie Would Go‹ empfehlen.«

»Eddie would go«, echote Larry und sah Tom rätselnd an, der damit auch nichts anzufangen wusste.

Die beiden hatten keine Ahnung. Weder vom Fotografieren, und wenn möglich noch weniger vom Surfen. Die Frage war, warum sie mir dann solch einen Stuss erzählten.

Ich hatte vergessen, eine Abisolierzange auf die Einkaufsliste zu setzen, weshalb ich jetzt die Ummantelung jedes einzelnen Drähtchens der Zündboxen mit dem Teppichmesser abknibbeln konnte. Die Stecker als solche waren verschweißt, was mich zwang, sie abzukneifen und später Neue anzuschaffen, sodass die ganze Fummelei erst mal nur die undankbare Vorarbeit darstellte. Undankbar vor allem im Bereich der vorderen Rumpfkammer, in die ich mich mit dem Oberkörper voran hineinzwängen musste, bis mir die Arme, Hände oder Finger einschliefen.

Scuzzi, Nickerchen beendet, hatte es sich mit seinem Notebook und seinen Ohrstöpseln im Liegestuhl und in seliger Versunkenheit bequem gemacht. Wann immer ich an ihm vorbeikam auf der Suche nach Bier, Heftpflaster oder Isolierband, winkte er mich hektisch zu sich, um auch mir eine Teilhabe an seiner faszinierenden Welt zu ermöglichen, bis mir allmählich die höflich zu formulierenden Absagen ausgingen. Irgendwann kam mir dann der rettende Satz, verknappt zu einem Wort: »Kennichschon.«

Als ich vom Duschen zurückkam, legte die Sonne gerade einen ihrer in den letzten Wochen rar gewordenen Show-Auftritte hin, versank in einem himmelweiten, vom silbern schimmernden Ozean gespiegelten Glühen, vor dem Seevogelschwärme in Formation vorbeizogen, ein Anblick zum Stammeln, zum Niederknien.

Ich musste Scuzzi darauf hinweisen. Er wandte einmal den Kopf, rief: »Schön!« über den Lärm in seinen Ohren hinweg und daddelte dann weiter auf seiner Tastatur herum.

Also ging ich rein, holte mein Kopfkissen raus und presste es ihm mit beiden Händen aufs Gesicht, bis sein Körper schlaff wurde und die Sonne endgültig untergegangen war.

Nein, Scherz.

Ich ging rein, zog mich für den Abend um, rupfte anschließend Scuzzi einen Hörer raus und schrie ihm »Lass uns auf 'ne Pizza gehen«, ins Ohr. Dann trat ich einen Schritt zurück und freute mich darauf, ihn beim Rauskrabbeln aus dem Liegestuhl zu beobachten.

Doch, nein. Er wollte nicht. Nirgendwohin.

So musste ich allein zum Tantchen radeln, rumpelte runter in den Ort, erstand zwei Pizzen im Karton und trat den Rückweg an.

Beim Essen wurde Scuzzi ein bisschen gesprächiger, was ich nur allzu bald bedauerte. Man kann sich nur so und so viele Geschichten aus dem Arbeitsleben eines Nachtwächters anhören, ohne, tja, zu ermüden. Probleme mit Vandalen, Einbrechern, verwirrten Bewohnern, zickigen Kollegen, Kantinenessen, schlechtem Wetter, Überstunden, schikanösen Vorgesetzten, mieser Bezahlung, bla, bla, bla.

Als ob ich diesen ganzen Käse nicht aus erster Hand kannte, als ob ich nicht sein Vorgänger in diesem allzu schlichten Job gewesen wäre.

Nach dem Essen schlug ich vor, die Feuerschale anzufachen, was Scuzzi überflüssig fand. Seine Präferenz lag unmissverständlich, unübersehbar im Virtuellen.

Tom und Larry stoppten neben uns auf einem Motorroller und machten sich kurz mit Scuzzi bekannt.

»Wir fahren runter in den Ort auf ein Bier. Kommt ihr mit?«

Scuzzi blickte bocklos drein, also wartete ich seine Antwort gar nicht erst ab, sondern schwang mich auf die Gazelle und war unterwegs.

Das Tantchen kam zu einem ruckelnden Halt, ich hob mir das Rad auf die Schulter, stiefelte die Stufen der unteren Plattform hinab und lief damit wem direkt in die Arme? Chris. Ausgerechnet.

»Ich hab dich erkannt, Lette«, behauptete er und deutete auf seinen Hals, um den sich ein roter Striemen zog.

Ich sagte »Hä?« und blickte verständnislos drein.

Chris war nicht allein. In seiner Begleitung befand sich ein junger Mann mit slawischen Gesichtszügen in nahezu vollständiger Entgleisung. Er hatte diesen wenig vorteilhaften Zustand von Trunkenheit erreicht, den man gemeinhin als »stier« bezeichnet.

»Das wird dich kosten«, kündigte Chris an und machte sich so breit wie möglich.

Vorsichtig lehnte ich mein Fahrrad ans Treppengeländer. Adrenalin trieb meinen Puls an wie Cowboys eine Rinderherde.

Mit einem Anflug von Irritation wurde mir bewusst, dass ich durch Scuzzis Auftauchen vergessen hatte, die Fotos von Chris ausdrucken zu lassen. Obwohl, es spielte keine Rolle. Meine Zweifel wuchsen, ob es mir je gelingen würde, einen Hauch von Nachdenklichkeit in diesem vom Klebstoffschnüffeln verödeten Gehirn zu wecken. Wenn ihm der Kabelbinder schon keine Warnung gewesen war …

»Dann zeig mal, was du so in den Taschen hast, Lette.«

»Willst du das wirklich sehen?«, fragte ich, lächelte schmal und ließ meine linke Hand langsam in die tiefe, tiefe Jeanstasche gleiten. Sie traf dort auf nichts Gefährlicheres als ein bisschen Kleingeld, doch Chris machte trotzdem einen Schritt zurück und brachte so seinen Kollegen zwischen uns.

»Du wirst mir eindeutig zu frech für einen Sem Papéis. Bist du überhaupt Lette? Sag mal was auf Lettisch. Boris hier ist Russe, der versteht Lettisch. Los, sag mal was!«

Er schob den jungen Russen einen Schritt in meine Richtung, wohl in der Hoffnung, dass das dessen Aufnahmefähigkeit vergrößerte.

Ich sah ihm in die glasigen Glubschkugeln und sagte »Sukat manu gailis.« Nächtelang mit einer bezaubernden Kindergärtnerin aus Riga geübt. Bis ich es akzentfrei hinbekam.

Boris verstand tatsächlich Lettisch und schlug augenblicklich zu. Ein paar Promille weniger, und er hätte mich ausgeknockt. So aber konnte ich ihm – geschockt von der trotz des Suffs erstaunlichen Explosivität des Hiebs – um Haaresbreite ausweichen. Seine Faust pfiff an meinem Kopf vorbei ins Leere, er stolperte nach vorn, und mein bleigefüllter Totschläger erwischte ihn hinterm Ohr, dass es knackte. Mit einem gepressten Stöhnen fiel Boris auf die Knie, beugte sich vor und erbrach sich quer über den Gehsteig.

Ende Sprachtest, dachte ich.

Ein Roller stoppte am Straßenrand, und Tom und Larry starrten uns mit der Bestürzung der hilflos Bekifften an.

Chris zerrte seinen Kollegen hoch, wandte sich zu mir um, sagte »Samstag«, und ging, wobei er den wankenden Russen mit sich zog.

»Wer war denn das?«, fragte Larry entgeistert.

»Der ungekrönte König des lokalen Abschaums«, antwortete ich und bemühte mich, das Adrenalin aus meinem Blut zurück in seine Drüse zu zwingen. Vergeblich. Das funktioniert nie. Man muss es ausschwemmen. Mit Bier, entschied ich. »Ein Penner, der sich für einen Gangster hält«, fügte ich hinzu.

Tom und Larry parkten ihren Roller, ich griff mir mein Rad und wir gingen gemeinsam die Promenade hinunter.

Am Hotel Mar deutete ich vielsagend nach oben, zum Dach, über dessen Rand man in wetterfeste Folien eingewickelte Kamerastative ausmachen konnte. Tom und Larry taten interessiert, nickten eine Menge, doch sie waren, wie man so sagt, nicht mit dem Herzen dabei. Dann erklärte ich ihnen den Weg zum Eddie Would Go, und sie bedankten sich und schlugen die angegebene Richtung ein, doch auch das wirkte, ich weiß nicht, irgendwie gezwungen, wenig begeistert.

Danielo trug heute eine grüne Weihnachtsmannmütze. Erst wollte ich das kommentieren, dann ließ ich es. Nicht mehr lang, und der Rummel war eh für die nächsten elf Monate vorbei.

»Bier«, bestellte ich mit fester Stimme.

Man wird nicht Privatdetektiv ohne einen sechsten Sinn für das Unausgesprochene, und man überlebt nicht auf der Flucht ohne eine Antenne für Signale des Ungewöhnlichen.

Ich radelte, unbehelmt und unbeleuchtet, dafür aber erheblich angetrunken, also ganz so, wie man mich kennt, über den Gehweg entlang der Strandmauer in Richtung des Schrägaufzuges, den Kopf voll Watte, Adrenalin gründlich ausgeschwemmt, gedanklich schon mit dem Arsch im Bett, als hinter mir ein Auto mehr Fahrt aufnahm, als es nötig oder auch nur üblich wäre. Das wirklich Alarmierende daran war die Heimlichkeit, mit der das geschah. Keine für die »Joyrider« genannten jugendlichen Autodiebe so typischen jaulenden Reifen, kein spuckender Auspuff, weil der Motor bis in den Begrenzer gedreht wurde, keine dröhnende Musik, kein Geschrei, kein Gelächter, keine – und hier spreizte sich mir endgültig das Haar vom Körper – keine aufgerissenen Scheinwerfer. Gar kein Licht, um es klipp und klar zu sagen, und dazu das Geräusch eines rasch und vor allem immer weiter beschleunigenden, rasant näherkommenden Pkws.

Ich drehte mich nicht um. Ich wusste, mit eiseskalter Gewissheit, dass er auf mich zuhielt, ich hörte das gleichmäßige *Prrrrrttt* von Autoreifen, die über einen gepflasterten Gehsteig rollen, und trat die Pedale wie ein Gestörter, bevor ich, in allerletzter Sekunde, das Rad nach links riss, in einen der Durchgänge, die die Strandmauer in regelmäßigen Abständen unterbrechen. Mein Vorderrad geriet in den Sand, schmierte weg, und ich flog über den Lenker, landete auf Kopf und Schulter und kam völlig außer Atem zu liegen.

Der Fahrer des Wagens wollte mir folgen und bemerkte ein wenig spät, dass er dafür zu schnell war und so direkt auf einen der Betonpoller zuhielt, die die Kopfstücke der Mauersegmente schützen. Er riss noch am Lenkrad, versuchte, auf dem sandigen Untergrund zu korrigieren, zu bremsen, und scheiterte.

Der Doppelknall der Airbags übertönte den ersten Aufprall, dann knirschte es blechern, als Stoßstange, Kotflügel, Rad und Teile der Aufhängung zermalmt wurden. Der Poller war rund, das Auto quetschte sich daran vorbei und … stoppte. Die Bremslichter tauchten die Szene in Rot.

Mit einem Satz war ich auf den Beinen, Fahrradlenker in der einen, Totschläger in der anderen Hand, hin- und hergerissen zwischen Flucht und Gegenwehr, überrumpelt von der Möglichkeit, der *Ungerechtigkeit* eines weiteren Angriffs. Ungläubig beobachtete ich, wie die Beifahrertür ein Stück weit aufging und jemand in einer schwarzen Kapuze Anstalten machte, auszusteigen.

Ein Blitz zuckte über die Szene. Irgendein später Passant machte ein Foto, der Beifahrer duckte den Kopf, ließ sich wieder in seinen Sitz fallen, schloss die Tür. Der Wagen – ein schnöder silbergrauer Ford Fiesta, einer aus einer Flotte von

Mietwagen, die man den Sommer über hier an jeder Straßenecke sieht – ruckte an, entfernte sich mit kreischend protestierendem, halb kollabiertem Vorderrad und verschwand um die nächste Häuserecke. Ich hatte, fiel mir auf, weder Fahrer noch Beifahrer deutlich genug gesehen, um sie wiedererkennen zu können.

Zwei Typen, dachte ich. Zwei Pseudofotografen mieten sich im TrailerPark ein, stellen meinen Namen in Zweifel, und ein paar Stunden später werde ich beinahe über den Haufen gefahren, wieder von zwei Typen …

»Nepomuk! Bist du verletzt?« Tom und Larry stoppten aus vollem Lauf und starrten mich an, rangen um Atem und wirkten aufgescheucht, regelrecht aufgelöst. Sie kamen nicht aus der Richtung, in die der Ford verschwunden war, registrierte ich verwirrt. Nicht mal annähernd.

»Fucking Joyriders«, stieß Tom hervor. Aber – er hatte ein Foto gemacht! Stolz und keuchend hielt er mir das Schwenkdisplay seiner Nikon vor die Nase.

Es zeigte den Ford, Bremslichter an, Beifahrertür halb offen, überragt von einer schwarzen Kapuze. Das war's. Nicht mal das Kennzeichen war zu erkennen.

»Als Fotografen«, sagte ich und schwang mich auf den Sattel der Gazelle, »werdet ihr beiden es noch zu Weltruhm bringen.«

»Gern geschehen«, meinte Tom in beleidigtem Tonfall und klappte die Kamera zusammen.

Zwei Typen wollten mir an den Kragen, und ich hatte keinen Dunst, wer es war oder auch nur, wie sie aussahen. Befeuert von einer Mischung aus Neugier und Empörung trat ich in die Pedale und nahm die Verfolgung auf.

Was nicht schwerfiel. Irgendein Karosserieteil war über den Asphalt geschrappt und hatte eine nicht zu übersehende Riefe gezogen, der ich nur zu folgen brauchte. Einmal linksrum, ein kurzes Stück geradeaus, zweimal rechtsrum und da stand der Fiesta, in einer schmalen, unbeleuchteten Sackgasse, mit laufendem Motor und offenen Türen.

Geklaut. Ich war mir sicher. Niemand mietet ein Auto, begeht damit einen Mordanschlag und bringt es dann zurück, vollgetankt und alles. Oder lässt es einfach stehen und findet dann sein Phantombild in der Zeitung. Jedwede Recherche in der Hinsicht konnte ich mir also schenken.

Ich radelte näher heran, begann mich zu fragen, was ich hier tat und wurde zeitgleich schleichend von dem Gefühl übermannt, meinen Schädel weiter und weiter in die Mitte eines Fadenkreuzes zu halten. Ruckartig machte ich kehrt und strampelte mit Endgeschwindigkeit zum Schrägaufzug.

Das Tantchen rumpelte an und meine Gedanken rasten. Wieso versuchte man mich umzubringen, bevor geklärt war, was ich mit dem Geld gemacht hatte? Hatten sie die Kühlboxen etwa schon gefunden? Was – und hier brach mir der Schweiß aus – was war mit Scuzzi?

Scuzzi schlief. Tief und fest. In meinem Bett, angestrahlt vom kalten, flirrenden Licht des Notebook-Bildschirms neben sich. Ich klappte es zu, und Scuzzi schlief weiter. Schlafen kann er, da macht ihm keiner etwas vor.

Der Trailer war unberührt, nichts durchwühlt oder sonst wie außer der Reihe. Draußen parkte der Datsun an seinem gewohnten Platz, wie immer mit einem Rad auf dem Kanaldeckel.

Hier passte etwas ganz und gar nicht zusammen.

Ich griff mir ein Bier aus dem Kühlschrank und ging damit rüber zur Hollywoodschaukel, wo ich mich um ein Haar auf den dösenden Benno gesetzt hätte. Er erwachte, erkannte mich und peitschte mit seinem Schwanz die Flusen aus den Polstern. Ich schob ihn ein Stückchen zur Seite und hockte mich an meinen gewohnten Platz.

Mond und Sterne schienen, krönten die einzeln reisenden

Wolkenberge mit weißen Silhouetten. Vom Fuß der Klippe konnte man die Flut gegen die Felsen rauschen hören. Benno stupste meine Hand mit seiner kalten Nase an, und ich kraulte im gedankenverloren das Fell. Es ist, man kann es drehen und wenden wie man will, gut, am Leben zu sein.

Waren es doch Joyrider gewesen, die nur mit einem geklauten Auto Gas geben wollten und mich dabei schlichtweg übersehen hatten, halbblind von Alk und Drogen, sie ohne Scheinwerfer und ich ohne Rücklicht? Das schmale Altstadt-Sträßchen, in dem ich den Fiesta gefunden hatte, war nur für Autos eine Sackgasse. Für Fußgänger zweigten an ihrem Ende Passagen nach links und rechts ab. War es Zufall, dass der Ford genau dort gelandet war? Oder besaß der Fahrer exakte Ortskenntnisse, kannte sichere Fluchtwege?

Benno knurrte, ich sagte: »Mombassa, geh woanders spielen«, und bereute es, den Knüppel neben der Feuerschale liegengelassen zu haben.

Jemand räusperte sich pointiert. »Das muss das erste Mal sein«, mutmaßte eine Stimme mit angenehmem Timbre und in nachdenklichem Tonfall, »dass man mich mit einem vierschrötigen, *männlichen* Schwarzafrikaner verwechselt. Muss ich mir Sorgen um meine Erscheinung machen?«

Caroline, Yaras Mutter, trat ins Sternenlicht. In einer Daunenjacke und einem weiten, überknielangen Faltenrock. Schmale Schuhe mit hoher Keilsohle an den Füßen, fadendünne Riemchen um die ranken Fesseln. Ich schätzte sie auf Anfang vierzig, eine gekonnt blondierte Schönheit mit einer starken Schwäche für große Hüte, romantische Kleider und getrocknete Hanfblätter.

»Ein Bier?«, fragte ich, milde perplex und gleichzeitig bemüht, mir das nicht anmerken zu lassen. Caroline zeigte normalerweise kein erkennbares Interesse an näherem Kontakt zu den TrailerPark-Bewohnern. Ich hatte ein paarmal mit ihr zu tun gehabt, wenn sie Yara an der Rezeption vertrat, und da waren wir keinen Schritt über Floskeln und tja, technische Belange wie ausbleibendes Heißwasser in den Duschen oder so was hinausgekommen.

»Nein, danke, ich ziehe das hier vor.« Sie verwies auf die Cognacflasche, die nonchalant von ihrer rechten Hand baumelte. Ein Fingerschnippen mit der Linken, und Benno war unterwegs nach Hause.

Caroline setzte sich nicht einfach, sie nahm Platz, Knie zusammen, Beine synchron. Ihre Schuhe blieben zurück, als sie die Waden hoch auf die Polster zog und ihren Rock züchtig zurechtzupfte.

Sie stellte die Flasche zwischen uns, zauberte einen Stick aus ihrer Jacke hervor, leckte ihn der Länge nach an, nahm ihn zwischen die Lippen und beugte sich weit zu mir herüber, damit ich ihr Feuer geben konnte.

»Bier ist eher was für Männer«, sagte sie nachdenklich, zog *knietschpömm* den Kork aus dem Flaschenhals und gönnte sich einen Schluck. Dazu muss man sagen: Sie klingt immer nachdenklich, weil langsam, weil stoned. Ich hatte sie kaum einmal gesehen, ohne dass sie – auf eine elegante Art, das muss man ihr lassen – nahezu vollkommen weggetreten gewesen wäre. »Biertrinkende Frauen verdächtige ich meistens, Lesbierinnen zu sein.« Womit wir ihre sexuelle Ausrichtung schon mal geklärt hätten. Blieb die Frage nach meiner, doch das konnte warten.

»Weißt du, ich beneide Menschen wie dich, diese Ungebundenheit. Ich habe mich immer schon zu Herumtreibern hingezogen gefühlt.«

Hoppla, dachte ich. Immer schön mit der Tür ins Haus.

»Jorge ist so … ortsfest. So unbeweglich. Wenn ich sage, lass uns reisen, fragt er immer nur ›Wovon?‹«

»Tja«, sagte ich, in Ermangelung eines intelligenteren Kommentars und setzte mir die Bierdose an den Hals.

»Und wenn ich antworte, lass uns die Finca verkaufen,

muss er zu seinen Herztabletten greifen. Er hat diese Herzschwäche, weißt du, die sich auch … *anderswo* bemerkbar macht.«

»Eijei«, sagte ich, nicht bereit, auf solche Indiskretionen einzugehen, leerte die Dose und warf sie hinter mich.

»Man munkelt, du bist in Wirklichkeit überhaupt nicht so arm, wie du tust.«

Viel fehlte nicht, und ich hätte den letzten Schluck in hohem Bogen durch die Gegend gespuckt. »Das ist wahr«, fing ich mich hüstelnd. »Und auf der Werft arbeite ich nur zum Zeitvertreib.«

Sie streckte ihre perfekt enthaarten und zu einem seidigen Schimmer polierten Beine ins Sternenlicht und brachte die Schaukel in Schwung.

»Es hält sich das Gerücht, dass du ein Gangster auf der Flucht bist. Den Gedanken finde ich … erregend.«

»Seltsam. Ich auch.«

Nach einem weiteren Schluck Cognac reichte sie mir die Flasche rüber. Warum nicht, dachte ich und nippte, nippte noch mal.

»All die Jahre hat Jorge mich nur dafür gebraucht, schön auszusehen und seinen Geschäftsfreunden und Kunden das Gefühl zu vermitteln, sie stiegen gewaltig in meiner Achtung, wenn sie sich von ihm über den Tisch ziehen ließen. Jetzt, wo das Geschäft im Eimer ist …« Sie hielt mir den Stick hin, doch ich winkte ab. Achselzuckend saugte sie die Glut bis an ihre Fingerspitzen und schnickte die Kippe über den Klippenrand.

»Realistisch betrachtet«, sagte sie mit diesem THC-unterstützten Tiefsinn und blies Rauch von sich, »bin ich eigentlich zu nichts wirklich nütze. Und trotzdem besitze ich ein, zwei Aktivposten …« Sie zog ihre Daunenjacke ein Stück weit auf, und ich sah, was sie meinte, mit den Aktivposten, »und auch das eine oder andere Talent.« *Zupp*, hatte sie meine Gürtelschnalle offen, und *Popp, Popp, Popp* einen Knopf nach dem anderen. »Möchtest du eine Kostprobe?«

»Na ja«, antwortete ich und bremste die Schaukel mit sachtem Fuß.

Um es gleich zu sagen: Es wurde keine weltbewegende Nummer. Es war halt nur Sex zwischen Fremden und obendrein ergebnisorientiert. Caroline versuchte mit irgendetwas zu mir durchzudringen, mich anzufüttern, mich für sie zu interessieren, und kannte wohl nur den direkten Weg. Ich wiederum wollte mir den noch kaum verarbeiteten Schrecken aus dem Leib rammeln, eine Ablenkung erzwingen, ein Gefühl von Normalität und Sicherheit herstellen.

Sie ging enthusiastisch zur Sache, geradezu energetisch, doch leider, so mein Eindruck, auch recht routiniert. Ich sah mich bestätigt, als sie erschöpft auf die Seite sank und »Oh, mein Gott, das war fantastisch!« inbrunstierte. Frauen stöhnen nicht »Oh, mein Gott!« nach dem Sex mit mir. Wenn sie überhaupt etwas von sich geben, dann meist Sachen wie: »Du *bist* doch vasektomiert, oder verwechsle ich dich da mit jemandem?«, über: »Versteh das jetzt nicht falsch, aber ich bräuchte dringend ein paar Scheine für die Miete«, bis hin zu: »Wenn Hassan davon erfährt, sticht er uns beide ab. Du weißt, dass er übermorgen auf Bewährung rauskommt?« Also lauter intime, schmeichelhafte und bezaubernde Sachen, nur eben kein ergriffenes »Oh mein Gott!«, nie.

Caroline legte ihren Kopf in meinen Schoss, ich zog die Wolldecke von der Rückenlehne der Schaukel und breitete sie über uns aus.

Mir war nach schlafen, ihr nach reden. Die kurze Phase gemeinsamer Interessen schien hiermit schon Vergangenheit.

»Wenn man ein bisschen Geld hat, fragt in Marokko niemand nach deinen Papieren«, nahm sie den »Gangster«-Faden wieder auf und leckte den nächsten Stick längs, ließ sich

Feuer geben. »Und wen die europäische Polizei sucht, hat die Marokkaner noch nie interessiert. Warst du schon mal in Casablanca?«

»Nein, noch nie«, antwortete ich wahrheitsgemäß und zutzelte noch ein bisschen am Hals der Cognacflasche herum. Sehr beruhigend, Cognac.

»Wundervolle Stadt. Schon die Anreise ist herrlich, es wird schöner und wärmer je weiter man nach Süden kommt …« Sie rauchte verträumt. »Immer an der Küste entlang … Wir könnten deinen Toyota nehmen …«

Ich erstarrte, als ob mir eine kalte Hand ins Genick gepackt hätte. Caroline spürte es und sah zu mir auf.

»Meinen *Toyota*?«, fragte ich und versuchte, das Misstrauen aus meiner Stimme zu halten. Der rote 77er unter seiner Plane gehörte Kristof Kryszinski, und davon wusste nur er, er ganz allein.

»Ja, klar. Wir packen all unseren Kram hintendrauf und …«

»Du meinst meinen *Datsun*.«

»Herrje. Macht das einen Unterschied?«

»Nur für Puristen«, antwortete ich und entspannte mich wieder, »nur für *Aficionados*.«

Doch sie hörte nicht zu. »In Casablanca kann man mitten in der Stadt so schnuckelige kleine Häuser mieten, umgeben von hohen Mauern, mit zauberhaften Gärten, wo man *alles* machen kann, zu jeder Tages- und Nachtzeit, und keiner kann einen dabei beobachten.«

Also viel Sex und Dope und Dolce Farniente, solange der gute Nepomuk freundlicherweise sämtliche Kosten übernimmt. Warum eigentlich nicht?, dachte ich und spürte meine Lider sinken.

»Wir könnten Elvira mitnehmen.«

Mit einem Ruck war ich wieder wach und fragte: »Hä?«

Sie setzte sich auf, drapierte die Decke um sich und sah mich ernst an. »Gib zu, du magst die Kleine.«

»Mal langsam«, sagte ich und hob eine bremsende Hand. Mir schwirrte der Kopf und das nicht nur vom Weinbrand. »Selbst wenn …«

Doch Caroline ließ mich nicht ausreden. »Yara ist zu jung, um ihr Leben schon ganz einem Kind zu widmen«, ereiferte sie sich. »Eines Tages wird sie Ela dafür hassen. Nein, Yara soll surfen, sie soll leben, lieben. Und sobald sie reif genug ist, eine Familie zu gründen, kann sie Ela ja wieder zu sich nehmen …«

Ich fragte mich, warum ich ihr die fürsorgliche Nummer nicht abkaufte. Sie war keine schlechte Schauspielerin, doch – mal ganz im Ernst: Mit dem Kind ihrer Tochter und einem Sem Papéis, den sie kaum mehr als einen Freiluftfick lang kannte, durchzubrennen, das war ein zutiefst ungesundes Ansinnen, alles andere als normal. Ich fühlte einen wachsenden inneren Abstand zu einem baldigen Umzug nach Casablanca. Doch etwas anderes interessierte mich.

»Yara ist nicht eure leibliche Tochter, oder?«

»Nein.« Caroline schüttelte den Kopf, hob die Daunenjacke vom Boden und durchforstete ihre Taschen, bis sie einen weiteren Stick fand. Diesmal gab sie sich selbst Feuer, was immer das zu bedeuten hatte. »Yara wurde in Angola geboren, in einem kleinen Dorf im Nirgendwo. Die Mutter blutjung, der Vater war wohl ein Weißer, Umstände der Zeugung sind, na ja, etwas dubios. Dir ist wahrscheinlich die Narbe in ihrer Oberlippe aufgefallen?«

Ich nickte, sie war.

»Relikt einer Gaumenspalte. Normalerweise hätte das das Todesurteil für das Kind bedeutet. Die Dorfbewohner wollten es zerhacken und verbrennen. Irgendein afrikanischer Aberglaube, Gaumenspalte – Kind des Teufels, irgend so ein wirres Zeug. Ein Arzt konnte die Mutter überreden, Yara stattdessen wegzugeben. Zufällig war der Arzt Portugiese, obendrein ein Kunde von uns, der um unseren Kinderwunsch wusste. Nun, wir haben die Kleine adoptiert, wir haben sie operieren lassen, bei uns aufgenommen und sie großgezogen wie unser eigenes Kind. Und was ist das Resultat? Sie lehnt uns ab. Nicht nur das, sie verweigert uns auch noch den Kontakt zu unserem Enkelkind.« Sie seufzte, blies Rauch in den Himmel. »Tja, das nennt man dann wohl Schicksal.«

»Weiß man, wer Elas Vater ist?«, fragte ich.

»Nein. Sie sagt es uns einfach nicht. Völlig verstockt. Wir haben einen Psychologen um Rat gefragt, und der vermutet, dass Yaras Haltung wohl eine Reaktion darauf ist, dass sie als Baby weggegeben wurde. Sie will jetzt bei ihrem eigenen Kind alles allein und alles besser machen.«

Caroline legte sich wieder quer über meine Beine, sah zu mir hoch. Ihre Augen waren stark gerötet, geradezu fiebrig, doch der Blick war von graublauem Kalkül.

»Wir könnten uns noch ein paar schöne Jahre machen«, warf sie die Casablanca-Angel wieder aus. »Nur ein paar Jahre. Danach geht sowieso alles den Bach runter.«

Und wenn deine Knete verjuxt ist und der Arsch in Falten hängt, ziehen wir zurück nach Deutschland und fallen für den Rest unserer Tage dem Sozialsystem zur Last, sollte das wohl heißen.

»Also, was sagst du?«

»Hört sich alles wundervoll an«, log ich, »nur die Frage der Finanzierung bleibt leider ungelöst.«

»Oh«, machte sie, wie man »Oh« macht, wenn man feststellen muss, sich in der Tür geirrt zu haben.

»Wie sieht's denn bei dir aus?« Mit Mühe bekam ich ein Gähnen unterdrückt.

»Ach …« Sie winkte ab. »Ich bin praktisch mittellos, verheiratet mit einem Riesenhaufen Schulden. Die Häuser gehören der Bank, die Grundstücke, der TrailerPark gehört der Bank, die Yacht, unsere Autos, alles. Nur die Finca …«

»Ja?« fragte ich, einzig und allein, um das Gespräch irgendwie in Gang zu halten, weil ich sonst unwiederbringlich wegzusacken drohte.

»Nein. Vergiss es. Vergiss die Finca. Jorge würde nie einem Verkauf zustimmen. Familienbesitz seit Generationen, ach du je. Niemals würde er sich davon trennen. Nicht, heißt das, solange er am Leben ist …«

Ein Schweigen senkte sich über die Hollywoodschaukel, wohl, um dem Subtext Zeit zur Reife zu geben.

*

Meine Blase weckte mich, in der Schaukel, unter der Wolldecke zusammengerollt, und geplagt von einer hartnäckigen, verkaterten Geilheit. Ah, und allein.

Der Tag versprach, sonnig zu werden, aber noch war es ein empfindlich kühler und dabei empfindlich heller Morgen. Gern hätte ich mich in den schummerigen Trailer verzogen, doch dann würde ich mich mit Scuzzi arrangieren, womöglich unterhalten müssen, und danach war mir nicht. Bisschen maulfaul, morgens, ich.

Wolldecke um die Schultern, brachte ich die Feuerschale in Gang, stellte die Kaffeekanne dicht an die Flammen und ging duschen, bis ich mich wieder einigermaßen menschlich fühlte, und nicht länger wie ein nur aus Harndrang und Fortpflanzungstrieb bestehender Einzeller.

Mit einer Menge Cognac hinter der Stirn glotzte ich in die Flammen und rekapitulierte den Verlauf der letzten Nacht – gekämpft, gesoffen, geflüchtet, überlebt, gefickt, ein richtiger Klassiker nocturner Maskulinität, fast schon episch. Und dann noch dieses bizarre postkoitale Gespräch mit Caroline, aus dem ich nicht wirklich schlau wurde. Hatte ich allen Ernstes, und sei es nur für Minuten, mit dem Gedanken gespielt, zusammen mit dieser dauerbedröhnten Psychotikerin nach Casablanca zu ziehen? Vielleicht, dachte ich selbstkritisch, sollte ich mir mal was anderes suchen als Alkohol, um unwillkommene Drüsenüberschüsse aus meinem System zu spülen. Und auch das Rumhuren einschränken, schickte ich hinterher, als ich aus dem Augenwinkel eine Bewegung wahrnahm. Die Tür des Winnebago wurde aufgestoßen und entließ eine puppenhaft schmale Asiatin. Schwarze Lackhose, Hochhackige, die sie wie ein Model einen vor den anderen stelzte, schwarzes, langärmeliges T-Shirt und darüber eine babyblaue Weste, die aussah, als hätte man sie einem Kirmes-Teddy vom Balg geschnitten. Kreisrunder, rotgeschminkter Mund, glatte blauschwarze Haare mit einem Pony, der ihr bis in die dramatisch getuschten Augen hing. An einer Kette über der Schulter trug sie ein flaches, goldenes, rechteckiges Handtäschchen, in das vielleicht eine Kreditkarte und ein Schlüsselbund passten, oder eine Zigarettenschachtel und ein Schlüsselbund, oder aber nichts von dem, sondern nur eine kleine, handliche Pistole. Alles in allem erinnerte sie in Aussehen und Ausstrahlung stark an eine von Quentin Tarantino erdachte Auftragskillerin. Und sie kam direkt auf mich zu.

»Hallo Fremder«, begrüßte sie mich mit einem schmalen Grinsen. »Du hast nicht zufällig eine Tasse Kaffee für eine verstoßene Frau?« Fröstelnd trat sie an die Feuerschale und streckte die Hände vor sich in die aufsteigende Wärme.

Ich löffelte etwas Instantpulver in die eigentlich für Scuzzi gedachte Tasse, kippte heißes Wasser aus der Kanne drüber und reichte sie ihr.

Sie griff in ihr Handtäschchen, fummelte eine Superslim heraus, dann ein Feuerzeug, steckte die Zigarette an, blies den Rauch auf den Kaffee, nahm einen kleinen Schluck und seufzte zufrieden.

»Chi En Li«, stellte sie sich dann unvermittelt vor, nahm die Tasse in die Linke, die Zigarette zwischen die Zähne und reichte mir die freie Hand.

»Nepomuk.«

Ihr Händedruck war fest, die Finger glatt, die Nägel – vor allem im Vergleich zu ihren Wimpern – erstaunlich kurz.

»Meine Freunde nennen mich Chi Li«, fügte sie hinzu.

»Weil du so scharf bist«, wollte mir über die Zunge, doch ich biss drauf. Mit solch umwerfend originellen Bemerkungen reiht man sich nur allzu leicht ein in eine lange, schwankende Polonaise von Schwachköpfen.

»Und wieso hat man dich verstoßen?«, fragte ich stattdessen.

»Ein Missverständnis«, antwortete sie und wirbelte ihre Zigarette einmal rund um ihren Zeige- und Mittelfinger, wie ein Drummer seinen Trommelstock, bevor sie sie wieder an ihre Lippen führte. »Ich hab mich von zwei Kerlen abschleppen lassen«, meinte sie sachlich und wies mit einer knappen Kopfbewegung zum Winnebago, »zwei *hübschen* Kerlen, du kennst sie wahrscheinlich, und dann stellte sich heraus, ich sollte ihnen nur dabei … tja, *zusehen*. Törnt sie an, wie es scheint.«

Sie sprach ein makelloses Englisch mit diesem leichten Upperclass-Nölen, das sie »posh« nennen. Ihre Stimme war zwitschernd, kitzelte mir im Ohr wie eine spitze, weiche, ganz leicht angeraute Zunge …

Ich spürte mein Interesse erwachen wie einen Hund, dem man auf den Schw… Falsches Bild, definitiv.

»Und jetzt fühle ich mich irgendwie … unbefriedigt.« Sie schenkte mir einen Blick, der mir mehr aufrichtete als nur das Haar auf meinen Armen.

Und genau diesen Augenblick wählte Pierfrancesco Scuzzi, um seinen Arsch vor den Trailer zu hieven.

»Oh nein!«, entfuhr es Chi Li. »Nicht noch zwei von der Sorte!«

»Was heißt: Nicht noch zwei von der Sorte?«, fragte Scuzzi, gehüllt in einen ausgesprochen kuscheligen Bademantel, flauschiges Handtuch um den Hals, Kulturbeutel wie eine Handtasche unter den Arm geklemmt. Es fehlten eigentlich nur Lockenwickler.

»Sie hält uns für ein schwules Pärchen«, erklärte ich.

»Sind wir das denn nicht?«, fragte er, die Nase hoch, und richtete sich die akkurat geschnittene Frisur.

Und ich sagte etwas zu Chi Li, das ich, wie mir auffiel, schon länger nicht mehr hatte äußern müssen: »Es ist nicht das, wonach es aussieht.«

»Ach nein?«, fragte Scuzzi indigniert.

Und dich, dachte ich mit einigem Ingrimm, setzen wir noch heute in den nächsten Bus nach Norden.

»Ich lasse euch dann besser mal allein«, meinte Chi Li leichthin, was mich nicht übel nadelte.

»Heute Abend, Mulholland Bar?«, fragte ich.

»Ein Date?« Sie musste kurz nachdenken, schien aber nicht abgeneigt. »Mit dir oder mit euch beiden?«

Ich sah sie nur an.

Sie lächelte schmal, sagte «Okay«, und ging.

»Du glaubst gar nicht, wie verletzend das ist, dass du nie zu mir stehst«, meinte Scuzzi.

»Wahrscheinlich bin ich einfach noch nicht so weit«, mutmaßte ich.

»Eins sag ich dir …« Scuzzi blickte, genau wie ich, der außerordentlich gekonnt davonstöckelnden Chi Li hinterher. »Überleg dir gut, worauf du dich einlässt. Das da ist ein gefährliches Weib.«

»Ach was«, sagte ich. »Sie ist nur so gezeichnet.«

»Vier Paar zwölfpolige Stecker, wasserdicht«, notierte ich gewissenhaft auf meinem Notizblock, als Yara und Ela auf Punky angeritten kamen, Benno im Schlepptau. Yara trug einen ziegelroten Neoprenanzug, der nur Kopf, Hände und Füße freiließ, und ein kurzes Surfbrett unterm Arm. Ihr

Haar war zu einem Zopf geflochten, der ihr vorn über die Schulter hing. Mutter und Tochter glitten vom Pferderücken und sahen mich an.

»*Kerzenschlüssel*«, fügte ich meiner Liste hinzu. Es war klar, dass die beiden etwas von mir wollten, ich ahnte auch, was es war, und meine Begeisterung hielt sich in Grenzen.

»*Phasenprüfer*«, schrieb ich.

»Nanu, allein?«, fragte Yara spitz, und ich nickte stumm, weil mir nicht ganz klar war, worauf sich die Frage bezog. Scuzzi jedenfalls hatte sich, erschöpft vom Duschen, noch für ein Stündchen hingelegt.

»*Silicon*« wanderte aufs Papier, gefolgt von »*Sili-Fixe*«, kurz für die Kartuschenpresse.

»Ich habe eine Frage«, begann Yara zögerlich, »eigentlich mehr eine Bitte …«

Ich versuchte mich an einer offenen, interessierten und generell hilfsbereiten Miene, doch Yara sprach trotzdem nicht weiter.

»Mamma will surfen gehen, und du sollst solange auf mich aufpassen«, warf Ela ein und klang dabei so begeistert, wie ich mich fühlte.

»Kein Problem«, behauptete ich gegen erhebliche innere Bedenken.

Yara nahm mich beiseite, am Arm.

Keine zwölf Monate mehr, und es hagelt Reis, dachte ich, Sarkast, der ich bin.

Als ob sie Gedanken lesen könnte, ließ sie meinen Arm sofort wieder los.

»Eins ist mir enorm wichtig«, sagte sie leise. »Ela darf nicht unbeaufsichtigt bleiben, zu keiner Zeit, und ich wünsche keinen Kontakt von Ela zu Fremden, zu Caroline oder Jorge.«

»Aber …«

»Kein Aber«, unterbrach sie mich und versenkte ihren Blick in meinen. »Versprich es.«

Ich versprach es, und sie nickte mir zu. Irgendwie, schwer zu erklären, vermittelte sie mir das Gefühl, es sei eine große Ehre und keine entnervende Bürde, für Ela den Babysitter spielen zu dürfen.

Yara ging, Surfbrett unterm Arm, zum Klippenpfad und verschwand außer Sicht, und Ela und ich sahen uns an wie Boxer, die einander aus ihren Ringecken heraus belauern.

»Ich will reiten.«

»Nur zu«, ermunterte ich sie.

Ela griff nach Punkys Zügel und blickte abwartend.

»Was hält dich?«

»Mamma sagt, wenn ich reiten will, muss jemand nebenhergehen und Punkys Zügel halten.«

»Dann nicht. Vergiss es.«

»Du hast gesagt, ich darf reiten.«

»Ja, aber …«

»Du hast es *gesagt.*«

»Aah, verflucht.«

Ich hob sie auf den Pferderücken und wir zogen los, über das weitläufige Gelände. Nach vielleicht hundert entspannten Metern schnalzte Ela mit der Zunge und Punky änderte abrupt die Gangart.

»Hee«, rief ich, zog am Zügel, und der Zügel zog an mir.

Ich fand mich auf allen Vieren wieder und gab Geräusche von mir, wie man sie sonst nur von brünstigen Eseln kennt. Umnachtung drohte mich zu packen und nie wieder freizugeben.

»Du stellst dich ja vielleicht an«, fand Ela genervt. »Dabei war das nur leichter Trab. Was soll denn werden, wenn wir erst mal galoppieren?«

Ich lachte kurz und bitter. Was sorgte ich mich noch, von Meuchelmördern umgebracht zu werden? Die Kleine genügte vollkommen.

Triefend vor Schweiß ließ ich mich seitlich ins Gras fallen und rang verzweifelt um Luft, alles unter dem mitleidlosen Blick der verdammten Göre.

Scuzzi kam aus dem Trailer und hockte sich auf die Stufe. Ela ging ein paar Schritte auf ihn zu und besah ihn sich kritisch, die Fäuste in die Seiten gestemmt. »Wer bist *du* denn?«, fragte sie schließlich.

»Wer bist *du* denn?«, echote Scuzzi und blickte mürrisch von seinem Smartphone auf.

»Ich habe zuerst gefragt.«

»Also musst du auch zuerst antworten.«

»Nein, du.«

»Nein, du.«

»Los, sag! Oder ich trete dich gegen das Schienbein.«

»Dann ziehe ich dich an den Haaren.«

Ein Patt war erreicht, unterlegt mit lastendem Schweigen, während die beiden einander anstarrten. Ich wusste, wer gewinnen würde. Wenn es ein Paar Augen gab, deren bohrendes Starren mich regelmäßig mit Schaudern an Verhörsituationen unter dem gefriergetrockneten Blick Hauptkommissar Mendens erinnerte, dann waren es die beiden smaragdgrünen Murmeln in diesem kindlichen Dickschädel.

»Ich bin Scuzzi«, gab Scuzzi schließlich nach. »Ein Freund von …« Er stoppte und korrigierte sich, gerade noch rechtzeitig. »Von *Nepomuk*. Und wer bist du?«

»Wieso sagst du ›von von‹?«

»Und *wer bist du*?«, wiederholte Scuzzi, spürbar gereizt.

»Ich bin Ela Marquez, und ich will reiten. Du kannst nebenhergehen und Punkys Zügel halten, wenn du willst.«

Er sah fragend in meine Richtung, und ich setzte mich schwungvoll auf, zwang mich, flach zu atmen und nickte ausgesprochen aufmunternd.

Es gibt Momente, da spüre ich den Teufel in mir erwachen. Und umarme ihn wie einen lange vermissten, innig geliebten Bruder. »Das macht sagenhaft Spaß«, behauptete ich mit einer Ernsthaftigkeit, der nicht viel zum Glaubensbekenntnis fehlte.

»Ich weiß nicht«, maulte Scuzzi. »Können wir nicht was anderes machen?«

»Wir könnten ein Spiel spielen«, schlug Ela vor.

Scuzzi Augen verengten sich. »Hast du Geld bei dir?«, fragte er lauernd.

Ela holte ihr Täschchen hervor, das sie unter ihrer Latzhose an einem Riemen um den Hals trug, öffnete es und zählte umständlich. Sie hatte zehn Euro, für, wie sie erklärte, Pizza, Limo und ein Eis.

»Okay«, meinte Scuzzi. »Hier sind meine zehn Euro. Wenn du gewinnst, kriegst du die noch dazu. Gewinne ich, ist es hm, hm, hm, tja, *umgekehrt*. Was spielen wir?«

»Memory!«

Ich riss die Liste vom Block, faltete sie und steckte sie in die Brusttasche meines Hemdes. Während Ela das Spiel holte, gab ich Yaras Instruktionen Wort für Wort an Scuzzi weiter, der dazu die gleichen Fragen wie ich hatte und genauso viel Antwort bekam.

Bevor ich den Diesel anwarf, trat ich noch mal an den Rand der Klippe. Ein paar Meter unterhalb der Kante windet sich der Kletterpfad die Küste entlang, mit Serpentinen von Treppenstufen hoch zum TrailerPark und runter zum Wasser. Bei Ebbe bildet sich dort unten ein schmaler Sandstrand, von dem aus lokale Surfer in die Wellen starten. Das Problem bei Flut ist, dass die Wellen nicht brechen und auslaufen, sondern sich nur auftürmen und dann gegen die Felswand klatschen. Gerätst du darin als Surfer in Schwierigkeiten, klatschen sie dich mit.

Und wir hatten Flut.

Yara war allein auf dem Wasser. Sie paddelte bedächtig, quer zur Dünung, den Kopf der offenen See zugewandt, wartend. So was kann dauern. Ich wollte schon kehrtmachen und losfahren, als sie ihr Brett plötzlich zur Küste drehte, mit raschen Zügen ihrer Arme Fahrt aufnahm und in exakt dem Moment auf die Füße sprang, als die Woge sich unter ihrem Brett hochfaltete und sie landeinwärts wuchtete.

Sie mochte länger nicht trainiert haben, aber anzumerken war es ihr nicht. Yara stand, ein Fuß vor, einer zurück, Knie leicht angewinkelt, Hände gespreizt, aber die Arme nah am Körper, und lenkte ihr Brett in ruhigen, flüssigen Bewegungen von absoluter Sicherheit und Balance. Direkt auf die Felswand zu.

Bis sie, wie einen Nachgedanken, im letzten Augenblick eine kleine scharfe Kurve einbaute, die sie hoch zum Wellenkamm trug, drüber hinweg, und schon lag sie wieder auf dem Brett, stach durch die nachfolgende Woge hindurch und war dann in athletischen Paddelzügen unterwegs, zurück zu ihrem Ausgangspunkt draußen auf dem Meer.

Ich hätte ihr gern zugewunken, doch dass es auch noch ein Leben an Land gibt, vergessen Surfer, sobald ihre Füße das Wasser berühren.

Was ich an Werkzeugen brauchte, bekam ich alles in der Eisenwarenhandlung, nur für die wasserdichten Steckverbindungen verwies man mich an ein Spezialgeschäft im Hafen von Figueras. Ich notierte mir den Namen, die Adresse und skizzierte die Wegbeschreibung, bedankte mich, zahlte, trat raus auf die Straße und sah mich, möglicherweise etwas gründlicher als sonst, um. Der gestrige Abend steckte mir tiefer in den Knochen, als ich zugeben mochte. Ich bemerkte niemanden, der mir wie auch immer auffiel, und andersrum zeigte keiner der Passanten mehr als nur oberflächliches, flüchtiges Interesse an meiner Person.

Werkzeuge in meinem Rucksack verstaut, Rucksack geschultert, machte ich mich auf Richtung Hafen, machte kehrt und kehrte – *Palim, palim* – zurück in den Laden, stellte mich außer Sicht und spähte durch die Glastür.

Fast hätte ich ihn nicht erkannt hinter der großflächigen Spiegelbrille. Chris schlenderte draußen vorbei, von Kopf bis Fuß neu eingekleidet und am Arm eine zu dünne und zu stark geschminkte Frau mit enormem Dolly-Parton-Haarteil, die auf ihren Stilettos herumstakste wie ein Watvogel mit nach hinten gedrehten Knien. Beide trugen gleich bündelweise scharfgefaltete Papiertragetaschen mit aufgedruckten Markenlogos.

Vom Schnorrer zum Shopping-King im Zeitraum eines Fingerschnippens. Woher hatte er das Geld?

Eine Böe fegte durch die Straße, Staub wirbelte, und Chris blieb stehen, klemmte seine Einkaufstaschen zwischen die Beine und nahm die Sonnenbrille ab, weil ihm etwas ins Auge geflogen war.

Ich trat näher an die Scheibe. Was die großen Gläser bis dahin verborgen hatten, war, dass Chris ein Brillenhämatom zierte, ein zweifaches blaues Auge, ausgeprägt wie eine Panzerknackermaske, normalerweise das Ergebnis eines wirklich präzisen Hiebs mitten auf die Zwölf. So wie, zum Beispiel, von einem Airbag.

Ich wusste nicht, wie ich reagieren sollte. Ihn zur Rede stellen? Lächerlich. Erstens hatte ich nichts gegen ihn in der Hand, zweitens hatte Chris kein Motiv mich umzubringen, drittens sah ich ihn nicht als Joyrider, viertens wird Joyriding nicht bezahlt. Und dass ihn jemand angeheuert haben könnte, mich über den Haufen zu fahren, machte und machte und machte keinen Sinn. Nicht, bevor man mir nicht das Geld abgejagt hatte.

Es war unbegreiflich, und genau das trieb mich die Wände hoch.

Mit dem Kopf voll konfuser, düsterer Gedanken und einer Scheißlaune ging ich meine Stecker kaufen und fuhr zurück zum TrailerPark.

Ich dachte viel an Mülheim und seinen Straßenverkehr und die Geduld, die er einen lehrt – oder eben nicht, was dann leider meist Blutsturz, Hirnschlag, Herztod oder aber hellauf jodelnden Irrsinn bedeutet – während ich den ersten Stecker an die Drähtchen fummelte und dann wieder ab, weil ich vergessen hatte, zuerst die Steckerhülle übers Kabel zu schieben.

Geduld, sagte ich mir, Geduld soll mein neues Mantra sein, Geduld, Geduld, Geduld.

Yara kam, nass und rotwangig, mit leuchtenden Augen und ganz leicht außer Atem vom Klippenpfad, ihr Surfbrett unterm Arm, freie Hand damit beschäftigt, Wasser aus ihrem Zopf zu pressen.

Ela eilte ihr begeistert entgegen. »Kuck mal, Mamma, was ich habe!« Freudestrahlend wedelte sie ein Bündel Scheine. Banknoten, wie es aussah.

Yara blickte konsterniert. »Woher hast du die denn?«

»Von Scuzzi!« Sie deutete aufgeregt auf meinen Freund Pierfrancesco, der verdrießlich am Campingtisch saß und Pappquadrat auf Pappquadrat mit dem Daumen hochbog, drunterlinste und jedes Mal den Kopf schüttelte.

Yara war in drei langen Schritten bei ihm, ihre Züge mit einem Schlag blass, fast schon fahl. »Wofür hast du meiner Tochter Geld gegeben?«, herrschte sie ihn an.

Scuzzi blickte vollkommen verblüfft auf. »Gegeben?«, fragte er geradezu pampig zurück. »Ich habe ihr nichts *gegeben*. Sie hat es mir *abgeknöpft*, das durchtriebene kleine Luder.«

»Wir haben Memory gespielt«, erklärte Ela.

»Ihr habt um *Geld* gespielt?«

»Das war allein ihre Idee«, behauptete Scuzzi rasch, was Ela empörte.

»Du lügst!«, wütete sie und trat Scuzzi vor die Wade.

»Ich flunkere höchstens ein bisschen«, gab der mit einer schmerzhaften Grimasse zu und rieb sich das Bein. »Aber dafür mogle ich nicht beim Spiel, so wie manche hier.«

»Und ich mogle nicht«, protestierte Ela. »Du kannst nur nicht verlieren.«

»Quatsch«, behauptete Scuzzi.

»Wie auch immer, ich möchte, dass du das Geld zurückgibst«, entschied Yara, worauf Ela in wütendes Geheul ausbrach, bis Scuzzi beide Hände hob und mit einigem Bedauern verkündete, eine Rücknahme des Geldes verstoße leider, leider, *leider* gegen den Ehrenkodex.

»Ha«, machte Ela und sah triumphierend zu ihrer Mutter auf. »Ein Body-Board! Mamma, können wir ein Body-Board davon kaufen? Im Surfshop haben sie eins in Pink, von Hello Kitty …« Die beiden schoben ab, Hand in Hand.

»Morgen spielen wir Mau-Mau«, rief Scuzzi Ela hinterher. »Aber nach *meinen* Regeln …«

Yara stoppte noch mal und drehte sich um. »Es wird nicht mehr um Geld gespielt, habe ich mich klar ausgedrückt?« Sie blickte streng von Scuzzi zu Ela, die beide mürrisch einräumen mussten, dass ja.

Mutter und Tochter gingen weiter und ich sah ihnen, wie immer, fiel mir auf, hinterher.

Ela plapperte in einem fort. Mehrmals drehte sie sich verstohlen zu Scuzzi um und musste sich dabei jedes Mal gewaltig das Lachen verkneifen.

Scuzzi, Kinn auf der Brust, Smartphone in Händen, tat so, als ob er davon nichts mitbekäme. »Wo ist hier eigentlich ein Geldautomat?«, fragte er nach einer Weile in säuerlichem Tonfall.

Steckverbindungen hergestellt, Zündbox getauscht, presste ich hoffnungsfroh den Starterknopf und – nichts. Keine Zündung.

Geduld, Geduld, Geduld, sagte ich mir und trat gegen den Werkzeugkasten, dass ich anschließend trotz Stahlkappe im Schuh minutenlang auf einem Bein rumhüpfte, beide Hände um dem schmerzenden Fuß geklammert.

Irgendjemand gluckste hinter mir vor Lachen, und ich stand kerzengerade, die Miene neutral.

Es war Ela. *Natürlich.* »Mamma fragt, ob du mit uns essen möchtest?«, fragte sie … Scuzzi.

Mir schwoll, ich kann es nicht verhehlen, der Kamm. Wie lange wohnte ich jetzt hier? Sieben, acht Monate? Und alles, wozu ich in der ganzen Zeit eingeladen worden war, war in schöner Regelmäßigkeit die Miete rauszuforken und mir gehässige Kommentare zu meiner Lebensführung anzuhören. Und dieser … dieser retardierte *Schnulli* kam hier einfach angesegelt und …

»Wenn du willst, kannst du auch mitkommen«, wandte sich Ela an mich.

Eine schamlos unkaschierte Einladung zweiter Klasse, musste ich feststellen.

»Vielen Dank, aber ich bin schon verabredet«, entgegnete ich, unter Umständen ein wenig förmlich.

Scuzzi und Ela schoben ab, und eine schwarze Wolke setzte sich auf mein Gemüt wie eine Henne auf ein Ei. Brütende Bedrückung machte sich breit. Ich fühlte meine Zeit ablaufen. Das war's. Mir war, als hätte ich eine letzte Warnung ignoriert, eine finale Frist verstreichen lassen und musste nun jederzeit mit dem Unausweichlichen rechnen. Ausgerechnet jetzt, doch das, behaupte ich mal, denkt man immer in solchen Fällen. Es gibt keinen willkommenen Zeitpunkt dafür, den Konsequenzen ins Auge zu blicken.

Was mich daran wirklich aufrieb, war, dass ich nicht

länger allein da stand, so, wie ich es gewollt und geplant hatte, sondern dass ich mir urplötzlich auch noch einen Kopf um Scuzzi und Ela machen konnte.

Die beiden mussten aus der Schusslinie, soviel stand fest. Wie ich das Yara verständlich machen sollte, war mir noch nicht klar. Und Scuzzi nahm die Bedrohungslage sowieso nicht ernst, er hielt uns für unauffindbar, unangreifbar, sicher in einem seligen Zustand ewigen Urlaubs.

Vielleicht war es das Klügste, wenn ich weiträumig aus ihrem Umfeld verschwand. Wohin? Verflucht, ich hatte keine Ahnung.

Aber ein Date.

Ich ließ die Gazelle am Trailer stehen und machte mich zu Fuß auf in den Ort.

Die Stimmung entlang der Promenade war geschäftiger als in den letzten Tagen, regelrecht aufgekratzt. Es gab eine ganze Reihe Neuankünfte, fremde Autos, Transporter, Firmen-Lkws von Wassersport-Ausrüstern.

Überall hockten die Surfer-Typen mit den Nasen in ihren Tablets, mit Handys am Ohr. Nervöse Unruhe, wohin man schaute, die Atmosphäre gereizt. Profis warten nicht, sie lauern.

Irgendetwas lag in der Luft.

Ich fragte Danielo danach, der mir ein aufgeklapptes Notebook auf den Tresen stellte und kurz erklärte, was ich da sah. Es waren Wolkenwirbel. Zwei Sturmtiefs in gegenläufiger Rotation, um genau zu sein, über dem Atlantik, vor der Küste der USA, die aufeinander zuwanderten, eins von Norden kommend, aus Kanada, eins von Süden, aus dem Golf von Mexiko. Viel fehlte nicht mehr, und sie würden sich treffen.

»Die Aufnahme ist Stunden alt«, sagte Danielo. »Mittlerweile tobt dort ein Supersturm, unvorstellbar. Und die

Wellen, die er auftürmt, sind jetzt schon auf dem Weg zu uns.«

Daher die Unruhe, dachte ich, versunken in die Betrachtung der gigantischen Wirbel, und dann dachte ich an Yara und ihr Vorhaben und spürte einen Kloß im Hals.

Jemand stellte sich dicht an meine Seite. Jemand in Rollkragen-Pullover, Jeans, Turnschuhen, und einem durch und durch dezenten Make-Up.

»Äh«, machte ich und kratzte mir den Kopf. »Chi Li? Bist du's wirklich?«

Mit unschuldiger Miene blickte sie einmal an sich hinunter und dann hoch. »Überrascht?« Ihre Augen unter den Ponyfransen funkelten. »Gut«, fand sie und wirkte sehr zufrieden mit sich selbst. »Was wollen wir trinken?«

Zu Anfang fiel es mir nicht ganz leicht, mich in den Flirt fallen zu lassen. Die düstere Stimmung wollte sich nicht recht verziehen und nahm mir obendrein die Leichtigkeit, die Selbstverständlichkeit des Vertrauens. Woher wusste ich, dass dieses gefährlich selbstverliebte Weib nicht in Wirklichkeit eine Kopfgeldjägerin mit einem Vertrag auf einen gewissen Kristof Kryszinski war?

Okay, sie war Hongkong-Chinesin, das war weit hergeholt, wenn auch mit Wohnsitz Paris, was dann doch wieder deutlich näher an Marseille lag als die chinesische Metropole.

Andererseits fragte sie mich nicht aus, nicht nach meiner Herkunft, meinem Beruf, meinem Leben und auch nicht danach, was mich nach Jerusalé verschlagen hatte. Das war gut.

Gleichzeitig gab sie aber auch nicht das Geringste von sich selbst preis.

Aah, ich wusste nicht recht.

Ich brauchte auch nicht. Chi Li übernahm in unserem Fall einfach die Regie. Sie verwickelte mich in eine mühelose, leichtfüßige Plauderei über Reisen, Lebensphilosophien, ihre bevorzugten Genüsse wie exotische Schnäpse und Liköre – »Den *musst* du probieren!« –, was Danielo wieder und wieder dazu zwang, den Staub von einer weiteren Pulle zu pusten, gutes Essen, schnelle Autos – »Ich habe einen *Porsche*« – und Motorräder.

Und alles war durchwirkt von ihrem fantastischen Halbernst, dieser Haltung, dass außer uns beiden und der Zeit, die wir miteinander verbrachten, im Moment nichts wirklich wichtig zu nehmen war.

Irgendwann verflüchtigte sich selbst die Erinnerung an die schwarze Wolke und noch ein bisschen – ein paar Gläser, um genau zu sein – später war mir so oder so alles egal.

Chi Li verstand sich unwahrscheinlich gut auf einen mokanten Blick nach leichter, von unten kommender Drehung des Kopfes unter halb geschlossenen Lidern hervor, der mir mit einem einzigen Rutsch die Hose bis in die Kniekehlen riss. Metaphorisch gesprochen.

Allmählich wurde die Kneipe voll, laut, stickig, dann ziemlich rasch zu voll und zu laut und vor allem zu stickig.

Am Strand war's ruhiger. Und die Luft soviel besser.

»Sollen wir zu dir?«, fragte sie, ihre Hand in meiner.

Eigentlich wollte ich genau das nicht, aber dann dachte ich an Scuzzi und irgendein tief sitzender, unverarbeiteter Groll ließ mich »Klar doch!« sagen.

»Und was ist mit deinem Freund?«

»Ach, den zerren wir einfach aus dem Bett und schubsen ihn über die Klippe.«

Sie lachte. »Vielleicht gehen wir doch besser zu mir. Ich habe eine *Suite*«, sagte sie mit dieser Kombination aus Kopfbewegung und Augenaufschlag, die mein Beinkleid die Schwerkraft spüren ließ.

»Na gut«, gab ich nach. Sie hätte sagen können »Ich hause in einer Regentonne«, und ich hätte nachgegeben.

»Du weißt, dass du die enttäuschten Erwartungen an

gleich zwei Typen erfüllen musst?« Wieder dieser Blick, und ich musste aufpassen, nicht über meine Hose zu stolpern.

»Ich sage immer«, verkündete ich mit großer Geste, »ein Mann, sage ich immer, sollte mit seinen Aufgaben wachsen.«

*

Das Frühstücksgeschirr lag in Scherben neben dem Bett und Chi Li keuchend und verschwitzt in meinen Armen.

»Ein altes chinesisches Sprichwort«, murmelte sie dröselig, »lautet: Ein Tag, der mit einem kleinen Fick beginnt, kann nie ganz schlecht werden.«

»Seltsam«, fand ich und fragte mich im Stillen, ob ich wirklich soviel Sex brauchte, oder ob mir Anlage, Gestaltung und Pflege eines Gemüsegärtchens nicht eine ähnliche Befriedigung verschaffen könnten, »seltsam, dass ich das noch nie in einem Glückskeks gefunden habe.«

Sie setzte sich ruckartig auf, griff nach ihrer Armbanduhr. »Ah, verdammt. Ich muss los.«

Hm, dachte ich. Kommt mir bekannt vor.

»Wohin?«, fragte ich und glaubte die Antwort zu kennen. Zurück nach Paris, wenn nicht Hongkong, und das war's dann mal wieder gewesen. Bye, bye, Nepomuk, schön, dich gekannt zu haben.

»Nach Lissabon. Willst du mit? Wir nehmen das Auto. Habe ich erwähnt, dass ich einen *Porsche* habe?« Sie stand auf, begann ihre Sachen zusammenzusuchen.

»Was gibt es denn so Wichtiges, in Lissabon?«

Sie sah mich nachdenklich an, kniete sich schließlich aufs Bett und streckte beide Hände vor. »Was sagen dir meine Hände?«

Ich nahm sie in meine, inspizierte sie mit gefurchten Brauen. Lange, schlanke, dezent aber doch muskulöse Finger, die Nägel mädchenhaft kurz, mit akkuratem Schliff.

Handballen warm und weich, aber das wusste ich schon. »Du bist Pianistin.«

»Nein«, sie senkte das Kinn, zögerte. »Ich bin Spielerin, Nepomuk, eine professionelle Pokerspielerin. Enttäuscht?« Sie hob Kinn und Blick und ich dachte mir, scheiß drauf, der Gemüsegarten kann warten.

»Nein«, sagte ich.

»Es wäre dir nicht lieber, wenn ich Klavier spielte, anstelle von Karten?«

»Nein«, sagte ich.

»Und, kommst du mit?«

Ich zögerte einen Moment, bevor ich »Nein« sagte. »Ich muss meinen Jetski reparieren«, erklärte ich. »Die Wintersaison steht in den Startlöchern, und ich will einen Tow-in-Service für Extremsurfer anbieten.«

Sie nickte, sprang auf die Füße, klappte einen Koffer auf und warf Klamotten hinein. »Du weißt, dass du nicht mehr arbeiten musst, solltest du dir überlegen, mein Boyfriend zu werden?«, fragte sie über die Schulter.

Eine Frage, die noch lange nachwirkte, während Chi Li schon längst unterwegs nach Lissabon war und ich zurück zu meinem Trailer.

Es war Mittag, es war warm, und es war sonnig. Habe ich windstill erwähnt? Windstill war es auch. Anderswo mochten Jahrhundertstürme toben, hier in Jerusalé war es die Ruhe vor. Wunderhübsche, wenn auch nicht besonders hohe Wellen rollten in die Bucht und brachen elegant, wie gemalt. Surfer, Body-Boarder und hartgesottene Schwimmer machten das Beste draus.

Das Tantchen transportierte mich nach oben, ich schlenderte heim und fand, zu meiner Überraschung, Scuzzi, sichtlich verschrappt und bäuchlings über den Campingtisch gestreckt, nackt bis auf die Unterhose, mit Yara, feucht, in Neopren, einen Erste-Hilfe-Koffer neben sich, über ihn gebeugt.

»Kann man euch denn nicht mal für eine Stunde allein lassen?«, schimpfte sie, konzentriert damit beschäftigt, Scuzzi mittels Pinzette irgendwelche Stacheln aus der Pelle zu zupfen, was der jedes Mal mit einem Winseln quittierte.

»Hier sind auch noch ein paar«, meinte Ela fröhlich und zeigte auf Scuzzis Hintern.

Erst verstand ich nicht recht, doch als mein Blick auf die Gazelle fiel, begann sich ein Bild zu formen. Ich fragte natürlich trotzdem. Und voller Vorwurf. »Was ist denn mit meinem Fahrrad passiert?«

Die Gabel schmiegte sich dicht ans Rahmenunterrohr, das Vorderrad war samt Schutzblech zu einer Acht verknotet, ein Lenkerende zeigte in Fahrtrichtung, das andere himmelwärts, der Sattel und die linke Pedale waren abgängig und der Hinterreifen glatt von der Felge gefahren.

»Was damit passiert ist?« Scuzzi drehte seinen Kopf in meine Richtung. Er wirkte erregt. »Ela wollte unbedingt nach Jerusalé, auf ein Eis, und unbedingt mit ihrem Fahrrad. Also hab ich mir deins ausgeliehen. Auf halber Strecke den Berg runter hat dann die verfluchte Bremse versagt.«

»Das kann eigentlich nicht sein«, meinte ich. »Das Rad hat Rücktritt.«

»Und der nutzt einem wirklich viel, wenn erst mal die Scheiß-Kette abgesprungen ist.«

Und, ah, richtig: Die Kette hing als rostiges Gebilde von der Tretkurbel. Ich erinnerte mich, dass ich sie hatte ölen wollen. Na, dafür war's jetzt so oder so zu spät.

»Und deine Vorderradbremse …«

»Ach ja, die …« Ich nickte verstehend. Ein Gummiklotz, der mittels Handhebel über ein Gestänge auf den Reifen gepresst wird. Zumindest in der Theorie.

»Ja, genau: ›Ach ja, die‹ …«

Nur dass in diesem Fall das Meeresklima und der von ihm bedingte Rostfraß die für die Funktion unabdingbaren Gelenke wohl schon vor Jahren zu einer soliden, halsstarrig unbeweglichen Einheit verbacken hatten.

»Folgerichtig bin ich unten in der Haarnadelkurve geradeaus geschossen und anschließend mit gut und gern hundertzwanzig Sachen durch die Scheiß-Kakteen gepflügt.«

»Die heißen Agaven«, korrigierte ihn Ela vergnügt.

»Dann eben durch die Scheiß-Agaven.«

»Und du brauchst sie nicht so zu beschimpfen. Die können schließlich nichts dafür, wenn du zu doof zum Fahrradfahren bist.«

Scuzzi stemmte sich in die Höhe. »Haltet mich, oder ich gehe hin und stranguliere das kleine Biest.«

»Na, na«, mahnte Yara. Sie drückte ihn wieder in eine liegende Position, drehte sein Kinn in ihre Richtung und betupfte eine hässliche Schürfwunde mit irgendetwas aus einer kleinen Flasche. Scuzzi winselte. Mir fiel auf, dass sie mir noch nie auch nur annähernd so nahe gekommen war. Ja, sie stand dicht bei ihm und handhabte ihn regelrecht, mit einer Mischung aus Fürsorge und Verärgerung, die wiederum gepaart war mit dem unterschwelligen Vorwurf, dass es überhaupt soweit gekommen war. Jugendlicher Leichtsinn, ts, ts, ts.

Warum er? Warum ich nicht? Was war mit mir? Ich fühlte mich wie ein Hund, der bei Wind und Wetter draußen bleiben muss, während sein affiger Kollege drinnen im Warmen auf den Schoss darf und mit Schogetten gefüttert wird.

Mein einziger Trost war das gepeinigte Winseln, mit dem Scuzzi auf die Behandlung reagierte.

Ich ging, zog mich um, schnappte mir den Werkzeugkasten, krempelte die Ärmel auf und … wusste nicht recht weiter.

»Vermutlich nur die Kerzen«, hatte Walter gesagt, was ich, hm, von vorneherein ausgeschlossen hatte. Zündkerzen gehen nicht alle drei auf einmal kaputt. Nein, das konnte es nicht sein. Dann schon eher die Einspritzanlage. Um nichts verkehrt oder kaputt zu machen, knöpfte ich mir erst mal die vom Wrack vor.

»Jetzt mal im Ernst«, sagte Yara, fertig mit dem Betütteln von Scuzzi und schon wieder unterwegs in die Wellen, »was hast du mit dem Sea-Doo vor?«

Brauche ich dir doch nicht auf die Nase zu binden, dachte ich verschnupft.

»Nun sag schon.«

»Tow-in-Service«, antwortete ich knapp, geradezu schroff, um sie spüren zu lassen, dass mir die Ungleichbehandlung nicht entging und noch weniger gefiel.

Sie blickte skeptisch. »Die Cracks haben fast alle ihre eigene Crew.«

»Fast. Und was ist mit den anderen?« Um an die Einspritzanlage zu gelangen, musste man regelrecht eintauchen in den Motorraum. Eine Scheiß-Arbeit.

»Die anderen sollten um diese Jahreszeit zu Hause bleiben«, meinte sie nüchtern.

»Sagst *du*.« Der Tag muss erst noch kommen, an dem ich mir bereitwillig Belehrungen anhöre.

»Kriegst du es heute noch fertig?«, fragte sie ungerührt.

»Ich hoffe.« Falscher Schlüssel, musste ich feststellen und kramte nach dem passenden.

»Hast du überhaupt Erfahrung mit dem Tow-Surfen?«

»Bisschen.« Schlüssel gefunden, beugte ich mich wieder über den Motor.

»In wirklich großen Wellen?«

»Ich … lerne … schnell«, sagte ich langsam und mit hörbar bemühter Geduld. Diese eine Mutter saß aber auch mal wieder am hinterletzten Ende und so was von fest …

»Wir könnten zusammen trainieren«, schlug Yara vor, und ich stieß mir dröhnend den Schädel.

»Freu dich«, sagte Scuzzi, seinen Rollkoffer im Schlepptau. »Mich bist du los.«

Um die Einspritzanlage demontieren zu können, hatte ich auch den kompletten Kompressor samt Antrieb zerlegen müssen und begriff jetzt, nach sorgfältiger Inspektion der ringsum verstreuten Einzelteile, mit unerschütterlicher, zweifelsfreier Klarheit, dass ich den Krempel niemals in diesem Leben wieder zusammengebaut bekommen würde. Es dauerte einen Augenblick, bis Scuzzis Worte zu mir durchdrangen. Ich sah auf und sagte: »Hä?«

»Komm schon, Scuzzi«, rief Ela, die ein Stück vorausgelaufen war.

»Ich ziehe um. Yara hat noch ein Zimmer frei, hinter dem Rezeptionsbüro.«

Ich sagte: »Hä?«

»Sie hat mich gebeten, zu ihr zu ziehen, weil sie auch abends trainieren will, und jemanden braucht, der auf Ela aufpasst.«

»Und warum, verflucht noch mal, fragt sie da nicht erst mal *mich?*«, brach es aus mir heraus. Bisschen schrill, selbst in meinen Ohren.

»Nun komm schon, Scuzzi«, rief Ela. »Ich zeig dir mein Zimmer.«

»Ich meine, warum duldet sie ausgerechnet dich in ihrer Nähe, füttert dich, porkelt dir die Stacheln aus dem Arsch, lässt dich bei ihr wohnen, während sie mich grundsätzlich mit einer Drei-Meter-Latte auf Distanz hält?«

Scuzzi blickte peinlich berührt drein. »Willst du wissen, was ich vermute, Kri…« begann er, korrigierte sich hastig zu »Nepomuk«, und stoppte damit meine Hand auf halbem Weg zu seiner Gurgel, »willst du das wirklich wissen? Weil du triebhaft bist, darum. Das spürt man einfach, selbst wenn man es nicht weiß, und ich denke mal, Yara kann da nicht drauf.«

»Triebhaft, ich?« Es sollte klingen, als ob ich aus allen Wolken fiele, doch Scuzzi wirkte nicht überzeugt, und ich selbst auch nicht.

»Sei ehrlich, Kri-*Nepo*muk, mit wie viel Frauen hast du in den, sagen wir, letzten vierzehn Tagen geschlafen?«

»Drei«, antwortete ich und unterschlug damit kalt die pneumatische, frisch verlassene Gattin, denn Scuzzi musste ja nun wirklich nicht alles wissen.

»Und eine davon war Yaras Mutter, richtig? Ding-Dong, Hallo-Hallo?«

Ich blickte ihn stumpf an.

»Ich habe *Ohren*«, erklärte er, »und die Wände des Trailers sind *dünn*.«

Brauche ich diese soziale Kontrolle?, dachte ich, bis auf die Knochen genervt. Diese ständige, beleidigende Bewertung meines Verhaltens? Und die daraus resultierenden, bizarren Entscheidungen? Mich als allzu triebhaft einzustufen und deshalb auszuschließen wie einen Köter, der sonst die Polstermöbel rammeln würde, und stattdessen eher einem Typen zu vertrauen, der sein Sexualempfinden in Jahrzehnten hemmungslosen Drogenkonsums systematisch abgetötet hat …

Ich sagte: »Das heißt, sie will *im Dunkeln* surfen gehen?«

Es kostete Scuzzi einen Moment, den Themenwechsel nachzuvollziehen.

»Ja, so habe ich das verstanden«, antwortete er dann. »Sie hat irgendwas davon erwähnt, dass ihr nur noch drei oder vier Tage Zeit zum Trainieren bleiben, und da müsse sie jede Gelegenheit nutzen.«

»Das ist doch verrückt!«, entfuhr es mir. »Wenn ihr nachts und allein da draußen etwas zustößt, merkt das kein Aas, bis am nächsten Tag ihre Leiche angeschwemmt wird.«

»Klopf, klopf, klopf«, meinte Scuzzi, pochte gegen seinen Kopf und zockelte mit seinem Rollkoffer davon, während ich mich mit neuer Energie auf mein Sea-Doo warf.

»Na, hier sieht's ja aus.« Der Tag neigte sich allmählich seinem Ende zu, und Tom und Larry kamen jetzt erst aus ihrer fahrbaren Höhle geklettert. Kein Wunder, dass sie so bleich waren.

»Wo ist denn dein Freund hin?«, fragte Larry.

»Ausgezogen.«

»Für immer?«

»Ich hoffe.«

»Meinst du, du kriegst das alles wieder zusammengebaut?« Tom kämmte seinen Bart mit den Fingern und blickte ratlos und überfordert, wie Kiffköppe es gern tun.

»Das ist überhaupt kein Problem«, behauptete ich. Alles, was ich brauche, dachte ich, ist ein Pappkarton, da werfe ich den ganzen Kram rein, verstaue ihn im Rumpf, mache alle Deckel zu und stelle Eusebio das Ding irgendwann bei Nacht und Nebel wieder in die Halle.

»Und, schon fleißig fotografiert?«, fragte ich, immer gut für eine Retourkutsche.

»Noch nicht wirklich«, antwortete Larry, und die beiden kicherten ein bisschen.

Ich hatte die Kerzen raus. Sie waren nass, wie erwartet, also klemmte ich den Schlauch der Spritzufuhr ab und ließ den Starter orgeln, um so *pffrrrt, pffrrrt, pffrrrt,* die Brennräume zu belüften.

»Kinder«, mahnte ich, »mit eurer Einstellung werdet ihr es nur schwerlich aufs Cover von ›Surf Magazine‹ schaffen.«

»Oh, wir haben uns informiert. Es geht erst in ein paar Tagen richtig los. Bis dahin können wir noch chillen.«

»Na, dann viel Spaß dabei.« Und jetzt packt euch, dachte ich.

»Sag mal«, fragte Larry noch, »hat man die Joyrider eigentlich inzwischen gefasst?«

»Nicht, dass ich wüsste«, antwortete ich düster, und sie schoben endlich ab.

Brennräume belüftet, schraubte ich die trockenen Kerzen aus dem Wrack, steckte sie auf die Kerzenstecker und startete erneut, um zu überprüfen, ob sie auch funkten. Taten sie. Also drehte ich sie rein, zog sie fest, drückte die Stecker drauf, löste die Klemme vom Spritschlauch, und … Eine Erinnerung stoppte meinen Daumen kurz vorm Startknopf.

Deine Nase, sagte die Erinnerung zu mir. Entsinne dich, dass du neben deinem legendären detektivischen Gespür und einem überragenden technischen Sachverstand obendrein auch noch einen beneidenswerten Geruchssinn dein eigen nennst. Nutze ihn.

Ein Griff, und ich hielt mir eine der nassen Kerzen unter den Zinken. Und schnüffelte. Noch ein Griff, diesmal *tief* in die Werkzeugkiste und ich hielt den Gummihammer gepackt, den ich mir einmal, zweimal, dreimal, viermal vor die Stirn hieb, bevor ich mich auf die Suche nach Schlauch und Kanister machte. *Diesel.* Irgendein Genie hatte das Sea-Doo mit Diesel betankt, und ich … ich … musste mich zwingen, nicht noch mal zum Gummihammer zu greifen.

Es gibt Leute mit einer Art gottgegebenem Instinkt für Auftritte zur absolut unpassenden Zeit.

Ich spie Diesel von mir und fummelte gleichzeitig den Gummischlauch in den Stutzen des einen von zwei Blechkanistern, die ich von einem Rundgang über das Gelände zurückgebracht hatte, als der peinlich zebrastreifige Landrover vor meiner kleinen Parzelle stoppte.

Jorge Marquez fährt nur hochbeinige Autos und reitet langbeinige Pferde, so wie seine Frau nur hochhackige Schuhe trägt, in denen sie ihren Gatten mühelos um Haupteslänge und sehr gern auch noch Huteshöhe überragt.

Normalerweise bleibt er im Auto sitzen, hupt, und erwartet, dass seine Mieter unterwürfig zu ihm gekrochen kommen. Für mich allerdings stieg er aus, ließ den Motor aber laufen.

»Liebling, du, ich muss dir etwas gestehen…«, schoss mir durch den Kopf.

Aus dem Augenwinkel vergewisserte ich mich erst mal, dass er die Hände frei hatte. Dann checkte ich seine Mimik auf Anzeichen von Rachsucht oder Blutrausch. Doch er blickte nur etwas indifferent drein, sprich: ahnungslos. Was auch immer ihn hergetrieben hatte, es ging nicht um nächtliches Geschaukel mit seiner Gattin.

Trotzdem versuchte ich, ihn wegzusummen. Meine Laune war etwas angeknackst, nicht zuletzt durch einen Diesel-Film auf der Zunge, und wenn es etwas gab, auf das ich heute verzichten konnte, dann waren es weitere unerbetene Kommentare, egal welchen Inhalts. Also konzentrierte ich mich ganz auf meine momentane Aufgabe, und er kam natürlich zu mir rüber, in einem klassischen Reitdress, von den Stiefeln bis zum karierten Tweed-Jackett.

»Uns ist zugetragen worden«, begann er grußlos und in einem bedächtig zurechtgelegten, aber fehlerfreien Makler-Englisch, Ergebnis des jahrelangen Umgangs mit sonnenhungrigen und fuseldurstigen Briten, »dass Sie und Ihr … Freund sich um unser Enkelkind kümmern, während Yara ihrem … Hobby nachgeht?«

»Genau so ist es«, antwortete ich und fragte mich, ob er mit »uns« vom Ehepaar Marquez sprach oder aber nur von sich selbst im Majestätsplural. Jorge Marquez ist gebürtiger Portugiese, doch mit familiären Wurzeln im spanischen Adel, was er selten zu erwähnen vergisst und womit er ganz bestimmt jedes Mal aufs Neue die Herzen seiner Mitbürger erwärmt. Nach allem, was ich hörte, hieß er im Ort nur »El Grande«.

»Nun, wenn Sie … möchten, könnten meine Frau und ich Sie da ein wenig … entlasten.«

»Das wird nicht nötig werden«, sagte ich freundlich, aber fest. Scuzzi entlasten, ha! Das fehlte noch.

»Es beleidigt unsere Familienehre, wenn Yara Elvira in die Obhut von … Fremden gibt.«

Der eine Kanister war voll, also schob ich den Schlauch in den anderen.

»Das werden Sie doch verstehen, oder?«

Misstraute mir offen als Babysitter und erwartete dann noch meine Zustimmung.

Ich schüttelte nur den Kopf. »Familienehre sagt mir überhaupt nichts. Genauso gut könnten Sie mir mit religiösen Gründen kommen. Ich hab das alles in meinem Leben schon ein paarmal zu oft gehört. Es hängt mir zum Hals raus.«

Er lief rot an. Ich konnte spüren, wie er nach einem Hebel, einem Druckmittel suchte. Er sah sich um und es gab, machen wir uns nichts vor, einiges zu sehen.

»Das hier ist ein Trailerpark«, ließ er mich wissen. »Ein Trailerpark«, wiederholte er, als ob er mich für schwachsinnig oder sonst wie schwer von Begriff hielt, »keine Freiluft-Werkstatt.«

Ich sah ihn nur an und dachte: Marokko. Noch ein blödes Wort, und ich bin unterwegs nach Marokko, brauche mir weder von dir noch deiner Tochter weitere Unverschämtheiten anzuhören, und deine Gattin nehme ich mit.

»Was haben Sie mit dem Jet vor?«.

»Ich schmeiße das ganze Innenleben raus und baue ihn zum Blumenkübel um«, sagte ich. Nein, Scherz.

»Mietservice«, antwortete ich knapp und konzentrierte mich wieder auf meine Arbeit.

»Falls meine Tochter Sie anheuern will, sagen Sie nein«, befahl er, plötzlich etwas lauter.

Ich sah auf und spürte meine linke Braue die Stirn hochwandern.

Die Röte seines Gesichts vertiefte sich, kein schöner Anblick. Herzleiden, erinnerte ich mich.

»Egal, was meine Tochter Sie fragt, egal worum sie Sie bittet, Sie sagen nein«, grollte er und machte Anstalten, zurück in seinen Landrover zu kraxeln. »Haben Sie mich verstanden?«

Es juckte mich, am Kopf, kurz hinterm Ohr, also kratzte ich mich, bis es besser war. »Gilt das auch für die Miete?«, fragte ich dann.

Er fuhr scharf zu mir herum. »Ich erwarte mir von Ihnen eindeutig mehr Respekt«, blaffte er.

Ich hob den Kopf. Ich hätte ihm gern in die Augen gesehen, aber er trug wie immer Sonnenbrille.

»Bevor Sie es auch nur versuchen«, sagte ich ruhig und starrte ihm in die Gläser, »möchte ich, dass Sie eins begreifen: Sie können mir nicht drohen.«

»Wenn Yara nur das Geringste zustoßen sollte, werden wir Elvira zu uns holen.«

Von mir aus. Ich war nicht bereit, mich über ein bestimmtes Maß hinaus in die Angelegenheiten anderer Familien einzumischen. Bringt nichts, aller Erfahrung nach.

Er stieg ein, knallte die Tür, fuhr davon.

Etwas an seinem letzten Satz ließ mich grübeln.

Wenn ich tatsächlich für die Rettungsstaffel arbeiten wollte, musste ich das Sea-Doo anmelden und versichern, eine fiese kleine Hürde. Mein Pass, ebenso wie mein, ähem, handgefertigter und stark von meinem Autoführerschein inspirierter, lettischer Bootsführerschein hielten beide einer, sagen wir, oberflächlichen Überprüfung stand, vor allem, seit ich angefangen hatte, meinen Bart an den Seiten etwas voller zu lassen als unterm Kinn und damit meine Physiognomie Nepomuks rundlicheren Zügen anzugleichen. Sollte ich allerdings an jemanden geraten, der es allzu genau nahm, stand für mich mehr auf dem Spiel als nur eine neue Einnahmequelle.

Das, genau das war es auch, warum mir Chris so gefährlich werden konnte. Und ich wusste immer noch nicht, wie ich ihm den Zahn ziehen sollte, mich entweder erpressen oder aber anzeigen zu können. Scheiße noch mal, als ob ich sonst keine Sorgen hätte.

Ich war also, alles in allem, nicht böse, dass das Hafenbüro schon zu hatte, als ich ankam. Kein Papierkram mehr, heute. Ich tankte das Sea-Doo voll, ließ es vom Hänger zu Wasser, machte es kurz an der schwimmenden Marina fest, parkte den Datsun, stieg im Schutz der Beifahrertür aus meinen Klamotten, zerrte mir das kurzärmelige Neopren über, löste die Leine, schwang mich auf den Sitz und startete. Ein bisschen Orgeln, ein kurzes Spotzen, ein wenig Qualm, bis das Benzin den letzten Dieselrest im System mitverbrannt hatte, und wir waren unterwegs.

Es ist müßig, das Fahrverhalten von Landfahrzeugen mit dem von Wasserfahrzeugen zu vergleichen. Es gibt kaum Parallelen. Jetskis sehen wegen ihrer Lenker und Sitzposition so aus, als müssten sie sich wie Motorräder dirigieren lassen, doch es ist alles anders, angefangen beim Lenkverhalten, das die meiste Umgewöhnung verlangt. Ohne rotierende Räder gibt es keine stabilisierenden gyroskopischen Kräfte. Will man ein Motorrad in Linksschräglage bringen, muss man erst mal Zug auf das rechte Lenkerende ausüben, auch wenn sich das paradox anhört. Zieht man beim Jetski rechts, fährt er rechtsrum. Und er lenkt mit dem Heck, mit dem Antriebsstrahl. Der Bremshebel des Motorrades ist beim Sea-Doo das Gas. Und Bremsen – gibt es nicht. Man gleitet aus, und ist gut beraten, entsprechend vorauszuplanen.

Doch all das bedeutet nicht, dass Jetskifahren nicht geil wäre. Allein die Art der Beschleunigung kann süchtig machen. Kein einziger Schaltvorgang unterbricht den cremigen, unaufhaltsamen Vortrieb. So, genau so, muss es sich anfühlen, eine Rakete über das Wasser zu reiten.

In langen, gleichmäßigen Kurven steuerte ich das SeaDoo aus dem Hafen und entlang des Wellenbrechers, vorbei an der Klippe rechts mit ihrem Leuchtturm, der Klippe links mit der kleinen Kapelle, raus aus der Bucht, hinein in die rollende Dünung des offenen Meeres. Um ein bisschen Gefühl für mein neues Gefährt zu entwickeln, tobte ich eine Weile in Slalombögen um die roten, solarbetriebenen Leuchtbojen, die das knapp unter der Oberfläche lauernde und weit ins Meer hineinragende Riff markieren, eben das Riff, an dem sich die berühmten Riesenwellen auftürmen. Wie fast alles auf dem Wasser wirken auch die Bojen vom Land aus winzig, doch sobald man ihnen nahekommt, begreift man, dass sie das Format von Litfaßsäulen haben. Und äußerst stabil sind. Ein wenig Abstand schien angeraten.

Eine nach der anderen glomm auf, und erst da bemerkte ich, wie schwach das Licht inzwischen geworden war. Und wie kühl die Luft.

Immer schön schräg zu den Wellen lenkte ich das SeaDoo fröstelnd in Richtung der Klippe, deren Oberseite unser TrailerPark verunziert. Je näher ich kam, desto sachter behandelte ich das Gas. Die Sichtverhältnisse ließen jetzt wirklich rapide nach, immer mehr Schwärze füllte die Wellentäler, und ich wusste, dass Yara irgendwo vor mir bäuchlings auf dem Wasser herumpaddelte. Schließlich erspähte ich ihren ziegelroten Wetsuit und umkurvte sie in enger werdenden Kreisen.

»Du hast es geschafft«, rief sie, und ich nickte, als ob daran nie auch nur der geringste Zweifel bestanden hätte.

»Eine Nullleiter-Fehlfunktion im Kondensator der Einspritzanlagen-Steuerung«, ließ ich sie lauthals wissen. »Eigentlich keine große Sache, wenn man den Fehler einmal eruiert hat.«

Sie setzte sich auf und blickte kalkulierend gen Westen. Für nichts zu interessieren, diese brettreitenden Amphibien. Für nichts außer ihren blöden Wellen.

»Ich wollte dich abholen«, schickte ich hinterher, doch sie schüttelte unwillig den Kopf.

»Es wird gleich dunkel«, stellte ich fest, was ihr sonst möglicherweise entgangen wäre.

Vorsichtig zog ich neben sie und killte den Motor. Augenblicklich begann der Jetski zu schaukeln. Während der Sommerwochen hatte ich mich als einigermaßen seefest erwiesen, nur dieses antriebslose Geschaukel ließ nach wie vor ein wenig Grün in meine Züge wandern.

»Du brauchst einen Winter-Anzug«, bemerkte Yara und blickte zu mir hoch. In ihren Augen lag der, tja, *beseelte* Ausdruck von jemandem in seinem Element. Ein bisschen wie Scuzzi früher, nach Einnahme einer sorgfältig ausbalancierten Vielzahl unterschiedlichster Drogen. Zu schauderhafter Musik.

»Meinst du nicht, das Surfen bei Nacht sei ein bisschen zu gefährlich?«, mahnte ich an.

»Das beste Training für das Gleichgewichtsgefühl«, entgegnete sie.

»Aber wie willst du denn im Dunkeln zurück an Land kommen?« Ich musste mich zügeln, um nicht, à la Mutter Beimer, ein flehentliches »Kind?« hintendran zu hängen.

»Die Ebbe hat schon eingesetzt. Keine Stunde mehr, und der Strand fällt trocken. Glaub mir, ich kenne mich hier aus.«

»Jorge war am Trailer«, wechselte ich das Thema. »Wir müssen einiges besprechen.«

»Morgen«, entschied sie. »Morgen früh.«

Damit war ich entlassen. Ich zuckte die Achseln, startete den Motor, glitt davon. Ich hab's versucht, sagte ich mir, Zähne klappernd im gischtdurchsetzten Fahrtwind.

Zurück im Hafen hastete ich zum Datsun, pellte mich

aus dem Gummi, rubbelte mir den Balg trocken, sprang in meine Klamotten, zog den Jetski mit der Winde auf den Hänger und fuhr rüber zur Mulholland Bar, wo ich beinahe auf der Hacke kehrtgemacht hätte – Danielo ließ Weihnachtsmucke laufen – dann aber Dr. Aziz in die Arme lief.

»Ich sehe, Sie haben Ihren Jetski repariert«, meinte er erfreut und winkte Danielo für Bier.

»Klar doch«, bestätigte ich. »Eine Nullleiter-Fehlfunktion im Kondensator der Einspritzanlagen-Steuerung hat die Kraftstoffzufuhr unterbrochen. Eigentlich keine große Sache, hat man den …«

»Das haben Sie sich ausgedacht«, unterbrach er mich. »Lassen Sie mich raten: Jemand hat das Ding mit Schiffsdiesel betankt und Sie haben drei Tage gebraucht, um dahinterzukommen?«

Ich nahm einen langen, langen Schluck Bier. »In der Schule«, sagte ich dann gedehnt, »haben Ihre Mitschüler Ihnen da nach dem Unterricht öfter mal aufgelauert und Sie so richtig schön verkloppt?«

»Mag vorgekommen sein«, räumte er ein.

»Gut«, fand ich, er lachte, und wir hoben unsere Flaschen.

»Last Christmas« winselte aus den Boxen, dass man sie von der Wand reißen wollte.

»Wenn ich eines Tages im Sterben liege«, sagte ich, und Dr. Aziz warf mir einen Was-kommt-denn-jetzt?-Blick zu, »werde ich mich hoffentlich daran erinnern, dass der Tod der einzig wirkliche Garant dafür ist, diesen verschissenen Song nie wieder hören zu müssen.«

Er nickte verständnisvoll. »Und nie wieder ›Sexual Healing‹«, fügte er hinzu. »Ja, das muss ein Trost sein.«

Darauf stießen wir an.

»Um noch mal auf Ihren Jetski zurückzukommen: Sie wissen, dass Sie eine Versicherung brauchen, wenn Sie für uns fahren wollen?«

»Ja«, antwortete ich und wog den Kopf hin und her. »Das könnte sich unter Umständen schwierig gestalten«, gestand ich und suchte nach einem Grund. »Weil … ich habe kein Konto, also, zumindest keins in …«

»Wissen Sie, was ich an Ihrer Stelle machen würde? Finden Sie jemanden hier aus dem Ort und versichern Sie das Ding in dessen Namen. Erspart Ihnen eine Menge Scherereien, glauben Sie mir. Und die Zeit drängt, die Wellen rollen unaufhaltsam heran. Ich jedenfalls hab schon mal die Messer gewetzt.«

Na, darauf stießen wir an.

»Ach, übrigens«, er griff in die Tasche seiner Anzugjacke, »hier: Ihr Handy. Muss ich Ihnen die Funktionen erklären?«

»Natürlich nicht«, sagte ich leichthin.

»Also, dann zeige ich Ihnen am besten erst mal, wie man es an- und ausmacht …«

Ich winkte Danielo.

Niemand versuchte, mich zu überfahren, als ich die Straße zum Datsun querte, niemand fiel mich an, als ich ihn auf dem Besucherparkplatz des TrailerParks abstellte, niemand war mehr auf den Beinen, als ich quer über das Gras meine Behausung ansteuerte.

Alles friedlich, entschied ich mit großer Genugtuung und angetrunkener Entschiedenheit. Alles … töfte.

Der klare Nachthimmel hatte die Temperaturen in den Keller geschickt, aber mir war noch nicht danach, mir vom klammen Mief des Trailers die Laune versauen zu lassen, also kramte ich ein bisschen Kleinholz zusammen und brachte die Feuerschale in Gang.

Wie das manchmal so ist, wollten die Flammen nicht recht lodern, war die Qualmbildung stärker als die Wärmeabstrahlung, weshalb ich nicht drum rumkam, mir einen Pullover zu holen.

Irgendwas war anders, fiel mir plötzlich auf. Türklinke in der Hand, sah ich mich noch mal um. Der Winnebago war weg, das war's. Die angehenden Stars der Surf-Fotografie waren noch vor dem Eintreffen der Wellen abgereist. Kopfschüttelnd zog ich die Tür zum Trailer auf, eine leichte Böe blies den Qualm von der Feuerschale in meine Richtung, ich setzte einen Fuß auf die Stufe und … erstarrte.

Vor mir, direkt vor meinen Augen, schnitt etwas durch den Qualm. Nein, das ist nicht ganz richtig. Es war der Qualm, der sich teilte, an etwas, das reglos verharrte. Etwas Hauchdünnes.

Jemand pustete mir ins Genick, und ich fuhr zusammen, jedoch ohne mich aus meiner Starre zu lösen.

»Was ist mit dir?«, fragte Mombassa, der an erschrecktes Quieken gewöhnt war, gefolgt von wüsten Beschimpfungen von meiner Seite.

Anstelle einer Antwort nahm ich ganz langsam den Fuß von der Stufe, rupfte einen Grashalm ab, hielt ihn auf Höhe der Schwelle in die Türöffnung und bewegte ihn so vorsichtig wie möglich aufwärts. Bis er sich bog.

Mombassa pfiff durch die Zähne. »Ganz ruhig«, mahnte er.

Ich ließ den Halm sinken, zog ihn zurück, richtete mich auf. »Und jetzt?« Ich wusste momentan nicht weiter.

»Licht«, sagte Mombassa, von Kopf bis Fuß in Camouflage, einschließlich des Gesichts, und knipste eine Taschenlampe an, »und Schere.« Damit drückte er mir ein – ja, es ist wahr – Schweizer-Armee-Taschenmesser in die Hand.

Ich pfriemelte die kleine Schere heraus, kniete mich auf die Stufe und musste mir den Schweiß aus dem Augen wischen. Mombassa machte ein paar vorsichtige Schritte rückwärts und hielt den Lichtstrahl seiner Taschenlampe dabei auf meine zitternden Finger gerichtet.

Es war eine Angelschnur, die da auf Kniehöhe quer hinter

den Türrahmen gespannt worden war. Ich hielt die Luft an, und knipste sie durch. In meinem Rücken konnte ich Mombassa ausatmen hören.

Ich ließ ihn die gesamte Türöffnung ausleuchten, um sicherzugehen, dass da nicht noch eine zweite Schnur lauerte, dann schob ich meinen Kopf in den Trailer. Linkerhand war nur ein Schräubchen in den Rahmen gedreht worden, mit einem kleinen Knoten daran, rechter Hand wartete dafür ein Handfeuerlöscher, den ich vorher noch nie gesehen hatte.

»Ein Feuerlöscher«, sagte ich über meine Schulter. »Meinst du, ich kann ihn herausholen?«

»Lass mal sehen.« Mombassa leuchtete und nickte. »Aber ganz vorsichtig.«

Als ob ich vorgehabt hätte, damit zu jonglieren, dachte ich, immer noch hart am Rande der Fassung.

»Sprengfalle«, stellte Mombassa fest, nachdem ich den Löscher vor uns ins Gras gestellt hatte. »Simples Prinzip: Lampenschalter, Akku, Zündplättchen, Sprengstoff.«

Zieh an der Schnur und triff deinen Schöpfer, dachte ich. Auch wenn es ihm schwerfallen dürfte, dich wiederzuerkennen.

An eine Entschärfung wollte sich keiner von uns wagen, also stellten wir die Bombe in einen Eimer, den wir mit Sand füllten. Die Idee war, damit in die nächste einsame Bucht zu fahren, das Ding am Strand einzugraben und dann aus sicherer Entfernung zu zünden. Ich suchte ein wenig herum und fand die Rolle, von der man das Stück Angelschnur geschnitten hatte. 200 Meter, das sollte als Sicherheitsabstand genügen. Ich schleppte den Eimer zum Datsun, draußen auf dem Parkplatz, und versenkte ihn nach kurzem Zögern im Staufach im Bug des Sea-Doos.

Auf dem Rückweg, mit nachlassendem Schock, kam ich ins Grübeln. Der Kanaldeckel war unberührt. Ich hatte zwei winzige Kerben in Deckel und Rand geritzt, und sie waren um keinen Millimeter verrückt. Ich betrat den Trailer, knipste das Licht an und sah mich konzentriert nach weiteren gespannten Schnüren oder mir unbekannten Feuerlöschern um. Der Trailer, soviel wurde schnell klar, war gerade mal oberflächlich durchsucht worden. Ein paar Schubladen standen offen, ebenso eine oder zwei Schranktüren. Das einzige, was mir wirklich ins Auge stach, war mein – das heißt natürlich Nepomuks – Pass. Er lag aufgeschlagen auf dem Küchentisch, der restliche Krempel ringsum war wie mit dem Arm zur Seite gewischt. Als ob jemand ein Foto davon gemacht und nicht gewollt hätte, dass ungespültes Geschirr mit aufs Bild kam. Als ob der Pass alles gewesen wäre, was sie hier gesucht hatten.

Ich tat mich sehr, sehr schwer damit, das zu verstehen.

»Du hast mich noch gar nicht gefragt, ob ich Feinde habe«, sagte ich zu Mombassa, der dabei war, mit Küchenkrepp die Tarnschminke aus seinem Gesicht zu wischen. Es wurde dadurch weniger bunt aber, mal ganz im Ernst, nicht unbedingt verräterisch hell.

Er grunzte nur. Macht er gern. Mombassa hat zwei Ausdrucksweisen: Mit Männern kommuniziert er bevorzugt in Grunzlauten, mit Frauen in Gesten. Er hat enorm große Hände und entsprechende Finger, mit denen er im Gespräch mit Frauen unentwegt herumfuchtelt. Es soll ihnen wohl suggerieren, dass sie unter seinem Kaftan etwas ähnlich eindrucksvoll Dimen-sio-nier-tes er-warten dürfen.

»Hast du mitbekommen, wann der Winnebago weggefahren ist?«

Achselzucken. »Neun, zehn Uhr heute Abend. Yesus, David und ich saßen beim Essen.«

»Angenommen, Larry und Tom haben die Sprengfalle installiert«, dachte ich laut. Mombassa sah mich an und nickte. »Reisen die dann ab, ohne auf das Ergebnis zu warten? Ohne sicherzugehen, dass es mich auch zerfetzt hat? Kaum.«

»Das ›Warum?‹ wäre auch noch interessant«, fand Mombassa.

Darauf wollte ich jetzt nicht näher eingehen. »Ich wette«, sagte ich, »die lauern irgendwo in der Nähe auf den Knall.«

Und wenn es nicht knallt, dachte ich, kommen sie zurück und versuchen es auf eine andere perfide Art erneut.

Einen hitzigen Moment lang dachte ich daran, die Bombe in einem der leer stehenden Wohnwagen oder Trailer der Sommerfrischler zu zünden, doch die Folgen für mich und alle anderen hier waren unübersehbar. Und ohne einen Toten in den Trümmern wäre der Effekt eh nur von kurzer Dauer.

»Gib es zurück«, hatte Bian-Tao gesagt …

Vielleicht lag hier meine Chance, einen Deal auszuhandeln. Doch um mit deinen Killern verhandeln zu können, musst du sie erst überwältigen …

Eine Welle von Übelkeit überzog mich mit kaltem Schweiß, als mir klarwurde, was das bedeutete. Erstes Problem: Wo? Wo steckten sie? Der TrailerPark liegt hoch, alles Gelände ringsum fällt ab, in südlicher Richtung zur Bucht von Jerusalé, in östlicher ins Hinterland und nach Norden in die nächste, unbewohnte Bucht. Der einzige höhergelegene Ort in weiter Umgebung, der einzige Ort, von dem aus man den TrailerPark im Blick behalten kann, liegt auf der Klippe, die sich im Norden hinter dieser Bucht erhebt.

Ich ging um den Trailer herum und warf einen Blick in die Richtung. Ein Fenster leuchtete warm in die Nacht, ein Fenster leuchtete, wo es nichts gab als einen kleinen Parkplatz und eine Aussichtsplattform, beides im Winter wegen der Stürme eigentlich gesperrt.

Mombassa blickte mir über die Schulter.

»Sie sind zu zweit«, sagte ich nachdenklich. »Und mit Sicherheit bewaffnet.«

»Fünfhundert«, sagte er.

»Dann los.«

Ich zog mir meinen schwarzen Overall über, wir fuhren bis in die nächste Bucht und parkten den Datsun unter ein paar Kiefern. Oben auf der Klippe zeichnete sich die Silhouette eines großen Wohnmobils gegen den Nachthimmel ab. Es war der Winnebago, ohne Zweifel.

»Wir könnten sie hochgehen lassen«, schlug Mombassa vor und reichte mir zwei Tuben Tarnschminke. »Wir schleichen uns an, schieben ihnen den Feuerlöscher unters Auto, ducken uns hinter ein paar Felsen und ziehen die Leine.«

Und morgen stehen zwei andere auf der Matte, dachte ich. Oder vier.

»Ich muss mit ihnen reden«, sagte ich, überzog mein Gesicht mit grünen und braunen Schlieren und prüfte das Ergebnis im Innenspiegel. Ich sah aus wie ein amerikanischer Nazi am Wochenende. »Und dazu würde ich sie gern erst mal aus ihrer Karre locken.«

Eine meiner brennenden Fragen war: Hatten sie meine Sichtung schon gemeldet? Wenn sie auf Provisionsbasis arbeiteten, sicher nicht. Man will ja keine Konkurrenz anlocken.

»Schon einen Plan?«

»Nein«, gestand ich, griff nach meinem Rucksack und stieß die Fahrertür auf. Wir würden improvisieren müssen, aber das war okay. Die große Kühle, die große Ruhe überkam mich, wie so oft, nachdem der erste Schritt zur Tat hinter mir lag. Alles schien darauf hinauszulaufen, dass ich noch diese Nacht sterben oder töten musste, aber das war jetzt eben nicht mehr zu ändern.

»Lass mich vorgehen«, raunte Mombassa.

Ich folgte seiner geduckten, tarngefleckten Gestalt. Wir schlichen am Rand der Schotterpiste entlang, hoch zur Aussichtsplattform, in ruhigem, verhaltenem Tempo. Nur nicht außer Atem kommen, nur nicht keuchen. Ein träger Halbmond hing knapp über dem östlichen Horizont und warf tiefe Schatten über die Landschaft, in denen wir immer wieder kurz anhielten, um zu spähen, zu lauschen, und zu schnuppern. Ungezählte Soldaten auf nächtlicher Patrouille oder Wache haben ihr Leben gelassen, weil sie ihre Position mit Rauchen verraten haben. Oder mit Pissen. Es ist unglaublich, wie weit Zigarettenrauch trägt und wie unverwechselbar warmer Urin riecht.

Doch es lauerte uns niemand auf. Ein weiterer Fehler mit tödlichem Potential ist, sich zu sicher zu fühlen. Und der unterläuft einem besonders leicht, wenn man sich in der Rolle des Aggressors sieht.

Der Winnebago stand nicht auf dem mit Hecken und Bäumen unterteilten Parkplatz, sondern mitten auf der freien, leicht abschüssigen Aussichtsplattform selbst, die große Windschutzscheibe nach Süden ausgerichtet, für ungetrübten Blick auf den freudig erwarteten Feuerball. Alle andern Scheiben waren verhangen, doch jemand im Fahrersitz hatte durch die Außenspiegel die Flanken des Fahrzeugs komplett unter Kontrolle. Na, fast. Der Winnebago warf schon einen großen Schatten, auf der mondabgewandten Seite, der Seite, wie ich zufrieden feststellte, auf der sich auch die einzige Tür befand. Und sie hatten drinnen eine Deckenleuchte an, was für Spiegelungen sorgen dürfte. Sie fühlten sich sicher, das war unübersehbar.

Mit den Hecken und Bäumen als Tarnung schlichen wir zur Achillesferse des Winnebago, seinem Heck, wo sich das Bett befindet, hinter einem blickdichten Fenster. Unterwegs nahm ich einen Drahtgitter-Papierkorb mit, den ich nach und nach mit Plastikmüll aus den anderen Körben auffüllte.

Deutlich außerhalb des Sichtbereichs der Rückspiegel trat ich aus der Deckung, ging zügig zum Heck des Mobils, griff hoch und fand das Kippfenster unverriegelt. Mombassa verstand sofort. Er nahm eine leere Wasserflasche aus dem Korb und klemmte sie zwischen Fenster und Rahmen, sodass ein handbreiter Spalt entstand. Ich ritschte mein Feuerzeug an, bückte mich und ließ die Flamme durch die Drahtmaschen des Abfallkorbs lecken. Ein Styroporbehälter geriet in Brand, ein erstes, dünnes Fädchen beißenden Qualms stieg auf.

»Du bleibst hier an der Ecke stehen«, flüsterte ich, »bis der Erste rauskommt. Ich bringe ihn zu Fall, du wirfst dich auf ihn und fesselst ihn hiermit.« Ich drückte ihm zwei lange Kabelbinder in die Hand. »Um den Zweiten kümmere ich mich.«

Wie ich das machen wollte, stand noch nicht fest. Nur dass.

Ich legte mich auf den Bauch, robbte unter dem Chassis bis zu der Stelle ein Stück weit hinter dem Vorderrad, wo die Treppe herabgelassen worden war. Ich hörte jetzt Stimmen, beunruhigte Stimmen. Möglich, dass ich den Abfall etwas zu früh in Brand gesetzt hatte. Rasch wälzte ich mich auf den Rücken und zog mich weit genug ins Freie, um an das untere Türscharnier fassen zu können. Mit fliegenden Fingern fummelte ich einen Spanngurt hindurch, den ich der Länge nach über die oberste Treppenstufe zog. Schritte trampelten über mir, ich krabbelte unter dem Wagen hervor, kniete mich neben die Treppe und wickelte mir das lose Ende des Spanngurts zweimal um die Rechte.

Jemand fluchte auf Englisch, die Tür wurde aufgestoßen, ich zog den Gurt straff, und Larry stolperte heraus. Er fiel mit einem kurzen Schrei vornüber, und eine massige, dunkle Gestalt warf sich in einem langen Hechtsprung auf ihn. Toms Gesicht, die Augen weit aufgerissen, erschien kurz in der Türöffnung und verschwand wieder im Inneren. Blind, ohne ihn zu sehen, schnellte ich aus der Hocke hoch, Arme vor, Finger gespreizt, bekam zwei Händevoll Rauschebart zu packen und einen Fuß gegen die Seitenwand gestemmt und zerrte mit aller Macht. Ein Schuss peitschte, wir schrien beide und gingen völlig unkontrolliert zu Boden.

Als ich wieder halbwegs bei Atem, halbwegs bei Sinnen war, hatten wir Tom und Larry vor uns liegen, entwaffnet, die Arme auf den Rücken gefesselt. Mombassa nickte zufrieden vor sich hin, nickte und nickte, während ich zitterte und zitterte und mich das x-te Mal von oben bis unten abtastete, weil ich nicht so richtig glauben konnte, dass ich unverletzt geblieben war. Der Schuss hatte das Bodenblech durchschlagen und sein Nachhall fiepte noch wie eine Trillerpfeife in meinen Ohren.

Mit ein paar raschen Schritten war ich vor dem Mobil und hielt Ausschau nach nahenden Scheinwerfern, herbeieilendem Blaulicht. Grundlos. In einem Mietshaus mag jemand die Polizei rufen, wenn es mitten in der Nacht Geschrei gibt und ein Schuss fällt, in der freien Landschaft eher nicht. »Wo genau?«, ist die Hürde, die die Leute zögern lässt. Trotzdem …

Mombassa hatte inzwischen den Abfallkorb umgestoßen und die Flammen mit Fußtritten erstickt.

»Wir schaffen sie rein«, entschied ich und zog Tom an seinen Locken in die Höhe.

Im Winnebago stank es nach verbranntem Plastik, Schießpulver und Dope. Wir schubsten die beiden in die drehbaren Vordersitze und fixierten sie mit den Beckengurten. Dann schloss ich die Tür, Mombassa zog die Vorhänge der Windschutzscheibe zu, und ich machte mich mit Toms Revolver vertraut. Noch fünf Patronen drin, Safety off, Hahn *krks* mit dem Daumen vorspannbar. Wie einst bei Wyatt Earp.

Mein Atem ging wieder ruhig, mein Denken war klar, mein Herz kalt. Mombassa baute sich, Hände verschränkt, vor dem Ausgang auf, ich setzte mich auf die Kante des Tisches, Blick nach vorn, Revolver in der Rechten, Zeigefinger allerdings um den Griff, nicht auf dem Abzugsbügel. Ich traue mir nicht mit Schusswaffen, schon gar nicht unter Stress.

Weder Tom noch Larry hatte bis jetzt auch nur ein Wort gesagt.

»Also«, begann ich, »ihr werdet mir jetzt meine Fragen beantworten. Andernfalls setze ich euch nacheinander diese Waffe an den Kopf und drücke ab.«

Langsam drehten sie sich mithilfe ihrer Füße in meine Richtung. Larrys rechte Gesichtshälfte war schwarz vor Blut und Schotter, während Tom nicht mehr zu fehlen schien als das eine oder andere Büschel aus seinem Bart.

»Red keinen Scheiß«, sagte Larry in vollkommen nüchternem Tonfall. »Du kannst uns nicht erschießen. Das ist gegen das Gesetz.«

Kein wirklich zwingendes Argument, in meiner Lage. Wenn ich sie am Leben ließ, musste ich flüchten, überstürzt, noch heute Nacht. Zum Mörder werden oder zum Gehetzten, ich wusste nicht, wovor ich mich mehr fürchtete.

»Und das käme auch irgendwie total revanchistisch rüber«, ergänzte Tom.

»Also beruhige dich erst mal. Emotionen sind hier völlig fehl am Platz.«

»Es ist ja nichts passiert«, versuchte Tom zu beschwichtigen.

»Wir sind Profis, wir machen das ja nicht zum Spaß.«

Diese unfassbare Kaltschnäuzigkeit hatte etwas Beleidigendes. Sie versuchten noch nicht mal, zu leugnen. Bring es hinter dich, sagte ich mir und fühlte meinen Zeigefinger zucken. Doch tot konnten sie nicht mehr antworten, verdammt.

»Wieso wolltet ihr mich in die Luft jagen?«

»Na, weil wir dafür bezahlt werden. Hab ich doch schon gesagt«, erinnerte mich Larry.

»Also, das ist nichts Persönliches, wenn du verstehst.«

Diese Befragung war ein Drahtseilakt. Ich musste prüfen, ob die Gegenseite unter Umständen bereit war, sich auf einen

Deal einzulassen, wusste aber nicht, inwieweit Tom und Larry informiert waren, und durfte gleichzeitig nichts preisgeben, das die beiden – oder Mombassa – auf Ideen brachte.

»Wer genau hat euch damit beauftragt?«

»Du wirst verstehen, dass wir das nicht sagen können.«

»Na schön. Frage nicht beantwortet, Kugel ins Bein. Und so weiter. Habt ihr irgendwo noch Munition?«

»Langsam«, mahnte Larry. »Wir können es dir nicht sagen, weil wir es selbst nicht wissen.«

»Was glaubst du, wie das läuft? Der Auftraggeber klingelt bei uns an der Tür und sagt: ›Bitte, bitte, macht mir den und den tot‹? Und nach getaner Arbeit schicken wir ihm eine Rechnung?«

»Wir kriegen unsere Jobs durch einen Vermittler. Und selbst der kennt die wahren Kunden meistens nicht.«

»Die schicken für so was ihre Anwälte.«

»Es will sich doch niemand erpressbar machen.«

Sackgasse, dachte ich, Endstation. So viel zum Thema »Deal«. »Andere Frage: Wie habt ihr mich überhaupt gefunden?« Wenn es ihnen gelungen war, konnten es auch andere schaffen.

»Facebook.«

»Facebook?«

»›Picknick in einsamer Bucht mit Jetski-Guide Nepomuk‹.«

Aah, dieser dämliche Zwei-Wochen-Job im Sommer! Was sind sie mir alle auf den Sack gegangen. Es war überhaupt nicht zu sagen, aus wie vielen Selfies ich mich herausgeduckt, wie viel Schnappschüssen ich den Rücken zugedreht hatte.

»Wir haben das Foto analysiert und waren uns schnell einig, dass es aus Portugal sein müsste. Der Rest war dann Arbeit. Und ein wenig Glück«, gab Tom zu.

Da machte es leise *Ting*. Hinten, in meinem Kopf. In dem normalerweise abgeschirmten Bereich, aus dem die verblüffenden Einsichten auftauchen. Immer begleitet von einem *Ting*. »Moment mal«, sagte ich, »ihr habt nach ›Nepomuk‹ gesucht?«

Die beiden sahen einander völlig verständnislos an.

»Ja klar«, antwortete Larry dann. »Ich dachte, das zumindest hättest du kapiert.«

»Nach Nepomuk Blaumanis. Bist du doch, oder?«

»Nach *Nepomuk Blaumanis*? Wie um alles in der Welt seid ihr denn da drauf gekommen?«

Die beiden tauschten wieder diese angeödeten Blicke und schüttelten die Köpfe. »Auftrag?«, bot Larry schließlich an, wie man einem Schwachkopf das Offensichtliche hinwirft, in der Hoffnung, er möge es endlich schnallen. »Hatten wir angedeutet, was unser Beruf ist?«

In dem Augenblick mischte sich Mombassa ein. »Das ist nicht Nepomuk Blaumanis«, erklärte er in seinem gewohnten Huftier-Grunzton.

Ich glaube, mir entfuhr ein »Hä?«, und ich denke mal, der begleitende Gesichtsausdruck war keiner von der Sorte, die man gern auf Plakaten in der Stadt aushängen hätte.

»Ich habe mit Nepomuk zusammen … *gearbeitet*«, fuhr Mombassa zögernd fort. »In … Afrika.«

»*Was?*«, wandte sich Larry an mich. »Stimmt das etwa? Du bist nicht …?«

»Nein. Ich bin …«, hoppla, immer langsam, »*jemand anders*. Ich habe nur Nepomuks Pass gekauft und seine Identität angenommen.«

»Ja, Scheiße, hättest du uns das nicht ein bisschen eher sagen können?« Larrys Kahlschädel rötete sich vor ehrlicher Entrüstung.

»Woher, zum Teufel noch mal, sollte ich denn wissen …« Ich brach ab, sprachlos.

»Ich habe gleich gesagt, er sieht seinem Passfoto nicht ähnlich«, mäkelte Tom.

»Ach, verflucht, wer tut das denn schon? Du etwa, Barbarossa?«

Larry stampfte mit dem Fuß auf. »Die ganze Sucherei, die ganze Fahrerei, die ganze Arbeit – der Sprit! Das Geld, dass wir diesem Trottel gezahlt haben, damit er dich mit dem Auto … Alles für Nüsse? Ich fass es nicht.«

»Okay«, sagte ich beschwichtigend, »tut mir leid. Das Beste wird sein, ich mache euch los, gebe den Revolver zurück, und ihr pustet mich um. Wenn es euch denn tröstet.«

»Du kapierst es nicht, oder?«, blaffte Tom. »Wir machen das für *Geld*.«

»Idiot.«

»Obwohl … Wer bist du *dann*? Wenn du nicht …?«

»Hey, vielleicht können wir mit dir ja doch noch unseren Schnitt machen …«

»Ihr redet zu viel«, stellte ich fest, bedeutete Mombassa, auszusteigen, ging nach vorn, klopfte den Wählhebel der Automatik auf »N«, löste die Handbremse, machte kehrt und sprang, verfolgt von wütendem Geschrei, ins Freie.

Der Winnebago nahm Fahrt auf, rollte die Schotterpiste hinunter, wurde schneller und schneller, schoss unten quer über die Straße und zerschellte auf der anderen Seite in einer Wolke von Plastikteilen an einem Felsen.

Als sich der Staub legte, sah man, dass es Tom samt Beifahrersitz durch die Windschutzscheibe geschleudert hatte. Er wand sich hin und her, nicht in der Lage aufzustehen oder sich aus dem Gurt zu befreien. Nach einer Weile kam auch Larry aus den Trümmern gekrochen, wälzte sich ein paar Umdrehungen weg von dem Wrack und blieb dann liegen.

»Warum hast du das getan?«, fragte Mombassa.

»Ich hasse Wohnmobile«, antwortete ich.

»Nein, ich meine: Warum hast du sie am Leben gelassen? Du hättest sie töten müssen.«

»Ich hab dran gedacht. Aber wer soll es dann weitergeben, dass ich nicht der richtige Nepomuk Blaumanis bin?«

Ein Auto hielt neben dem Wrack, Leute stiegen aus, Stimmen schallten, Notrufnummern wurden angewählt. Es war Zeit zu gehen. Wir schlugen uns in die Büsche, suchten uns einen Weg runter zum Strand.

»Hast du ihn wirklich gekannt?«, fragte ich.

»Ja.«

»Dann hast du die ganze Zeit gewusst …?«

»Ja.«

»Wie ist er gestorben?«

»Nepomuk? Tot? Würde dann jemand ein Kopfgeld auf ihn aussetzen?«

»Das heißt, er hat seinen Tod nur vorgetäuscht?«

Mombassa grunzte und blickte zum Himmel, und mehr war ihm zu diesem Thema nicht zu entlocken.

Es war Ebbe, was den Strand angenehm breit machte.

Martinshörner heulten auf der nahen Straße vorbei, verstummten eine Weile, heulten zurück.

Ich grub mit dem Eimer ein tiefes Loch in Nähe der Wasserlinie, wir hievten die Bombe hinein, befestigten die Schnur am Schalter, schoben das Loch wieder zu, wickelten die Angelschnur ab, setzten uns in den Datsun, und ich riss an der Leine.

Vielleicht hätte ich sie wirklich umbringen sollen, dachte ich, während der dumpfe Knall zwischen den Klippen hin- und her echote und hochgeschleuderter Sand noch eine ganze Weile auf das Auto herabrieselte. Verdient hätten sie's.

»Du schuldest mir fünfhundert«, erinnerte mich Mombassa, als wir vor dem TrailerPark ausstiegen.

»Morgen«, versprach ich und unsere Wege trennten sich.

Mit jedem Schritt näher an den Trailer fiel etwas von mir

ab. Als ich endlich vor der Tür stand, fühlte ich nichts mehr außer Leere und Erschöpfung. Trotzdem konnte ich mich nicht überwinden, ins Bett zu gehen, nicht in dieser Blechschachtel, in der es mich um ein Haar in Fetzen gerissen hätte. Also klaubte ich mir ein Bier aus dem Kühlschrank, wankte rüber zur Hollywoodschaukel und wickelte mich in die Decke.

Erst als ich die Augen schloss wurde mir bewusst, dass ich in den letzten Tagen gleich zwei Anschläge überlebt *und* meine Attentäter unschädlich gemacht hatte, ohne damit der Lösung meiner Probleme auch nur einen einzigen Schritt näher gekommen zu sein.

Beinahe hätte ich gelacht.

*

Zigarettenrauch stieg mir in die Nase. Kaffeeduft. Parfüm. Die Schaukel schaukelte leicht. Ich zog ein Lid hoch.

Chi Li saß am hinteren Ende der Bank, in überkniehohen Stiefeln, Netzstrümpfen und einem äußerst knappen Minirock aus irgendeinem glitzernden Material, darüber einen ausgeleierten, beigen, viel zu großen Wollpullover, der mich ein paar Augenblicke kostete, ihn als einen von meinen zu erkennen.

Sie sog an ihrer dünnen Zigarette, nuckelte an ihrer Kaffeetasse, blickte ausdruckslos ins Nichts. Sie wirkte müde, übernächtigt, und das erste Mal, seit ich sie getroffen hatte, wurde deutlich, dass sie schon länger keine dreißig mehr war.

Plötzlich wandte sie den Kopf und blickte mich unter Lidern mit Wimpern wie Briketts hervor an. Und lächelte. »Kaffee?«

Ohne eine Antwort abzuwarten sprang sie auf, verschwand kurz außer Sicht und kam zurück mit einem Becher voll mit dieser dunklen, galligen Instant-Miege, die ich morgens gewohnheitsmäßig einnehme, wie eine Medizin. Ich stemmte mich in die Höhe, nahm einen Schluck und hoffte auf Wirkung.

Der Himmel war diesig, die Temperatur unentschieden lau, meine Verfassung abgekämpft.

Chi Li setzte sich zu mir, hob einen Schminkkoffer auf ihre Knie, entnahm ihm ein Päckchen Wattepads und eine kleine Plastikflasche, aus der sie eine milchige Flüssigkeit auf eins der Pads drückte, und wollte mir damit ans Gesicht.

Ich runzelte eine fragende Braue. Sie wischte ungerührt.

»Wenn du erst mal mein Boyfriend bist«, sagte sie, »musst du dich abschminken, bevor du ins Bett gehst.« Und sie zeigte mir das Pad voll grünbrauner Schmiere.

»Hat mich Stunden gekostet, die aufzutragen«, murrte ich.

»Und, hast du deinen Jetski repariert bekommen?«, fragte sie und wischte weiter.

»Klar doch. Eine Nullleiter-Fehlfunktion im Bereich des Kondensators der elektronischen Benzineinspritzung hat die Blackbox veranlasst, das Abregelventil der Kraftstoffzufuhr zu schließen«, sagte ich, und sie hielt inne, öffnete die Lippen, um einmal, ganz kurz nur, nach Luft zu schnappen. »Eigentlich keine große Sache«, fuhr ich fort, »wenn man den Fehler einmal eingekreist und die Zusammenhänge begriffen hat.«

»Ach, du bist zu bescheiden«, fand sie und machte weiter. »Außer dir hätte das bestimmt niemand hingekriegt.«

»Na gut. Ich habe gelogen. Es war einfach nur Diesel statt Benzin im Tank, darum wollte die Mühle nicht anspringen.«

»Bist du sicher? Also ich für meinen Teil fand die andere Erklärung wesentlich plausibler.«

»Na gut. Doch erzähl mal: Wie ist es in Lissabon gelaufen?«

Sie zog den Mund schief. »Sagen wir es so: Chinesische Sprichwörter sind auch nicht mehr das, was sie mal waren.«

»Verdammt. Dabei hab ich mich so abgerackert. Und das hat dir trotzdem kein Glück gebracht?«

»Das hat nichts mit deinen … *Bemühungen* zu tun, Nepomuk«, versicherte sie. Bestrickend formuliert, wie ich fand. »Eher mit meinem Stolz. Ja, ich denke mal, falscher Stolz war das Problem. Ich habe einen Gegner unterschätzt und wollte es nicht wahrhaben.« Sie sah mich gerade an dabei.

»Und das heißt?«

»Das heißt: Ich bin mit dem Bus zurück. Du könntest mir nicht zufällig sechzigtausend leihen, um damit meinen Porsche auszulösen?«

Plötzlich war ich wach. Schade, dachte ich. Warum jetzt, warum heute schon? Hätte sie damit nicht noch einen Tag, eine Nacht warten können? Ich sah zwei Möglichkeiten. A: Trickbetrügerin, die ihre »Boyfriends« ausnimmt und weiterzieht. B: Mafia-Killerin, die auf dem Umweg über das Geld herausfinden will, ob ich Kristof Kryszinski bin. Okay, dritte Möglichkeit, C: Pokerspielerin in finanziellen Turbulenzen, ehrlich wie der Tag lang ist. Finden wir's raus.

»Angenommen, ich hätte so viel Geld«, begann ich. Chi Li wischte noch einmal rings um mein Gesicht, bewegte es am Kinn hin und her, blickte prüfend und sagte: »Fertig.«

»Angenommen«, versuchte ich es noch mal.

Doch sie unterbrach mich. »Was dann?«

»Würde ich dich jemals wiedersehen?«

Sie seufzte, sah mich geduldig an. »Ich bin nicht spielsüchtig, Nepomuk, falls du darauf hinauswillst. Ich spiele auch nicht zum Vergnügen. Ich bin *Profi*. Das ist ein Riesen-Unterschied. Außerdem brauche ich keine sechzigtausend, nur ein bisschen Startkapital. Und das treibe ich schon irgendwie auf.« Sie wirkte enttäuscht. Von mir.

Oder, vierte Möglichkeit, D: Kryszinski ist aus gegebenem Anlass paranoid geworden und zu keinerlei Vertrauen mehr fähig.

Ich poppte die Haube des Datsuns hoch, zwirbelte die Flügelmutter vom Luftfilterkasten, nahm den Deckel ab, holte die Geldrolle raus, steckte sie mir unauffällig in die Hose, ging zurück zur Schaukel, warf mich in die Polster, kramte die Rolle wieder hervor, zerrte das Gummiband runter und begann, Scheine abzuzählen. Fünfhundert schuldete ich Mombassa. Etwa dreihundert … na, eher vierhundert brauchte ich für die Anschaffung eines wintertauglichen Wetsuits, fünfzig für ein neues Fahrrad … Sprit, was war mit der Versicherung?

»Tausend«, sagte ich schließlich, dann fiel mir die Miete ein. »Tausend bis Sonntag, wäre dir damit geholfen?«

»Jedes bisschen hilft«, sagte sie, nahm die Scheine an sich und gähnte. »Ich muss jetzt erst mal ins Hotel, ein bisschen schlafen. Kommst du mit?« Kinn hoch, Wimpern hoch, und meine nicht vorhandenen Hosenträger machten *Dwoinngggg*.

»Ich bin leider verhindert.«

»Schade.« Sie zog meinen Pulli über den Kopf. Darunter trug sie eine Art Smoking und ein T-Shirt mit *tiefem* V-Ausschnitt. »Sicher?«, fragte sie, und ich denke, ich wäre hinter ihr hergehechelt, wenn in diesem Moment nicht Yara aufgetaucht wäre.

»Morgen Abend um acht in der Bar?«, fragte Chi Li noch, ich nickte, sie schnappte sich ihren Schminkkoffer, hängte eine Reisetasche über ihre Schulter und ging.

»Apart«, fand Yara und blickte Chi Li hinterher, die mir noch einen Kuss zuwarf, bevor sie außer Sicht verschwand. »Wenn auch von der Aufmachung her ein bisschen … preiswert, findet du nicht?«

Blödsinn, mich macht das so scharf, dass ich sabbern könnte, hätte ich antworten sollen. »Das ist nur ihre Arbeitskleidung«, erklärte ich stattdessen und kam mir lahmarschig vor.

»Aha. Na, in dem Fall kann ich nur hoffen, du hast Sonntag noch genug Geld für die Miete.«

Ich lächelte sie an, sanft. Rockerpräsident Charly hat das mal mein »Ich schlag dich, ich fick dich, ich kill dich und dann brate ich mir deine Leber«-Lächeln genannt.

Yara drehte den Kopf weg und sagte nichts mehr. Schön.

»Bevor wir mit dem Training beginnen, müssen wir noch ein paar Dinge klären«, unterbrach ich das Schweigen. »Jorge will mir jeden Kontakt zu dir verbieten.«

Das schien sie weder zu überraschen noch zu alarmieren. »Ja, so ist er«, meinte sie gleichgültig. »Rührend besorgt.«

»Also ignorieren wir das.«

»Was denn sonst? Nepomuk, du siehst mir nicht aus wie jemand, der sich viel verbieten lässt. Oder täusche ich mich?«

Jorges letzter Satz holte mich wieder ein. »Yara, wir müssen ernsthaft ins Auge fassen, dass du verunglücken könntest. Soll Ela in dem Fall zu deinen Eltern? Jorge will das so.«

»Nein.« Nachdenklich biss sie auf ihrer Unterlippe herum. »Auf keinen Fall«, fügte sie dann hinzu und kam zu einem Entschluss. »Das ist etwas, um das ich mich dringend kümmern muss.« Sie sah mich an. »Ich buche dich exklusiv für eine Woche, von jetzt an. Dafür erlasse ich dir die Miete der nächsten … drei Monate. Einverstanden?«

Ich nickte. Dann fiel mir etwas ein. »Es würde vieles vereinfachen, wenn du den Jetski auf deinen Namen versichern könntest.«

»Okay. Papiere?«

Ich ging sie holen.

»Wir treffen uns in zwei Stunden am Hafen«, sagte sie, schon ganz der Boss.

Ich stoppte vor dem Surfshop an der Promenade, suchte, fand und kaufte einen gebrauchten, blau und schwarz abgesetzten, wintertauglichen Wetsuit in meiner Größe und dazu eine Zugleine wie fürs Wasserski, verstaute alles im

Datsun. Ein paar Straßen weiter erstand ich beim Fahrradhändler meines Vertrauens ein wunderhübsches, hellrot metallicfarbenes Damenrad der Marke Motobécane, mit ganz leicht rostigen Einkaufskörben vorn und hinten und einer leider im Fünften festhängenden Zehngangschaltung. Der Händler pumpte mir noch die Reifen auf, ölte die Kette und äußerte sich kritisch zum Zustand der Bremsen, was ich großzügig beiseitewischte. Wir alle müssen gewisse Risiken leben. Und ich selbst würde in naher Zukunft vermutlich kaum zum Fahrradfahren kommen.

Mit dem Rad auf der Ladefläche dieselte ich rüber zum Hafen, ließ das Sea-Doo zu Wasser und bekam ersten Kontakt zur, tja, Konkurrenz. Vor der Brust verschränkte Arme, arrogante Mienen und Mörder-Blicke herrschten vor, doch ich bin jahrelang mit einer Biker-Gang herumgezogen und hab das ganze Gehabe daher auch ganz gut drauf. Surfer gelten als lauter Brüder im Geiste, als eine große, verschworene Gemeinde, doch wenn man ein bisschen näher hinsieht, findet man unter ihnen eine erstaunliche Vielzahl von miesen kleinen Scheißern, die einander nicht das Wasser unterm Brett gönnen.

Zwei hübsch gebräunte Typen mit Sonnenbrillen in den dunklen Locken und Markenlogos auf sämtlichen Klamotten beobachteten, wie ich die Zugleine am Heck des Sea-Doo befestigte. Götter, die aus den luftigen Höhen des Olymp das sinnlose Treiben der Sterblichen am Boden betrachten, hätten nicht mehr Herablassung an den Tag legen können.

»Eh, bouffon«, sprach mich der Größere der beiden an, »tu parles français?«

»Bouffon« heißt »Blödmann«, doch ich tat, als hätte ich das nicht verstanden. Ohne den Blick von meiner Tätigkeit zu heben, fragte ich »Você fala português?« zurück, in meinem besten Portugiesisch, das trotzdem, wie ich mir immer wieder sagen lassen muss, einen leicht lettischen Akzent hat.

»Whatever you do«, sagte er mit einem wirklich ungelenken französischen Akzent, »stay out of my way. Compris?«

Und ich sprang auf den Steg, richtete mich ganz langsam zu voller Höhe auf und sah durch ihn hindurch bis zu den Azoren. Einmal Biker, immer Biker. »Oder … *was*?«, fragte ich in makellosem Hochdeutsch.

»Tu m'as entendu«, antwortete er ausweichend. Es sollte drohend klingen, doch er befand sich in jeder Hinsicht auf dem Rückzug. Ohne mich zu rühren, sah ich ihm starr hinterher, bis er sich noch mal umdrehte. Dann erst lächelte ich mein Sanftestes.

»Oha, er ist also auch schon da«, meinte Yara an meiner Seite.

Ohne den Blick zu wenden fragte ich: »Wer ist er?«

»Jean-Marc Nicolas. Profi. Hält sich für den Größten. Was wollte er von dir?«

»Er hat mir geraten, ihm nicht in die Quere zu kommen. Ich denke mal, das war ein Scherz.«

»Auf dem Wasser ist er sehr aggressiv.«

»Na, da bleiben wir wohl besser an Land.«

»Was?« Sie blickte mich an, und nach einem kleinen Moment mussten wir beide grinsen.

Brett unterm Arm, setzte Yara sich hinter mich, und wir kurvten hinaus in unser Trainingsareal vor der Küste.

Entlang des Riffs war ein Arbeitsschiff, eine Art Pick-up der Meere, damit beschäftigt, die roten Bojen für den Winter einzusammeln.

Die Sonne hatte die Schlieren vom Himmel vertrieben, oder vielleicht war es auch der Wind gewesen, der spürbar aufgefrischt hatte. Die Wellen waren höher als gestern noch, ausgeprägter, und schon jetzt machte sich das Riff bemerkbar, drückte die anrollenden Wogen in die Höhe, ließ sie sich aufstellen und zu Tunneln einrollen, Surferträume in dunklem Blau, gekrönt von leuchtendem Weiß.

Ich fuhr einen Bogen um die Brecher, weg von den anderen Teams, hinaus in die Dünung, und ging vom Gas. Yara schob ihre Füße in die Halteschlaufen, setzte das Brett aufs Wasser, nahm die Leine am kurzen Ende, nickte mir zu, und ich zog das Gas auf, während sie sich aufs Brett stellte, zurücklehnte und die Leine durch ihre Finger gleiten ließ, bis sie die Stange am Ende zu fassen bekam.

Ich hatte im Sommer schon Wakeboarder gezogen, denen es meist nicht schnell genug gehen kann, doch mit einem Surfer im Schlepptau war die Aufgabe eine ganz andere. Was wir trainieren mussten, waren Querungen von Wellen, Kreise ziehen, sicherstellen, dass bei allen Manövern immer Zug auf dem Seil war, ein Tempo finden, bei dem das Brett stabil blieb, das gleichzeitig aber verhalten genug war, dass Yaras sich kräftemäßig nicht zu früh verausgabte.

Nach einer Stunde oder so fühlten wir uns eingespielt genug, um in die Arena einzulaufen. Zu den Löwen.

Sozusagen.

Die Sonne ging allmählich unter, Yara spürte, wie sie eingestehen musste, ihre Arme nicht mehr, also stieg sie auf und wir jagten zurück in den Hafen, ich mit Yaras Gemecker in meinem Ohr.

»Was bilden die sich ein?«, wütete sie wieder und wieder. »Das sind *meine* Wellen!«

Es war nicht einfach gewesen, heute – eine Lektion in Einschüchterung von den anderen Fahrern, mit grenzwertigen Manövern, wenn es darum ging, ihrem Surfer eine bestimmte, vielversprechende Welle zu sichern.

Die beiden Franzosen waren mir einmal so vor den Bug gefahren, das Yara gestürzt und unter eine Welle geraten war.

Doch eine Lektion ist immer eine Lektion, und wenn

man die in einer ruhigen Minute analysiert, kann man häufig etwas daraus ziehen, etwas, das einem nützt. Doch dazu braucht es eine ruhige Minute.

Ich hatte heute ein paarmal zu oft zurückstecken müssen, um dem morgigen Tag nicht mit absolut grimmiger Entschlossenheit entgegenzublicken.

»Ich verspreche dir eins«, sagte ich, als wir das Sea-Doo auf den Hänger zogen und Yara sich immer noch nicht beruhigen wollte, »die werden uns schon noch kennenlernen.«

Ich parkte den Datsun, holte mir Handtuch und Bademantel aus dem Trailer und ging rüber zu den Duschen, wo mir Scuzzi und Ela entgegenkamen, beide, wie ich, noch in Neopren.

Scuzzi, in einem knubbeligen, weil viel zu groß ausgefallenen, vermutlich geliehenen Wetsuit, sah nicht wirklich gesund aus, er war leichenblass, mit dunkelblauen Lippen und ganz leicht zittrigen Gliedmaßen. Ela dagegen strahlte.

»Und, schönen Tag gehabt?«, fragte ich mit aller aufbietbaren Arglosigkeit.

»Wir waren schwimmen«, antwortete Ela, und überlegte es sich dann anders. »Also, *ich* war schwimmen«, erklärte sie ganz ernsthaft. »Scuzzi war eher *tauchen*.« Und sie musste den Kopf wegdrehen in sichtlicher Mühe, sich das Lachen zu verkneifen.

Ich blickte Scuzzi fragend an. Er schien seit heute Morgen einen mehrjährigen Alterungsprozess durchlaufen zu haben.

»Das kleine Monster ist raus in die tosende Gischt und hat wie am Spieß geschrien«, begann er mit matter Stimme. »Da dachte ich natürlich, sie ersäuft.«

»Ich hab nur gerufen: Komm rein, das Wasser ist herrlich!«

»Also hab ich mich in die Brecher gestürzt.«

»Das waren doch keine *Brecher*«, belehrte ihn Ela.

Scuzzi ignorierte sie. »Der erste hat mich nur von den

Beinen gerissen, doch der zweite kam direkt hinterher und hatte so eine Unterströmung, die mich mitgezogen hat Richtung Tiefsee.«

»Zwei kleine Wellen und Scuzzi war futsch«, erzählte Ela aufgeräumt. »Na, da war was los am Strand.«

»Die Rettungsschwimmer haben mich an Land gezerrt wie einen toten Fisch und mir zwei Rippen angebrochen, bis sie das ganze Wasser wieder aus mir rausgepumpt hatten.«

»Und dann hat Scuzzi die Spaghetti vom Mittagessen auf den Strand gewürgt. Iih, war das eklig.« Ela lachte fröhlich vor sich hin.

Scuzzi blickte drein wie jemand, der sich taub stellt, um nicht zum Mörder zu werden. »Keine zehn Pferde kriegen mich jemals wieder hinein in diese eisige, teuflische Brühe.«

»Aber wir wollten doch noch bodyboarden.«

»Nur über meine …« Scuzzi brach ab. »Keine zehn Pferde«, wiederholte er.

»Aber du hast es *versprochen*!«

Geduscht und umgezogen, packte ich die Werkzeugkiste ein und fuhr nach Figueras, zu dem Schrottplatz, von dem ich den Datsun hatte. Ich erinnerte mich, dort einen Lkw mit Kastenaufbau gesehen zu haben, quer übers Heck eine dicke Gummiwulst als Puffer für das Zurücksetzen gegen die Laderampe.

Ich schraubte die Wulst ab, bezahlte sie und besorgte mir aus dem Werkzeugladen noch eine Kartusche Industriekleber.

Zurück im TrailerPark holte ich eine Schreibtischleuchte aus dem Trailer, in deren Licht ich die Gummiwulst halbierte und die Hälften dann links und rechts vorne an den Bug des Sea-Doo klebte, was die vorhandenen Scheuerkanten nun zu regelrechten Stoßfängern verstärkte. Nicht schön, aber darum ging's ja auch nicht.

Fertig damit, räumte ich meinen Kram zusammen. Es war ein langer Tag gewesen, ich spürte ihn in den Knochen, und mein Magen knurrte wie ein wildes Tier. Zu kaputt, um zu Fuß zu gehen, nahm ich den Anhänger vom Haken und ließ mich in den Sitz des Datsuns fallen. Pizza, dachte ich, mit einem Ausrufezeichen hintendran.

Auf der Avenida war es fast so voll wie im Sommer. Ich tuckerte sie einmal rauf und runter, besah mir gewohnheitsmäßig die Kennzeichen mir fremder Fahrzeuge, fand nichts Beunruhigendes, parkte schließlich in einer Seitengasse und holte mir eine Pizza im Karton, mit der ich mich auf die Strandmauer hockte.

Ein lokaler Fotoreporter namens Ruben sprach mich an, ein etwas nervöser, dünner Typ mit laufender Nase. Er zeigte mir ein paar Aufnahmen, die er von Yara gemacht hatte. Wir spekulierten ein wenig über das Wetter und die Wellenbedingungen der kommenden Tage, und als er weiterging, ließ er mir seine Karte da. Ruben Rubirosa. Hübsch.

Das eine oder andere Surfteam schlenderte vorbei, und man nickte sich zu, auf diese leicht abschätzende, leicht respektvolle, leicht ironische Art, die sich wie von allein einstellt, wenn die Waffen für eine Weile ruhen. Das erste Mal seit langem fühlte ich mich wieder als Teil einer Szene und mochte es.

Ich biss in ein Stück Pizza, da pustete mir jemand in den Nacken und musste mir anschließend auf den Rücken klopfen.

»Fünfhundert«, grunzte Mombassa und stellte sich neben mich. Kaftan, Käppi, Flip-Flops, Kette mit Halbedelsteinen in ständiger Bewegung zwischen den wurstigen Fingern seiner Rechten, Handy in der Linken, Sonnenbrille mit Label auf der Nase, fertig ist der Dschungelkönig im Exil. »Eine große, runde, blonde Frau«, sagte er und ließ seinen Blick schweifen. »Groß, rund, blond, unverheiratet«, schickte er hinterher. »Mit westeuropäischem Pass. Wenn du so eine triffst, Nepomuk, schick sie zu mir.«

Ich versprach's, würgte den letzten Bissen runter, stopfte den leeren Pizzakarton in einen Mülleimer, wir setzten uns in den Datsun und ich blätterte ihm die Scheine hin. Er zog eine flache Ledermappe aus dem Halsausschnitt seines Kaftans, faltete das Geld hinein, ließ die Mappe wieder verschwinden und verabschiedete sich mit einem Grunzen.

»Groß, blond, rund«, erinnerte er mich noch, Hand an der Tür.

Ich sagte: »Warte. Hast du irgendeine Ahnung, wer Nepomuk Blaumanis tot sehen will und warum?«

»Nein.« Er wollte die Tür schließen, doch ich hatte noch eine Frage. »Interessiert dich eigentlich überhaupt nicht, wer ich in Wirklichkeit bin?«

»Nein«, sagte er und das war's. Mit ruhigem Druck machte er die Tür zu, ein Mann, den das Leben gelehrt hat, dass zu viel Wissen ungesund sein kann. Oder zu viel Reden.

Ich blieb noch eine Weile sitzen, satt, müde, unentschlossen.

Aus einem Impuls heraus klappte ich die Sonnenblende runter, zog Nepomuks Führerschein hervor, entnahm ihm die Businesskarte von Abdel, griff zum Handy und wählte die Nummer.

»Oui?«

»Nepomuk hier, Nepomuk Blaumanis. Da sind Männer hinter mir her. Kannst du mir sagen, warum?«

»Nein. Keine Ahnung.«

»Hattest du nicht gesagt, Nepomuk sei tot?«

»Hör zu«, sagte Abdel in gleichgültigem Tonfall, »ich bin Händler, kein Ahnenforscher. Leute haben die unterschiedlichsten Motive, abzutauchen. Das häufigste ist und bleibt allerdings, dass ihnen jemand an den Kragen will. Also, wenn du als Nepomuk nicht länger glücklich bist, komm nach Brüssel und wir machen einen neuen Menschen aus dir.«

»Ich denke drüber nach.« Damit hängten wir ein.

Feiernde mit Weihnachtsmannmützen oder solchen mit Rentiergeweihen zogen vor meiner Windschutzscheibe vorbei, läuteten das Weihnachtswochenende ein, und ich musste feststellen, dass ich den kalendarischen Überblick verloren hatte. Welchen Wochentag hatten wir? Wann genau war Heiligabend? Ich wusste es nicht.

Das Beste wird sein, ich frage Danielo, dachte ich mir und stieß die Fahrertür auf. Ja, genau.

Auf schweren Beinen schleppte ich mich die Promenade hinunter. Vor den beliebteren Kneipen bildeten sich Menschentrauben, versperrten den Weg in trunkener Ausgelassenheit, also wich ich auf den Strand aus und bemerkte ein Trio, das vor mir her über den Sand wankte. Ich erkannte Chris, und ich erkannte seinen russischen Kollegen – Boris? Die beiden hatten den wie üblich torkelnden David zwischen sich, die Arme um seine schmalen Schultern, und redeten freundschaftlich auf ihn ein. Es war nicht klar zu erkennen, ob sie ihn stützten oder führten. Vielleicht war es eine Mischung aus beidem.

Auf alle Fälle sah es irgendwie total scheiße aus.

Am Taxenstand in der Mitte der Avenida schoben sie David auf die Rückbank eines Mercedes-Taxis, setzten sich dazu und schlossen die Türen. Ich prägte mir die Nummer des davonfahrenden Wagens ein und quetschte mich durch den Pulk der Feiernden in die Mulholland Bar.

Schon fünf Minuten später war das Taxi zurück, und weitere zwei Minuten und einen Zehn-Euro-Schein später hatte ich eine Adresse und eine krakelige Skizze von dem Ort, an den der Fahrer die drei gebracht hatte. Oben in der Favela. Urghs. Ich kippte mir mein Bier rein, drückte die leere Flasche dem Nächstbesten in die Hand und lief über den Strand zurück zum Datsun. Zog meinen Rucksack unterm Sitz hervor, nahm die Kamera raus, legte sie auf den Beifahrersitz und ließ den Motor an.

Mit Chris war ich noch längst nicht fertig.

Die Straße war als rechtwinkliges U angelegt: links ein schuhschachtelförmiges, dreigeschossiges Mietshaus, bestenfalls zum Teil belegt, rechts sein Pendant, auch hier nur ein paar Fenster erleuchtet, in der Mitte eine als Parkplatz und zum Müllabladen genutzte Freifläche und am Kopfende ein drittes, identisches Mehrfamilienhaus, nur mit dem Unterschied, dass hier sämtliche Fenster leere Höhlen waren, mit den dichten schwarzen Brauen, die abziehender Rauch eines größeren Brandes hinterlässt. Obwohl offensichtlich unbewohnt, unbewohnbar, parkte trotzdem ein gutes Dutzend Autos davor, bis auf einen Transporter lauter Pkws, vom kleinen Daihatsu bis zum großen Phaeton. Eine Männergestalt füllte die Öffnung des Haupteingangs auf eine unmissverständliche Weise. Ich fuhr weiter, umrundete das linke Gebäude, tuckerte bis zu seinem Ende, wendete und parkte den Datsun mit der Nase in Fluchtrichtung, sollte es denn nötig werden zu fliehen. Mit der Kamera um den Hals arbeitete ich mich durch Müll und Gestrüpp vor bis zur Rückseite der Brandruine und duckte mich unter eine leere Fensterhöhle. Ein Stöhnen drang heraus.

Ich reckte den Hals, doch das Zimmer war leer.

Es kostete einige Überwindung, mich die schmierige Treppe zum Kellereingang hinabzutasten. Die Tür war noch vorhanden, stand halb offen und war völlig unbeweglich, also quetschte ich mich daran vorbei ins feuchte, muffige Dunkel. Kleine Tiere mit kratzigen Pfoten machten kleine, kratzige Geräusche um mich herum, und durchaus nicht alle von mir wegführend.

Die Frage, was ich hier tat, kam auf und wollte nicht wieder weichen. Alternativen boten sich an: Ich könnte längst im Bett liegen, immer noch an Danielos Tresen hocken, mit Chi Li nach Lissabon gefahren sein, an der Feuerschale sitzen und tiefsinnige Gespräche mit Freund Benno führen …

Ein weiteres Stöhnen war zu hören, von irgendwo weiter vorn und oben. Ich schaltete die Kamera ein, schnackte das Blitzlicht hoch und drückte sachte auf den Auslöser. Viele, viele kleine Tiere mit kratzigen Pfoten und nackten Schwänzen stoben in alle möglichen Richtungen davon. Langsam, einen Fuß vor den anderen, mühte ich mich weiter zu der Treppe, die mir der kurze Lichtstrahl gezeigt hatte, und dann, so leise wie nur eben möglich, Stufe für Stufe hoch ins Erdgeschoss. Das Stöhnen wurde lauter, es war nah jetzt, ganz nah, ein tiefes, rhythmisches Aufstöhnen. Flackerndes Licht schien durch eine Türöffnung, fiel auf die rußgeschwärzten Wände. Ich achtete sehr genau darauf, wohin ich meine Füße setzte und trat an die Öffnung heran.

Ich weiß nicht, ob »bizarr« ausreicht, die Szene zum umschreiben, die sich mir bot. Ein paar Meter vor mir, im unsteten Schein von Kerzen stand eine lange Reihe großer Tiere mit offenen Hosen, haarige Pfoten um ihre nackten Schwänze gelegt, die sie auf eine gelassene, selbstverständliche Art hartrieben. Am hinteren Ende der Reihe war Chris gerade dabei, einen Neuankömmling abzukassieren. Vorn, an der Spitze der Warteschlange, hing David, Hose um die Knöchel, bäuchlings über eine halb eingerissene Wand gebeugt, völlig weggetreten, mindestens halb bewusstlos, seine Augen bis ins Weiße verdreht, und wurde von einem feisten Typen brutalst, wie mit dem Willen zur Zerstörung gefickt.

Ich konnte mich nicht entsinnen, jemals etwas Widerwärtigeres gesehen zu haben. Also schoss ich ein Foto. Keine Ahnung, was mich ritt, aber ich wusste in diesem Moment einfach nicht, was ich tun sollte, hob die Kamera und drückte den Auslöser.

Der Blitz fuhr durch den Raum wie ein Donnerschlag.

Irgendjemand brüllte etwas, und die komplette Reihe der Kerle stürzte sich wie ein Mann auf mich, ohne auch nur ihre Hosen zuzumachen. Damit hatte ich überhaupt nicht gerechnet, doch anstatt sofort das Weite zu suchen, schoss ich erst mal noch ein Foto. Es ist eine, tja, bemerkenswerte Aufnahme geworden. Eines schönen Tages lasse ich sie vergrößern und rahmen, auch wenn ich noch nicht so recht weiß, wo genau ich sie aufhängen will.

Buchstäblich im letzten Augenblick machte ich auf der Hacke kehrt, rannte los, stolperte, Kamera in der Linken, fiel hart auf meine Rechte, bekam etwas zu fassen und kam wieder hoch mit einem guten Meter verzinkter Stahlwasserleitung in der Hand, komplett mit einem 90°-Bogen an einem Ende, um den man das Rohr schön kreisen lassen konnte, wobei ein tiefes, hohles Pfeifen entstand.

Damit drehte ich mich zu meinen Verfolgern um und sah sie zögern, ihr Mütchen kühlen, die Erektionen vergehen. Ich wollte mich zum Haupteingang verabschieden, doch Chris versperrte mir den Weg. Er rief, nein brüllte nach Boris und wies die anderen an, mich einzukreisen und mir sämtliche Fluchtwege zu versperren.

»Lass das Rohr fallen und gib die Kamera her«, befahl Chris und machte einen vorsichtigen Schritt auf mich zu, genau wie ich einen vorsichtigen Schritt Richtung Kellertreppe machte. In allen Türöffnungen ringsum erschienen jetzt Männer, näherten sich mit dem Mut der erdrückenden Überzahl. Noch ein Schritt Richtung Treppenabgang …

»Boris! Wo bleibst du?«

Mein Herz sank, als ich aus dem Augenwinkel eine Gestalt wahrnahm, die aus dem Keller hochkam und mir damit die allerletzte Möglichkeit des Entkommens verbaute. Ich sah mich schon, gepackt und gehalten von einem Dutzend schwitziger Fäuste, Davids Platz einnehmen. Gleichzeitig erklang ein unbestimmbar … *fieses* … Geräusch, ein harsches, metallisches Schaben, wieder und wieder. Alle Bewegungen stoppten, alles starrte. *Shrrritt, shrrritt, shrrritt*, tönte es unbeirrt, und ich drehte den Kopf für einen raschen Blick. Kaftan, Käppi, Sonnenbrille, und in den großen, fleischigen Händen eine offenbar handgedengelte Machete und einen länglichen Schleifstein, den er wieder und wieder über die blitzblanke, dabei aber ausgesprochen schartige Schneide fahren ließ, so stellte sich Mombassa neben mich.

Nur ein *Shrrritt* später waren wir allein.

Ich ging vorneweg, Stahlrohr fest umklammert, und Mombassa kam hinterher, David über seine Schulter geworfen wie einen eingerollten Teppich. Vorsichtig traten wir vor die Brandruine.

Boris kroch vor uns auf allen Vieren herum und gab die krächzenden Geräusche von jemandem von sich, den man kurz zuvor noch bis zum Eintreten der Bewusstlosigkeit gewürgt hatte.

Am Datsun angekommen legte Mombassa Davids reglose Gestalt nicht eben sanft auf der Ladefläche des Pick-ups ab.

Ich warf das Stahlrohr in den Fußraum und wir ließen uns in die Sitze fallen. Mombassa hob seinen Kaftan an und verstaute die Machete in einer Plastikscheide, die er mit Klettband an seiner Wade befestigt hatte.

»Ich fürchte, das bedeutet Krieg«, resümierte ich.

»Mal wieder«, meinte er und es war nicht recht zu sagen, ob er gleichgültig klang oder zutiefst müde.

*

Es ist gut, wenn man überall schlafen kann. Blöd ist nur, dass man anschließend auch überall aufwacht. In eine fötale Position gequetscht und mehr hängend als liegend quer über die ausgeleierten Sitze eines Datsun Pick-up drapiert, zum Beispiel.

Ich kickte die Beifahrertür auf, zog mich ächzend am Lenkrad hoch und betrachtete in stumpfer Mattigkeit den aufgetürmten Schrott ringsum.

Weil überhaupt nicht zu sagen war, wen ich da gestern Abend fotografiert hatte – da waren mindestens zwei smarte Anzugtypen in der Warteschlange gewesen, genauso wie mehrere kräftig gebaute Hackfressen – und was für Maßnahmen sie deshalb ergreifen würden, hatte ich es vorgezogen, diskret in Figueras zu übernachten, auf dem Besucherparkplatz meines bevorzugten Schrotthändlers.

Fröstelnd warf ich die Wolldecke zur Seite und krabbelte aus dem Wagen. Die Sonne war noch nicht wirklich aufgegangen, und der grelle Schein einer Überwachungslampe in meinem Rücken warf einen Schatten vor mir auf das Pflaster, der eindeutig Quasimodo zu gehören schien.

Wie so oft in den frühen Stunden eines neuen Tages versuchte ich, die Vorteile in einer Lebensführung wie der meinen zu entdecken, nur um das dann, wie meist, mangels Erfolgs auf die Einzahl zu reduzieren. Ein Vorteil, einer ganz allein, wäre schon Trost und Rechtfertigung, wenn auch nicht unbedingt ein vernünftiger Grund so weiterzumachen. Wie gewohnt, fand sich nichts. Und, wie immer, machte ich weiter.

Zwanzig Minuten Fußmarsch brachten meine Körperhaltung einigermaßen zurück in die Senkrechte, und die Einnahme eines halben Liters schwarzen Kaffees sowie mehrerer Stücke zuckerstarrenden Gebäcks halfen dabei, auch die Moral wieder aufzurichten.

Der Vorteil einer Lebensweise wie der meinen ist – *aha!* –, dass man schon die kleinsten Freuden zu schätzen lernt. Gezwungenermaßen, sicher, aber doch.

Yara und ich waren recht früh auf dem Wasser. Die Verhältnisse ähnelten denen vom Vortag, es herrschten somit gute, stabile Trainingsbedingungen.

In der Arena, also im Wartezimmer, im Backstage-Bereich der Surfer bleibt keine deiner Aktionen unbeobachtet, kein Ruf ungehört. Wir arbeiteten deshalb an unauffälligen Formen der Kommunikation. Wenn Yara zum Beispiel meine Aufmerksamkeit wollte, ließ sie die Leine kurz durchhängen und zog sie dann straff, was einen kleinen Ruck durch den Jet gehen ließ. Und wenn ich die Notwendigkeit sah, das Gas aufzuziehen, beugte ich zuerst meinen Oberkörper nach vorn, damit sie sich darauf einstellen konnte.

Abgesehen davon, dass sie mich bezahlte, und auch abgesehen davon, dass ich die Dünung nicht lesen kann wie ein Surfer, entschied selbstverständlich Yara, welche Welle sie reiten, oder besser »haben« wollte. Ähnlich Motorradrennfahrern, die eine bestimmte Kurve, eine bestimmte Linie für sich reklamieren, hieß es auch auf dem Wasser, die Ellenbogen auszufahren, die Muskeln spielen zu lassen, zu signalisieren »AUS DEM WEG ODER ES KNALLT!«

Die gestrigen Frustrationen ließen sich bei diesen Gelegenheiten wunderbar in Aggression umwandeln, und Yara ergatterte ein paar wirklich hübsche Wellen, wodurch wir auch die Abholmanöver in der auslaufenden Gischt üben konnten.

In den nächsten Stunden wurden die Störversuche dann langsam immer haariger, und die verstärkten Gummipuffer begannen, sich bezahlt zu machen. Es wurde laut, es wurde heftig. Die erfahreneren Teams griffen tiefer und tiefer in die Trickkiste, und ab irgendeinem Punkt war keiner mehr bereit zurückzustecken.

Bis auf mich. Ich hatte noch einiges zu lernen, und durch ihr ständiges Vorpreschen zeigten mir die andern ohne es zu wollen, wo der perfekte Ort zum Absetzen des Surfers war.

Ich musste mir nur noch die entsprechenden Landmarken einprägen und das richtige Timing entwickeln.

Die Rückfahrt in den Hafen verlief dann auch ohne Gemecker.

Ela und Scuzzi saßen auf den Stufen zum Trailer, als wir ankamen, Benno döste zu ihren Füßen, Punky graste nahebei. Ein Bild des Friedens, nur getrübt durch den Umstand, dass Ela einen Flunsch zog, und Scuzzi sich einen Kühlpack an die rechte Schläfe hielt. Wenn möglich, sah er noch mitgenommener aus als am Vortag.

»Ist irgendetwas passiert?«, fragte Yara besorgt.

»Wir wollten bodyboarden«, antwortete Ela in genervtem Tonfall. »Aber Scuzzi …« Sie verdrehte die Augen zum Himmel.

»Du hast dich doch nicht etwa verletzt?«, fragte ich ihn mit einer Besorgnis, so echt und so glaubhaft wie ein Diamantring aus dem Kaugummi-Automaten.

»Eigentlich sollte sie es ja erst zu Weihnachten bekommen«, begann er, »aber wegen des Wetterberichts haben wir ihr heute schon diese pinke Scheußlichkeit gekauft, und ich hab mir ein Board gemietet. Und wir waren noch nicht mal am Wasser, da wollte sie schon tauschen. Dann sind wir rein, ich hab mich auf das blöde Kinderbrett geworfen, so wie Ela es vorgemacht hat, und bin untergegangen wie ein Stein. Kaum hatte ich den Kopf wieder über Wasser, hat mich ein Brecher umgehauen und durchgewalkt, und als ich endlich wieder hochkam, ist mir ›Hello Kitty‹ mit voller Wucht gegen die Birne gekracht.« Er nahm den Kühlpack weg und ließ uns das fette blaurote Ei bewundern, das seine Schläfe zierte. »Das Nächste, woran ich mich erinnere, ist, dass ein Rettungsschwimmer breitbeinig über mir steht, mich erst seine Finger zählen lässt und mir anschließend Strandverbot erteilt. Ich soll mich erhängen, hat er gesagt, wenn ich mich unbedingt umbringen will. Aber auch das nicht an seinem Strand.«

»Und allein darf ich nicht«, beschwerte sich Ela bitterlich. »Neeepomuk, kommst du mit, bodyboarden?«

Bevor ich antworten konnte, erklärte uns Yara, dass die Strände noch heute gesperrt würden. »Die Wellen werden zu hoch«, sagte sie. Und ihre Augen blickten fiebrig.

»Ich habe dein *Geld*«, verkündete Chi Li als Erstes, sehr zufrieden mit sich, und hakte ihren Arm in meinen. Wir schlenderten die abendliche Promenade hinunter, nur so, ohne Ziel. »Und als Verzinsung …« Sie dachte nach.

»Jaa?«, fragte ich unter schweren Lidern hervor. Viel Training und wenig Schlaf machten sich auf unterschiedliche Art bemerkbar. Einzige Gemeinsamkeit war, dass es mich auf jeden Fall mit Macht Richtung Bett zog.

»… lade ich dich zum Essen ein«, vervollständigte sie ihren Satz fröhlich.

»Aah«, machte ich, wie man »Aah« macht, wenn man wilden, ekstatischen Sex erwartet hat und stattdessen einen Teller Linsensuppe vorgesetzt bekommt. Auch gut, aber irgendwie nicht dasselbe.

»Kennst du das ›Chez Céline‹?«

»Nein.«

»Ha! Das *musst* du kennenlernen. Ich fahr dich.«

Sie fummelte einen Autoschlüssel aus ihrer äußerst knapp sitzenden Jeans, drückte drauf, und ein nagelneu aussehender VW Passat ließ seine Blinker blinken.

»Mietwagen«, erklärte sie und wir stiegen ein. »Noch habe ich meinen Porsche nicht zurück.« Sie startete den Motor, parkte aus und beschleunigte geschmeidig die Promenade hinunter.

»Wie kann das sein«, fragte ich, was mir durch den Kopf ging, »dass du Profi bist, aber keinerlei Rücklagen hast?«

»Es ist und bleibt ein Spiel, Nepomuk.« Die Reifen des Passats winselten ein bisschen, als sie in eine Seitenstraße abbog. »Man gewinnt, man verliert. Außerdem *habe* ich Rücklagen, aber gleichzeitig auch Kosten. Ich habe einen *Porsche*. Ich habe eine Wohnung in Paris, zur Miete, und ich habe ein Apartment in London, das ich abbezahle.« Aus der Seitenstraße ging es in ein Gewirr von Gassen. Chi Li zögerte nicht ein Mal, sie wusste genau, wo sie hinwollte. »Könntest du dir vorstellen, abwechselnd in London und Paris zu wohnen, und mich zwischendurch zu Turnieren um die Welt zu begleiten? Du könntest mein Boyfriend *und* mein Bodyguard sein.«

Sie stoppte vor einem kleinen Restaurant mit hölzernen Fensterläden an der Fassade, schummriger Beleuchtung und karierten Tischdecken.

»Wir könnten dir einen schicken, dunklen Anzug kaufen. Du würdest einen *sehr* überzeugenden Bodyguard abgeben«, fand sie, fasste mich bei den Schultern, drehte mich zu sich und blickte auf eine wohlwollende Art langsam von links nach rechts. »Denk drüber nach«, sagte sie mit *diesem* Blick.

Céline war Französin, drall, nicht mehr ganz jung, heftig blondiert und besaß eine Stimme, der Gauloises und Pernod einen Wellenschliff verpasst hatten.

»Und, ihr Süßen, was darf ich euch bringen?«, gurrte sie, dass die Gläser klirrten.

»Ich nehme die Linsensuppe«, sagte ich.

Chi Li setzte mich vor dem Schlagbaum zum TrailerPark ab. Da ich praktisch den ganzen Wein alleine getrunken hatte, versuchte ich natürlich, sie zum Bleiben zu überreden, wortreich, man kann auch sagen hartnäckig, doch sie hatte sich bei einem Turnier eingeschrieben, war spät dran und obendrein, wie sie sagte, wild entschlossen, noch in dieser Nacht ihren Porsche auszulösen.

Da war nichts zu machen, ich musste sie ziehen lassen, winkte ihr hinterher, drehte mich um und hätte beinahe Caroline umgerannt. Einmal – wie soll ich sagen? – beim Thema, begrüßte ich sie überschwänglich, doch sie schenkte mir noch nicht mal einen Blick, sondern drängte sich nur vorbei und verschwand grußlos in ihrem Mini Cabrio.

Oh, wie schnell sie doch vergessen.

»Was wollte Caroline denn hier?«, fragte ich Scuzzi, der allein vor dem Trailer saß und auf sein Smartphone glotzte.

»Was wollte *Caroline denn hier*?«, wiederholte ich, nachdem ich ihm einen Ohrhörer rausgerupft hatte.

»Ehrlich«, sagte er, ohne aufzusehen, »ich habe keine Ahnung. Mit mir kiffen, mit mir bumsen, mit mir nach Casablanca. Ja, genau. Mit mir und Ela. Mein Eindruck war, sie ist nicht ganz frisch in der Birne und obendrein rollig wie eine Katze.«

Ich holte uns beiden ein Bier, entfachte ein Feuer in der Schale, hockte mich, mit dem Holzstoß im Rücken, ins Gras.

Scuzzi daddelte noch ein bisschen vor sich hin, trank sein Bier aus, gähnte und verabschiedete sich. »Muss ja morgen wieder babysitten«, murrte er noch, nicht ohne einen Unterton von Vorwurf.

Mit Chi Li in Lissabon und dem Datsun unten in Jerusalé grübelte ich darüber nach, wo ich pennen wollte oder sollte. Irgendwo, wo mich niemand vermutete … Es war grotesk: Mittlerweile stand ich als Nepomuk Blaumanis genauso auf einer Todesliste wie als Kristof Kryszinski, und zu allem Überfluss wollte mir jetzt wahrscheinlich auch noch ein offenbar durchaus zum Töten fähiger Zuhälter ans Leder …

Ein weiterer Vorteil einer Lebensweise wie der meinen ist, dass man die Frage der privaten Altersvorsorge eher lax angehen kann.

Benno kam, legte mir sein Kinn auf den Schoß und

schlief ein. Das Feuer knisterte und wärmte, und die Glut und die tanzenden Flammen übten ihre hypnotische Wirkung aus.

Vielleicht, dachte ich, und tastete nach dem Holzknüppel, legte ihn griffbereit zurecht, vielleicht bleibe ich ganz einfach wach.

Benno knurrte, ich schlug die Augen auf und sah mich umstanden von einem Wald von Beinen. Fast hätte ich geschrien, doch irgendjemand hatte mir wohlweislich schon seine Pranke auf den Mund gepresst.

»Leise!«, mahnte Mombassas Stimme an meinem Ohr. »Die Fremdenpolizei umstellt gerade den TrailerPark. Das ist eine Razzia.« Damit nahm er seine Hand von meinem Gesicht, zeigte zur Einfahrt, wo man im Laternenlicht die Silhouetten mehrerer dunkler Transporter und Dutzender, ebenfalls dunkler Gestalten ausmachen konnte. Ich sah hoch und in lauter alarmierte und gleichzeitig vertrauensvoll abwartende Gesichter. Nepomuk wird's schon richten.

»Alle zum Klippenpfad«, zischte ich, deutete in die Richtung und ließ die Hand wieder sinken. Der irrlichternde Schein einer kleinen, starken Lampe deutete an, dass sich jemand auf dem Pfad nach oben arbeitete.

»Alles in meinen Trailer«, entschied ich, ging vor, holte Nepomuks Pass, zwängte mich wieder raus und schloss hinter dem Letzten die Tür. Dann fummelte ich die beiden Fünfhunderter, die Chi Li mir zurückgegeben hatte, aus der Hosentasche, legte sie in den Pass, stopfte ihn in die Brusttasche meines Hemdes, setzte mich auf die Treppe und versuchte, mir Hoffnungen zu machen.

Es war ein Helmscheinwerfer gewesen, dessen Licht ich gesehen hatte, auf dem Kopf eines Bereitschaftspolizisten, der, Aufstieg vollzogen, nun breitbeinig dastand und sicherstellte, dass niemand über die Klippe türmte.

Seine Kollegen waren derweil ausgeschwärmt und durchkämmten das Areal systematisch von vorne nach hinten. Benno knurrte, und ich sprach beruhigend auf ihn ein.

Die Phalanx der Polizisten kam näher und näher, dem Tonfall der halblauten Kommandos und Kommentare nach, in wachsendem Maße unzufrieden. Ich weiß nicht, was sie hier erwarteten, aber sie waren ausgerüstet wie zur Terroristenjagd. Kampfanzüge, Sturmhauben, Helme mit Scheinwerfern und Gegensprechanlagen, halbautomatische Waffen im Anschlag. Sie klopften rüde an, rissen Türen auf, drangen ins Innere der Trailer vor, kamen wieder raus und schüttelten die Köpfe.

Schließlich kam der Kommandeur zu mir rüber.

Erstaunlich, dachte ich, wie ruhig sich zwanzig Mann auf engstem Raum verhalten können, wenn ihre Existenz davon abhängt.

Ich hatte eine Hand in Bennos Nacken und die andere auf meinem Knie, also beide schön sichtbar, und rührte mich nicht.

»Você fala português?«, fragte er, und ich blinzelte hoch ins Licht und machte so eine vage, so eine »Na ja«-Kopfbewegung.

»Wo sind die Afrikaner hin?«, wechselte er ins Englische. Seine Ausdrucksweise war knapp, nicht ohne Schärfe, während seine Haltung die ruhige Gelassenheit von jemandem verströmte, der die Situation unter Kontrolle hat.

»Die sind alle nach Hause«, antwortete ich. »Für die Feiertage.«

Er nickte, als ob das genau die Antwort wäre, die er erwartet hatte.

»Machen Sie bitte Platz«, sagte er. »Ich muss ihren Trailer inspizieren.« Schweigend näherten sich die anderen Polizisten und richteten ihre Helmlampen eine nach der anderen auf mich.

»Ist das wirklich nötig?«, fragte ich, als ob es hier irgendetwas zu verhandeln gäbe. »Wissen Sie, ein Freund von mir ist da drin, mit einer Frau … Und, tja, es ist nicht *seine* Frau, wenn Sie verstehen?«

»Machen Sie bitte Platz«, wiederholte er, noch geduldig.

»Sie bringen mich da in eine unangenehme Lage«, begann ich und brach ab, weil jemand mit hoher, brüchiger, kippeliger Stimme »Mort aux traîtres!« rief. Alle fuhren herum.

Schwankend, torkelnd, eine schmächtige Gestalt in schlabbernder Hose und viel zu großem T-Shirt, näherte sich David, wobei er einen – eigentlich *meinen* – Meter stählerner Wasserleitung auf Hüfthöhe wie ein Gewehr schwenkte.

Jemand brüllte ein Kommando, für das man kein Portugiesisch können musste, um es als »Waffe fallen lassen!« zu verstehen.

»David!«, schrie ich auf Englisch, »wirf das Rohr weg!«

»Es ist nur ein Rohr«, wandte ich mich an den Kommandanten und verfluchte mich für mein dürftiges portugiesisches Vokabular.

Der Polizist wiederholte sein Kommando, Sturmgewehr nun an der Schulter, auf David gerichtet. Der riss seinerseits das Stück matt glänzender Wasserleitung hoch an seine Wange, zielte darüber hinweg, und ein Schuss peitschte. Ein überaus kurzer, scharfer Knall, das Sturmgewehr spie eine blaugelbrote Stichflamme in die Nacht, und die Welt schaltete für einen Moment auf Zeitlupe.

Die Kugel traf David in die Brust, eigentlich nur erkennbar an einem sich ringförmig ausbreitenden Flattern seines T-Shirts. Er gab ein kleines, schmerzhaft überraschtes Geräusch von sich, blickte an sich hinunter, seine Augen weit in schrittweisem, entsetztem Begreifen, dann glitt ihm das Rohr aus den Händen, klunkerte zu Boden, seine Knie gaben nach und er kippte nach hinten mit der ganzen Gleichgültigkeit der Leblosen. Es war peinigend zu sehen, wie ungehemmt, wie hart sein Kopf aufschlug, doch er selbst spürte es nicht mehr. Sein Körper krampfte noch einmal in diesem verräterischen letzten Zucken und lag dann still im harten, kalten Licht der Helmscheinwerfer.

Langsam, ruckelnd, fand die Welt zurück zu ihrem gewohnten Tempo.

Man kann nicht sagen, dass sich unter den Polizisten die große Bestürzung breitgemacht hätte, obwohl Mienen hinter abgenähten Sturmhauben grundsätzlich schwer zu deuten sind. Trotzdem sagte ihre ganze Haltung, dass aus ihrer Sicht der Dinge die Angelegenheit gut ausgegangen war.

In einem Zustand nahe der Versteinerung beobachtete ich, wie das Rohr von Hand zu Hand gereicht, Achseln gezuckt, Köpfe geschüttelt wurden.

Sie hatten von vorneherein ein Notarztteam dabeigehabt, das sich nun um David kümmerte, seinen Tod feststellte, ihn auf eine Bahre hievte und wegbrachte. Zur Entsorgung, so der Eindruck.

Dann ging man zur Tagesordnung über. Ich wurde unmissverständlich beiseitegewunken. Der Kommandeur selbst öffnete die Tür meines Trailers, leuchtete hinein, ging hinein, kam nach einer oder zwei Minuten wieder heraus und gab den Befehl zum Abrücken.

Meine Papiere interessierten niemanden.

Ich wartete, bis sie vorn am Tor waren, bevor ich selbst einen Blick riskierte. Keiner mehr da. Sie hatten in der Zwischenzeit die Fluchtklappe mit der Strickleiter entdeckt und sich klammheimlich auf den Klippenpfad abgeseilt.

Noch war es zu früh, Entwarnung zu geben, an Schlaf war erst mal nicht zu denken, also wollte ich wieder raus an die Luft, wollte ein Bier, wollte versuchen runterzukommen, das Erlebte zu verarbeiten, mich nicht mitschuldig zu fühlen, und sei es nur mangels Sprachkenntnis, da fiel mein Blick auf meine Kamera. Ich hatte sie auf dem Tisch abgelegt, und da lag sie immer noch, nur … andersrum. Ich griff sie mir und warf einen Blick hinein. Die Speicherkarte war weg.

*

Der letzte Tag vor den Weihnachtsfeierlichkeiten bahnte sich bedrückend an. Yara und Scuzzi hatte man während der gesamten Razzia unter Hausarrest gehalten, so war ihnen der Anblick des sterbenden und des toten Davids erspart geblieben, aber natürlich waren auch sie geschockt.

Mich plagte unterdessen der Verdacht, dass man die ganze Show nur abgezogen hatte, um an die Aufnahmen zu kommen. Chris hatte uns bei der Polizei verpfiffen, und die war nur zu bereit gewesen, auf die Anzeige dieses Penners hin augenblicklich mit einer groß angelegten Razzia zu reagieren? Hm.

Und wenn es nur um die Fotos gegangen war, dann war Davids Tod möglicherweise ein durchaus willkommener Nebeneffekt. Für Chris genauso wie für seine Kunden.

Hatte ich bisher nur vorgehabt, Chris aus unserem Dunstkreis zu vertreiben, reifte nun der Entschluss, ihn fertigzumachen.

Jerusalé war noch völlig verschlafen, als ich den Datsun abholte. Jemand hatte ihn durchsucht, hatte den ganzen Müll aus den Ecken und Ablagefächern geholt und über Boden und Sitze verteilt. Ich schnackte das Handschuhfach auf. Es hat eine Tasche aus irgendeinem Fasermaterial, das gleiche Zeug, aus dem auch die Türverkleidungen sind. Diese Tasche ist unten starr befestigt, und oben gar nicht. Das heißt, man kann sie ein bisschen runterbiegen, was ich nun tat. Der Umschlag, den ich in dem entstehenden Hohlraum versteckt hatte, war noch an seinem Platz. Der Fotohändler in Figueras hatte ihn mir mit den spitzesten Fingern und einer »Wusst ich's doch«-Miene überreicht. Zufrieden startete ich den Motor.

Yara und ich traten an den Rand der Klippe für einen Blick von oben auf unser wildbewegtes Trainingsgelände.

Über Nacht hatten uns die seit Tagen erwarteten Ausläufer des Supersturms erreicht. Zerfetzte Wolkenformationen hasteten über den Himmel, gejagt von übellaunigen Windböen, das Meer wirkte aufgescheucht, hektisch, unberechenbar.

»Willst du wirklich da raus?«, fragte ich.

»Ich muss, Nepomuk, ich muss trainieren, ich muss gesehen werden, ich muss jede Gelegenheit nutzen, um auf mich aufmerksam zu machen. Ich brauche eine Stimme.«

Eine Stimme wofür? Ich verstand nicht, aber ich hielt es für klüger, nicht nachzuhaken. Wir kamen einander langsam näher, und ich spürte, das würde nur weitergehen, wenn ich nicht versuchte, das Tempo zu forcieren.

»Okay«, sagte ich. »Dann gehen wir uns am besten umziehen.«

Es würden keine Rekorde purzeln, heute, so viel war bald klar. Schuld war der Wind. Die Böen traten den Wellen entweder ins Kreuz, so dass sie sich im falschen Moment und viel zu steil aufbäumten, oder sie bliesen ihnen auf den Kopf, drückten sie platt.

Die verbliebenen, surfbaren Wogen waren zum Teil beeindruckend groß, aber noch längst nicht das, was man sich allgemein erhoffte. Nicht das, wozu es all die Leute hergezogen hatte. Und sie waren hart umkämpft.

Yaras Fähigkeit, in all dem Chaos den Überblick zu behalten, war fantastisch. Sie pickte mit enormer Sicherheit einen unter Hunderten von tanzenden Wasserwipfeln heraus, zeigte ihn mir, und der Rest war dann mein Job. Wenden, kreisen, die Kante im richtigen Moment und an der richtigen Stelle erwischen, Yara absetzen und losjagen, um sie »unten« wieder in Empfang zu nehmen. Und das alles inmitten eines Haifischbeckens außerordentlich missgünstiger Konkurrenz.

Es hätte Spaß machen können, aber der Tag war nicht danach. Die dräuenden Wolken, der biestige Wind, die kabbelige, keinen Moment der Ruhe aufkommen lassende See – all das bewirkte ein unterschwelliges Gefühl sich anbahnenden Unheils.

Gegen Mittag war es dann so weit. Ein amerikanischer Surfer verschätzte sich, geriet an eine senkrechte Wasserwand, stürzte unkontrolliert und verschwand für Minuten. Ich nahm Yara auf, die anderen Teams machten es genauso und gemeinsam kurvten wir vorsichtig herum, bis erst das Brett und dann sein Reiter zurück an die Oberfläche fanden. Sofort schoss sein Fahrer heran, doch die nächste Welle brach bereits, und diesmal verschwanden sie beide.

Inzwischen war die Rettungsstaffel zu uns gestoßen. Als der Surfer das nächste Mal auftauchte, war er bewusstlos. Die Franzosen sprangen ins Wasser und halfen, ihn auf den Schlitten zu schnallen, wir zogen seinen Fahrer auf unseren Jet und brachten ihn zu seinem eigenen Gefährt. Mit viel Glück bekam er es rechtzeitig gestartet, und zusammen beschleunigten wir aus der Gefahrenzone. Alles ging einigermaßen glimpflich aus, doch es machte die Stimmung nicht besser.

Wir eskortierten die Rettungsstaffel in den Hafen, zum Anlegesteg des Seenotrettungskreuzers und des an die Station angeschlossenen Unfallkrankenhauses. Der Amerikaner war inzwischen wieder bei Bewusstsein und winkte matt, als sie ihn auf eine Trage betteten und reinbrachten.

Yara und ich beschlossen, eine Pause einzulegen und am späten Nachmittag einen neuen Anlauf zu versuchen, vorausgesetzt, der Wind beruhigte sich etwas.

Es war Sonntag, also sammelte ich Monteyesus ein und wir fuhren nach Figueras, einkaufen. Es wurde eine schweigsame Tour.

»Ich glaube«, sagte Monteyesus nach einer Weile langsam, »dass David das gewollt hat. Ich meine, zu sterben, erschossen zu werden.«

»Mag sein«, sagte ich. »Aber andererseits wäre es sicherlich ganz nützlich gewesen, wenn ihm erst mal irgendjemand eine Therapie verpasst hätte.«

»Man kann nicht alles therapieren«, sagte Yesus leise. »Das ist so ein westlicher Schamanenglaube.«

Ich stand am Gasherd im Trailer, als Yara ihren Kopf zur Tür hereinstreckte.

»Was machst du?«

»Kochen?«, gab ich zurück. Es war ziemlich offensichtlich.

»Du?«

»Ich habe eine häusliche Seite, die ihrer Entdeckung und Würdigung harrt.«

Yara starrte mich sprachlos an.

»Spontaner Einfall«, schob ich hinterher, in der Hoffnung, dass sie das weniger überforderte.

»Wo sind Ela und Scuzzi?«

»Hängematte?« Also wirklich, wo hatte sie nur ihre Augen? Ich wollte noch etwas sagen, doch ich war allein, also regulierte ich die Hitze etwas runter, wischte mir die Hände an der Schürze und trat vor die Hütte.

Yara stand neben der Hängematte und blickte mit gefurchten Brauen auf Scuzzi und Ela hinab, die, eingemummelt bis hoch zu den Augen, tief und fest schliefen. Mit einem Griff zog sie die Wolldecke von den beiden. Die schliefen weiter, Ela mit dem Daumen im Mund, Scuzzi mit den erschlafften Gesichtszügen, die für gewöhnlich entweder auf Koma oder Tod schließen lassen.

»Ich habe die beiden zugedeckt«, erklärte ich. »Damit sie sich nicht verkühlen.« Gemeinsam zogen wir die Decke wieder hoch. »Sie hatten irgendeinen Wettbewerb laufen. Irgendetwas Anstrengendes.« Ich deutete rüber zum Pool, um den herum sich ein gestern noch nicht da gewesener, kreisförmiger Trampelpfad gebildet hatte.

»Und – wer hat gewonnen?«

»Das haben sie heftig diskutiert, bis der Schlaf über sie kam.«

Yara betrachtete ihre Tochter zärtlich. »Ich glaube, sie hat sich schon lange einen Spielkameraden gewünscht«, sagte sie mit einem solchen Ernst, dass ich eine Hustenattacke vortäuschen musste, um nicht vor Lachen herauszuplatzen. »Doch ich hatte immer so viel Angst um sie.«

Schön dass das jetzt anders ist, dachte ich miesepetrig. Dank Super-Scuzzi. Danke, danke, danke. Ich musste an mich halten, nicht reinzugehen, das Küchenbeil zu holen und das Halteseil der Hängematte damit zu kappen.

Stattdessen stellte ich mich wieder an den Herd und fragte Yara beiläufig, ob sie nicht zum Essen bleiben wollte.

»Was gibt's denn?«, fragte sie vorsichtig, an den Türrahmen des Trailers gelehnt.

»Dicke Bohnen und Bratkartoffeln.«

Sie zog ein Gesicht. »Aber Ela hasst dicke Bohnen.«

»Und Scuzzi erst.« Und ich grinste mein Breitestes.

»Warum kochst du etwas, von dem du genau weißt, dass die beiden es nicht gern …« Sie brach ab und sah mich an. »Du bist eifersüchtig«, stellte sie fest.

»Unsinn.«

»Du bist eifersüchtig, weil Ela und Pierfrancesco sich so gut verstehen.«

Aber sicher doch, dachte ich. Volltreffer.

Weder Scuzzi noch Ela kam es auch nur in den Sinn, am Essen herumzumäkeln. Wir saßen zu viert um den Campingtisch, und die beiden schaufelten sich die Bohnen rein wie Überlebende eines Hungerwinters.

»Wir haben gewettet, wer länger im Kreis Fahrrad fahren kann, ohne mit dem Fuß auf den Boden zu kommen«, erzählte Ela mit vollem Mund. »Bis Scuzzi einfach umgefallen ist.«

»Quatsch. Du hast plötzlich angehalten, deshalb musste ich eine scharfe Kurve fahren und bin ins Rutschen gekommen. So war das. Du hast gestoppt, und darum hast du auch verloren.«

»Er ist hingefallen, lag platt auf dem Rücken und hat gestöhnt: ›Oh mein Gott ...‹«, sie verdrehte theatralisch die Augen, »›warum erlöst du mich nicht einfach aus meinem Elend? Oder zumindest von diesem Blag‹?«

Und die beiden brachen in ein haltloses, unglaublich ansteckendes Gelächter aus.

Es war einer dieser Momente, die man destillieren, auf Flaschen ziehen und im Keller lagern möchte. Für trübe Tage.

»Ich kann nicht bleiben«, sagte Chi Li bedauernd und flocht ihren Arm in meinen. »Nicht über Nacht. Ich muss morgen früh in London sein, etwas wegen meines Apartments regeln. Das britische Recht ist idiotisch. Verpass eine Ratenzahlung, und du verlierst alles. Ein Horror. Das heißt, ich muss da hin, ich muss bezahlen und es mir mit Datumsstempel quittieren lassen. Aber komm doch mit! London ist eine einzige Party zu Weihnachten.«

Das ist Jerusalé auch, dachte ich, während wir einem weiteren Grüppchen kostümierter Touristen in Hochstimmung auswichen.

»Tut mir leid, ich kann nicht«, sagte ich. »Ich bin verplant, bis Mitte nächster Woche. Yara hat mich als Tow-In-Fahrer gebucht. Sie will, fürchte ich, ins Guinness-Buch.«

»Yara? Die Kleine, die euren TrailerPark managed, richtig? Hmmhmmm … Ist die nicht ein bisschen *sehr* jung, mein lieber Nepomuk?«

Ich begegnete ihrem schrägen Blick mit meiner trockensten Miene. »Unser Verhältnis ist rein geschäftlich«, versicherte ich.

Chi Li wirkte nicht überzeugt. »Auf dich muss man ein Auge haben«, befand sie. »Was wollen wir essen?«, fragte sie dann. »Pizza?«

»Weiter hinten gibt's welche vom Steinofen.«

»Dann nichts wie hin!«

Sie zog mich mit und brauchte eine kleine Weile, um zu registrieren, dass es ihr Handy war, dessen Fiepen uns begleitete. Sie stoppte, kramte in ihrem Täschchen, blickte aufs Display, sah mich entschuldigend an, hob das Handy ans Ohr, drehte sich von mir weg und sagte: »Ein Moment.« Nein, das stimmt nicht. Sie verfiel vom Englischen ins Französische, sagte: »Un moment.« Und, nein, auch das ist nicht ganz richtig. Sie blickte aufs Display, hob das Handy ans Ohr, drehte sich weg von mir und sagte: »Öng momang.«

Und mir gefror die Gallenblase.

Bis Chi Li mit ihrem Telefonat fertig war, hatte ich einigermaßen meine Fassung wiedererlangt. Und für den Augenblick zumindest andere Sorgen. Chris kam die Promenade heruntergestratzt, offene Sektpulle in der Hand, eine Schar seiner Schmarotzer im Rücken. Er fühlte sich sichtlich gut in seinen neuen Klamotten, die ich schon in Figueras bestaunen durfte. Schnittiger Windbreaker im College-Design, Diesel-Jeans, leuchtend weiße Leinen-Sneaker. Ja, er lief herum, wie ich – beziehungsweise wie Kristof Kryszinski – herumlaufen würde, kämen wir einmal in die Zwangslage, uns von oben bis unten neu einkleiden zu müssen.

Und es machte *Ting*. In meinem Hinterkopf. Ja, es bimmelte regelrecht Sturm.

Mein fünfter Verteidigungsring, der doch völlig losgelöst sein sollte von meiner Person – hier lief er direkt vor meinen Augen herum.

Und nicht nur das. Er kam auch noch genau auf mich zu. Mein Herz schlug bis zum Hals, ich fühlte mich von meiner eigenen Eingebung überrumpelt. Doch dies war eine Chance, die ich unmöglich verstreichen lassen und auf keinen Fall vermasseln durfte.

Der Gedanke an David half ungemein, meine Haltung zu finden.

Chris fühlte sich nicht nur gut in seinen neuen Klamotten, er fühlte sich auch stark mit seiner Gang von Losern im Kreuz. Er stoppte dicht vor mir und sagte, in seinem flämisch durchwirkten Englisch: »Pack deine Sachen und verzieh dich, Lette. Wir wollen dich hier nicht mehr sehen.«

Chi Li glitt an meine Seite und blickte mehr interessiert als alarmiert drein.

»David ist tot, Christoff«, entgegnete ich. »Und weißt du, wen ich dafür verantwortlich mache? Dich, Christoff!«

Er blickte ungerührt, nur ein wenig irritiert.

»Wieso nennst du mich Christof?«

»Weil du so heißt, natürlich. Du redest, Christof, du redest zu viel, wenn du säufst.«

»Das ist doch Bullshit! Jeder weiß, wie ich heiße …«

»Ja, Christof. Und jeder weiß auch, dass du Kinder auf den Strich schickst, weil du selbst zum Führen einer Bahnhofskneipe zu blöd bist.«

Das konnte er sich nicht bieten lassen, nicht vor Publikum. Ich spürte, wie er Mut fasste zum Zuschlagen, wie dabei die Sektflasche in seiner Hand in die Planung einfloss, und ich machte mich bereit, unter lautem, protestierendem Geschrei danach zu greifen, in der schlichten Hoffnung, die Security der nächsten Kneipe oder irgendwelche Passanten würden schon eingreifen, bevor mich Chris und seine Gang ernsthaft in die Mangel nahmen. Darüber bekam ich kaum mit, wie sich ein rundes Dutzend dunkler Gestalten vom Dunklen Kontinent um mich und Chi Li scharte, Monteyesus wie ein Kirchturm über allen.

»Verpiss dich, Christof«, grunzte Mombassa, und er und die anderen Afrikaner rückten einen Schritt vor.

Ein Wandel hatte stattgefunden und das Kräfteverhältnis verschoben. Chris hatte den kapitalen Fehler begangen, seine Drohung mit der Fremdenpolizei wahr zu machen. Leider war deren Razzia komplett ins Leere gelaufen, und so stand er jetzt nackt da, aller Macht über die Sem Papéis beraubt. Und die begriffen das sehr gut. Chris und seine Penner in Unterzahl merkten, dass es besser war zu gehen, und Mombassa und seine Jungs folgten ihnen ohne Hast. Vom entfernten Ende der Promenade näherte sich ein weiteres Trüppchen Afrikaner langsam und gelassen aus der Gegenrichtung. Es sah nach ungemütlichen Zeiten für die Schmarotzer aus.

»Pizza«, erinnerte ich mich und bot Chi Li meinen Ellenbogen.

»Was war das denn für ein Typ?«, fragte sie und blickte konsterniert über ihre Schulter.

»Nur ein Idiot«, antwortete ich. »Ein Deutscher, auch wenn das keiner wissen soll. Ein Deutscher mit polnischem Nachnamen. Krywunski oder so ähnlich.«

Chi Li bremste mich, stellte sich vor mich hin und griff nach meiner Hemdfront. »Wenn diese … *Yara* … dich nicht mehr braucht, würde *ich* dich gern für ein Weilchen buchen«, meinte sie und sah mit gekonnter Schüchternheit zu mir auf. »Ich habe das Gefühl, du bringst mir Glück.«

Warme Worte. Komisch, dass mich trotzdem fröstelte.

*

Ich wusste nicht, wie mir geschah, als es an der Tür zum Trailer hämmerte.

Bis wir unsere Pizzen verdrückt hatten, war Mitternacht vorbei gewesen, und Chi Li hatte sich, nach einem Blick auf die Uhr, eines bestimmten chinesischen Sprichworts erinnert und mir *unbedingt* noch ihren Porsche zeigen müssen. Ein Cayenne. In schwarz. Mit einer – man kann von diesen Autos halten, was man will – einer recht geräumigen und durchaus bequemen Rückbank. Getönte Scheiben sowieso.

Kurz, ich war nicht wirklich zeitig ins Bett gekommen, dafür aber auf dem Zahnfleisch, wie man so sagt. Körperlich wie nervlich.

Seit »Öng momang« hatte ich den Abend in dem leicht entrückten Zustand eines Vulkanologen erlebt, dem gerade klar geworden ist, dass ihm der Berg, auf dem er steht, jeden Augenblick um die Ohren fliegen wird.

Es hämmerte weiter, also wälzte ich mich aus dem Bett, ertastete meinen Bademantel, fand irgendwie hinein, entriegelte die Tür, drückte sie auf, sagte »Yara«, und blinzelte ins nicht vorhandene Licht.

»Heute ist der Tag«, stieß sie hervor und ihre Augen leuchteten manisch. »Ich spüre es.«

»Noch«, korrigierte ich sie vorsichtig, »ist es Nacht.«

»In anderthalb Stunden geht die Sonne auf. Bis dahin müssen wir auf dem Wasser sein.«

»Müssen wir«, echote ich und wünschte mal wieder, ich nähme noch Drogen. Es gibt Momente, da will sich ganz ohne Hilfsmittel keine rechte Euphorie erzwingen lassen.

»Da, hörst du das?« Yara zeigte in die westliche Finsternis, aus der ein tiefes, grollendes Donnern erklang. Fast zeitgleich erzitterte der Boden unter unseren Füßen. Das Vulkanologen-Gefühl kroch zurück in mein Gebein.

Wenn das alles hier vorbei ist, dachte ich, möchte ich für den Rest meiner Tage nur noch Rasentraktor fahren.

Yara hastete davon, ihre Vorbereitungen treffen, und ich brühte angefeuchtetes Instantpulver über der Gasflamme auf, stopfte mir eine halbe Tafel Schokolade rein, spülte heiß und schwarz nach und zwängte mich dann unter beständigem Schaudern ins immerfeuchte Neopren.

Da ich niemand bin, der die Freuden des Lebens nicht zu teilen versteht, zückte ich als Nächstes mein Handy und rief Fotoreporter Ruben an. Ein höflicher Mensch, ich kann es bezeugen, selbst wenn ihm noch gut sieben Stunden Schlaf bis zur völligen Ausnüchterung fehlen.

Der Morgen graute, wir ließen das Sea-Doo zu Wasser, ich sah kurz hoch zum Dach des Hotel Mar, und Ruben grüßte mit hochgehaltenem Daumen, während er die Hülle von seinem Teleobjektiv schälte. Zwei Etagen tiefer nahm ich eine Bewegung an einem der Hotelfenster wahr. Der französische Surfer, Jean-Marc Nicolas, wenn ich mich recht entsann, starrte zu uns herunter und verschwand dann hastig außer Sicht.

Der Morgen graute in einheitlichem Grau oben und unten, und Ruben hatte in Anbetracht der zu erwartenden, schwierigen Lichtverhältnisse dringend dazu geraten, dass Yara ihren roten Wetsuit trug und ihr gelbes Board verwendete, weil die meisten gedeckteren Farbtöne an einem Tag wie diesem »fotografisch praktisch nicht darstellbar« seien. Also trug sie rot am Balg und gelb unterm Arm, als wir uns hinausschwangen in das, was diese Winterküste in den letzten Jahren so berühmt gemacht hat.

Der Tank ist voll, sagte ich mir, der Motor schnurrt, wir haben trainiert, wir sind vorbereitet, befähigt, entschlossen, und wenn das alles hier vorbei ist, möchte ich nur noch Rasentraktor fahren. Und auch das höchstens mit Halbgas.

Der Wind hatte sich beruhigt und mit ihm auch die See. Die Wellen hopsten nicht mehr herum wie ein Schulhof voll hyperaktiver Kinder, sondern rollten geordneter und in einem ruhigeren Takt, ähnlich einer Militärparade auf dem Roten Platz. Und sie waren groß. Beängstigend groß. Ich war noch niemals in solch einer Dünung unterwegs gewesen und brauchte ein bisschen, um mich an die Dimensionen zu gewöhnen. Wellentäler wurden Tröge, in die das Licht kaum hinunterfand, Wellenkämme wurden Gipfel mit völlig neuen Aussichten, und alles dazwischen waren Reisen voll nie gekannter Fliehkräfte um sämtliche Achsen und zwar meistens um alle zugleich.

Es dauerte nicht lang, und Jean-Marc Nicolas und sein Fahrer stießen zu uns, ängstlich bemüht, fast schon hysterisch nervös, nichts zu verpassen und keinem Konkurrenten einen Vorteil zu gewähren. Die meisten anderen Teams lagen wohl nach den gestrigen Partys noch in Essig oder zögerten aus anderen Gründen, glaubten möglicherweise den Surf-Voraussagen im Internet mehr als ihren eigenen Augen. Moderne Zeiten halt.

Yara hatte alle anfängliche Aufgeregtheit abgestreift. Sie war in ihrem Element, sie wartete, gelassen wie eine Reisende, die weiß, dass sie ihr Ziel erreichen wird. Wie genau und ob früher oder später, spielte keine Rolle.

Wir kreisten, wie gewohnt, Yara pickte eine Welle heraus, ich steuerte sie an, brachte uns zum Scheitelpunkt, und die Franzosen kamen uns in die Quere, brüllten herum, reklamierten die Welle für sich, bis ich schließlich ganz genau wusste, wo und wie ich mich positionieren musste, um Nicolas am Loslegen zu hindern.

Irgendwann war ich soweit, dass ich ihm in den Weg gefahren wäre, auch wenn Yara kein Interesse an der Welle gehabt hätte.

Wir kreisten, ackerten uns die nächste Wellenfront hoch, drüberweg, glitten runter ins Tal, schwangen uns wieder hoch zum Absetzpunkt. Gebrülle und Gefuchtel, und zurück und von vorn das Ganze. Irgendwann stellte sich ein Rhythmus ein. Noch ein bisschen später, und die Sache bekam fast etwas Einlullendes.

Es wurde immer offensichtlicher, dass Nicolas Yara beobachtete, regelrecht belauerte. Möglich, dass er nicht so gut war, wie er vorgab, aber er schien ihrem Urteil mehr zu vertrauen als seinem eigenen. Er und sein Fahrer wirkten entschlossen, Yara im entscheidenden Moment die entscheidende Welle zu klauen.

Und ich ließ sie in dem Glauben, dass wir ihnen heute wenig entgegenzusetzen hatten. Widersprich nie jemandem, der sich dir überlegen fühlt. Das verdirbt nur die Überraschung.

Wellen sind, anders als man sich das vorstellt, keine wandernden Wassermassen. Streu Konfetti auf einen Teich, wirf einen Stein hinein und du kannst beobachten, wie sich die Wellen konzentrisch ausbreiten, während die schwimmenden Papierschnipsel – und mit ihnen das sie umgebende Wasser – kurz gelupft, aber ansonsten kaum von der Stelle bewegt werden. Einzig und allein die Energie des fallenden Steins und seines Aufpralls wandert bis ans Ufer, wirft sich dagegen und vergeht.

Sturmwogen sind also pure, in Wellenform reisende Energie, schiere Power, die der tosende Wind tief ins Wasser hineingeblasen hat. Und ab und zu ist eine darunter, die, warum weiß keiner, sich mit der Kraft gleich mehrerer Kollegen vollgesaugt und diese hochgetürmt hat.

Ein Ruck ging durch den Jet und schreckte mich auf.

»Da!«, stieß Yara hervor, und ich konnte durch die Zugleine hindurch spüren, dass sie zitterte. Ein Blick nach Westen, ein Blick in Richtung ihres ausgestreckten Arms und ich wusste, warum.

Ich habe keine Jahre auf dem Meer zugebracht und verstand deshalb nicht immer, was Yara an einer bestimmten Welle bemerkenswert fand. Diesmal war es anders.

Selbst mit geschlossenen Augen hätte es kein Vertun gegeben. Allein das Geräusch genügte zur Unterscheidung von allem Dagewesenen, allem je Erlebten. Ein grollendes Fauchen, nur vergleichbar mit dem Geräusch eines startenden Kampfbombers, nicht wirklich laut, aber unglaublich intensiv, omnipräsent, ein schwirrender Basston am unteren Ende der akustischen Wahrnehmung, dafür umso spürbarer im Zwerchfell und angrenzenden Bereichen der Innereien, vor allen denen, die bei Panik reagieren.

Was da auf uns zukam, überragte das übrige Gewoge wie ein Elefant eine Schafherde, was da anrollte, dunkel, drohend, der Kamm weiß vor zerstäubender Gischt, war keine azurblaue, wie poliert glänzende Naturschönheit aus der Männerduftwerbung, sondern ein mattgraues, unansehnliches Monstrum. Yaras Zittern erfasste auch mich. Und ich zog das Gas auf. Eine kurze Wende, und wir beschleunigten direkt auf den Leviathan zu. Es ging darum, auf seinen Rücken zu gelangen und dann mit ihm auf die Küste zuzujagen, bis an den exakten Punkt, an dem seine Füße am Riff hängenblieben und er, Kopf voran, wie in Zeitlupe in sich zusammenfiel.

Noch war es nur eine große Woge, ihre Vorderseite steil, aber zumindest diagonal mit dem Jetski gut erklimmbar. Nach einer kleinen Ewigkeit überquerten wir den Kamm und ich drückte den Jet in eine 270°-Schleife, suchte die Landmarken – den Leuchtturm im Norden, die Felsnadel im Süden, versuchte, den Jet an die Linie zu bugsieren, die

die Felsnadel und den Leuchtturm verband, denn dort, genau dort würde die Welle anfangen, zu brechen, und dann zur Mitte zu beschleunigen, zur höchsten Stelle, die direkt auf die Hafeneinfahrt zuhielt. Adrenalin pumpte durch meine Adern wie brennendes Eis.

Wir fuhren jetzt konstant aufwärts, ohne je oben anzukommen, es war, als ob wir auf der Stelle stünden, doch in Wahrheit lag es daran, dass die Welle sich weiter und weiter und weiter in die Höhe stemmte. Wir stiegen. Wir stiegen, als ob die Welt unter dem Gewicht der Woge ins All hinabgedrückt würde.

Der TrailerPark, der Leuchtturm, die Klippen, alles blieb unter uns zurück. Ich fühlte mich wie ein apokalyptischer Reiter beim Blick auf den Landstrich, den er als Nächstes zu verwüsten gedenkt. Das röhrende Fauchen der Welle übertrug sich auf jede Faser meines Körpers, ließ ihn vibrieren, sich aufreiben in einer Mischung aus Allmachtsfantasie und Nahtoderfahrung.

Wir waren jetzt haarscharf am Kamm, mit jeder Sekunde wurde die Wellenfront rechts unter uns steiler, fiel weiter und weiter ins Nichts. Die Mitte, der Zenit, der Absetzpunkt wurde sichtbar, spürbar, ein Weltrekord greifbar, und die Franzosen versuchten, uns den Weg abzuschneiden.

Kälte überkam mich, eine gewisse Mitleidlosigkeit.

Beide Jets rasten jetzt mit heulenden Motoren auf ein und denselben Punkt zu, doch was die Franzosen nicht ahnten, war, dass ich bei sämtlichen bisherigen Anfahrten noch nicht einmal wirklich Vollgas gegeben hatte.

Diesmal warf ich mich komplett nach vorn, presste die Stirn auf den Tacho und zog den Gashebel bis tief ins Lenkergummi hinein. Der Dreizylinder kreischte angestrengt, wie mit zusammengebissenen Zähnen. Die Franzosen versuchten gegenzuhalten, doch ich war schneller, hatte die Außenbahn und das entscheidende Quantum mehr Schwung. Um uns jetzt noch zuvorzukommen, hätte der französische Fahrer durch mich hindurchgemusst. Er versuchte es, ich rammte ihn krachend, drehte ihn damit längsseits, er schlug mir brüllend vor Wut mit der Faust auf die Schulter, so dass ich für einen Moment meinen linken Arm nicht mehr spürte. Ich drehte das Gas etwas zu, damit Yara ihr Einstiegstempo selbst wählen konnte, Jean-Marc Nicolas überholte mich auf seinem Surfbrett, sein Gesicht verzerrt vor Rage, geifernd, kreischend, doch als ich ihm kurz in die Augen sah, fand ich dort nichts als unendliche Erleichterung.

Der Jet beschleunigte, ohne dass ich mehr Gas gegeben hätte, ich drehte mich um und Yara war eingestiegen, unterwegs, die Wand aus Wasser hinab. Über meine Schulter hinweg behielt ich sie einen bangen Moment lang im Auge. In gerader Schussfahrt, Haltung geduckt, Arme wie immer nah am Körper, Hände gespreizt, die Finger im Fahrtwind in weicher, steuernder Bewegung, wie die Außenfedern an den Schwingen großer, schwebender Vögel, die Augen riesig, die Miene gebannt in absoluter Konzentration. Ihr Brett zog eine Furche in die glatte Oberfläche, Zeichen dafür, dass sie das Tempo unter Kontrolle hatte, was lebenswichtig ist. Wurde sie zu schnell, käme sie zu früh am Fuß der Welle an, würden tausende Tonnen Meer aus großer Höhe auf sie herabdonnern. War sie zu langsam, würde das Wellendach über ihrem Kopf kollabieren und sie in den Tumult der sich überschlagenden Wassermassen hinabdrücken, beides mit unkalkulierbaren Folgen.

Ich riss mich los und zog das Gas auf. Die Höhe war unglaublich. Ich hatte Jerusalé zu meinen Füßen, sah die Fotografen mit ihren Riesenteleskopen und die Fernsehteams mit ihren Kameras und Satellitenschüsseln unter mir auf den Dächern der höchsten Gebäude der Promenade, sah das Wasser aus der Bucht schäumen, auf uns zu, und dann den nackten, von der Welle freigesaugten Fels des Riffs.

In rasender Fahrt schoss ich bergab, Blick halb nach vorn, halb auf Yara, über der sich die Welle nun einzurollen begann, grau, schwer, fauchend, zischend, spuckend, eine missgestimmte Bestie, die zum Schlag ausholt. Yara sah sich nicht um, sie *wusste*, was sich hinter ihr abspielte. Sie kostete die Zeit aus, bändigte das Monster, ritt es, provozierte es, tanzte ihm auf der Nase herum. Yara zu beobachten hieß, endgültig zu begreifen, warum Surfer tun, was sie tun.

Ich erreichte das äußere Ende der Wellenkontur und warf den Jet herum, brachte ihn auf einen Rendezvous-Kurs mit der Bahn von Yara, zielte in die Auslaufzone, dorthin, wo sich die weitgereiste Energie in einem riesigen Bett aus brabbelnd spotzendem Schaum zur Ruhe legen würde.

Alles schien perfekt zu laufen, der glückliche Ausgang nur noch eine Frage des Timings, der richtigen Gasstellung. Mir war danach, Yara zuzuwinken, da brach urplötzlich etwas durch die konkave Wasseroberfläche, etwas Großes, Rundes, in leuchtendem Rot. Mit jähem Entsetzen erkannte ich eine der Bojen, die normalerweise das Riff markieren.

Yara hatte keine Chance. Ihr Brett krachte in voller Fahrt gegen das Hindernis, sie schoss nach vorn, fiel über die Boje hinweg und von da an kopfüber abwärts. Sekundenlang stürzte sie senkrecht auf das Riff zu, auf den schorfigen, muschelüberwucherten Fels, doch noch presste es die Welle weiter und weiter voran, und nur ein paar Meter oberhalb der Felsoberfläche trafen sie sich, Yara tauchte ein und verschwand außer Sicht.

Augenblicke später brach die Woge, donnerte hinab, dass der Ozean als Ganzes unter dem Aufprall erzitterte.

Panik schüttelte mich durch. Ich musste sie niederringen, musste mich zwingen, nicht länger die Auslaufzone anzusteuern, wo die Gischt kochte, wo die unter die Welle geratene Luft hochbrodelte, also dorthin, wo Yara im besten Fall angeglitten gekommen wäre, triumphierend, eine neue

Venus, bis zur Hüfte in weißem Schaum. Doch das wäre der vollkommen falsche Ort.

Yara war nicht länger *auf* der Welle, wurde nicht länger von ihr transportiert, sie war *in* der Welle, und zwar ziemlich genau dort, wo sie eingetaucht war. Der nächste Wellenberg begann bereits, sich zu sammeln, sich aufzutürmen, also steuerte ich das Tal zu seinen Füßen an, in verhaltenem Tempo, Blick starr auf die Oberfläche gerichtet in banger Erwartung, und riss das Gas auf, als ich Yara auftauchen sah.

Die Freude der Entdeckung wurde beinahe augenblicklich übermannt von Beklommenheit, denn Yara schwamm nicht, sie trieb. Mit dem Gesicht nach unten. Ich ließ den Gashebel los, sprang noch vom fahrenden Jet ins Wasser, packte Yara um den Oberkörper und drehte sie auf den Rücken. Mit enormer Erleichterung hörte ich sie einatmen, kehlig, gierig, sah ihre Augen, das Leben darin, dann brach ihr Blick, ein Schrei löste sich aus ihrer Brust, ein einziger greller Schrei purer Agonie, und Yara verlor mit einem Schlag das Bewusstsein.

Die Franzosen stoppten neben mir, ich schwang mich zurück auf mein Sea-Doo, startete den Motor. Nicolas und ich beugten uns nach unten, packten Yaras Rettungsweste, der Fahrer und ich gaben Gas und die nächste Welle hob uns an, schob uns vor sich her Richtung Hafen, Richtung Sicherheit, Yara zwischen uns, Gliedmaßen schlackernd in ohnmächtiger Willenlosigkeit.

Die Bucht und der Hafen waren eine einzige, wippende Müllkippe. Chaos herrschte. Wie es aussah, hatte es die auslaufende Woge bis in die Straßen Jerusalés gedrückt, und das zurückströmende Wasser zog nun alles Bewegliche mit sich, vereinzelte Menschen und Tiere eingeschlossen. Wir bahnten uns einen Weg durch Rettungsmannschaften und private Boote, durch einen Teppich von Treibgut bis zum Anleger der Rettungsstation, wo man Yara aus dem Wasser liftete und wir sie sofort auf eine Trage umbetteten.

Es gab nichts mehr, was ich hätte tun können, dennoch konnte ich mich nicht lösen, wusste nicht, wohin mit mir.

»Nepomuk?«

Ich fuhr herum. Yaras Augen suchten nach mir, ihre Stimme war tonlos, ihre ganze Gestalt vollkommen, gespenstisch reglos. Ich beugte mich über sie und versuchte mich an einer »Alles-wird-gut«-Miene.

»Du musst Ela beschützen«, flüsterte Yara gepresst. »Scuzzi ist nett, aber Jorge und Caroline, sie sind … krank.« Jedes einzelne Wort kostete sie unendliche Mühe, und doch musste ich mehr wissen und hakte deshalb nach.

»Wie soll ich das verstehen?«

»Sie wollen Ela adoptieren, so wie sie mich adoptiert haben. Als ihr … Spielzeug. Du musst Ela davor beschützen. Versprich es.«

Ich nickte, und sie schloss die Augen.

Sie schoben Yara in die Notaufnahme, ich wechselte ein paar Worte mit Dr. Aziz, der anschließend sofort hinterherhastete, dann stieg ich zurück auf mein Sea-Doo und beteiligte mich eine Weile an den Rettungsaktionen, fischte einen Hund aus dem Wasser und zwei übellaunige Katzen, bis mir irgendwann der Sprit ausging und es unvermeidbar wurde, endlich Scuzzi und Ela zu informieren.

Ich tankte an der Säule der Rettungsstation, drückte den Zündschlüssel einem Feuerwehrmann in die Hand, der sofort einen Fahrer abkommandierte und in die Bucht hinausschickte.

In der chaotischen, völlig überfüllten Notaufnahme kam Dr. Aziz in OP-Kluft auf mich zu, eine Röntgenaufnahme in Händen. Sein Blick war ernst, seine Lippen ein schmaler Strich, als er kurz den Mundschutz runterzog.

»Halswirbelbruch«, bestätigte er meine schlimmsten Befürchtungen, »vermutlich mit Schädigung des Rückenmarks.« Damit hastete er weiter.

»Wird meine Mamma wieder ganz gesund, Nepomuk?«, fragte Ela, ihre smaragdgrünen Augen weit, voll banger Erwartung.

»Um das zu beantworten, ist es noch ein bisschen früh.«

»Wird meine Mamma wieder ganz gesund, Nepomuk?«

»Die Ärzte tun, was sie können. Alles Weitere muss man abwarten.«

»Wird meine Mamma wieder ganz gesund, Nepomuk?«

»Es sieht nicht wirklich gut aus, Ela.«

Wenn ich sie ins Gesicht geschlagen hätte, grundlos und grausam, ich hätte mich nicht beschissener fühlen können.

»Komm, wir gehen Punky striegeln«, meinte Scuzzi nach einer Weile und nahm Ela bei der Hand.

Es folgten bleierne Tage. Benno wich Ela keine Sekunde von der Seite. Scuzzi natürlich auch nicht.

Ein spanischer Fischtrawler hatte im Sommer eine Boje gerammt und mitgezogen in tieferes Wasser, wo sie unsichtbar an ihrem Betonklotz hing, bis die riesige Welle beides zusammen in die Höhe riss.

Das war das.

Ruben zeigte mir Fotos von Yaras Unfall. Dann Videos. Sie waren in sämtlichen Netzwerken zu sehen, im Fernsehen, überall. Yara war mit einem Schlag weltberühmt.

Nicht, dass sie viel davon mitbekam. Nicht, dass es ihr im Moment irgendetwas nützte.

Die Ärzte hatten sie in ein künstliches Koma versetzt, also gab es nichts als Warten, keine Neuigkeiten, keine über »stabil« hinausgehenden Zustandsberichte, keine verwertbaren Meldungen.

Das Interesse der Medien flaute entsprechend rasch ab, wandte sich kurz Ela zu, wurde von mir und Scuzzi aber massiv abgeblockt und fand dann in Caroline ein dankbareres Ziel. Manchen Leuten ist kein Anlass zu beschämend, sich ein wenig im vermeintlichen Mitgefühl der Öffentlichkeit zu aalen.

Die Welle hatte inzwischen einen Namen: »O Menino«. Das Christkind, natürlich.

Ela und Scuzzi gingen Yara jeden Morgen besuchen, verbrachten ein wenig Zeit an ihrem Bett und schlossen sich dann den »Strandbrigaden« an. Jerusalés Verwaltung hatte Müllcontainer aufgestellt und ein großes Verpflegungszelt organisiert für die vielen Freiwilligen, die mithalfen bei den Aufräumarbeiten entlang der Promenade und am Strand. Die eigentlichen Schäden durch die etwa knie- bis hüfthohe Überflutung hielten sich in Grenzen, aber das Müllaufkommen war und blieb enorm. Jede neue Ebbe ließ einen breiten Streifen bunten Treibguts am Strand zurück.

Die Werft war bis Anfang Januar geschlossen, und so nahmen die meisten meiner Nachbarn und Kollegen gern das Angebot freier warmer Mahlzeiten für ein bisschen Müllaufklauben an. Einer kleinen Absprache zufolge bildeten sie dabei stets einen losen, unauffälligen und doch wachsamen Kreis um Ela und Scuzzi.

Ich selbst, mit meiner ganz eigenen Gefährdungslage, hielt mich so gut es ging von ihnen fern. Um nicht durchzudrehen, suchte ich mir Beschäftigung. Die Surfwelt wartete auf die Bergung der Boje und das Anschwemmen der anderen treibenden Hindernisse. Bis dahin gab es für mich und mein Sea-Doo keine nennenswerten Aufgaben, also dachte ich nach, beobachtete meine Umwelt und räumte auf. Erst die Parzelle, dann den Trailer. Das Gefühl dabei war das eines Mannes, der seine letzten Dinge regelt.

Yaras Unfall war zwei Tage her, als der Landrover im Zebra-Design auf den TrailerPark gerast kam. Endlich. Ich wollte das hinter mir haben.

Jorge Marquez stoppte, stieß die Fahrertür auf, sprang heraus und kam auf mich zu. In seinem Reitdress, komplett mit Gerte.

Ich sortierte gerade meinen Werkzeugkasten durch und hielt einen gekröpften 19er Ringmaul in der Hand, den ich nicht beiseite legte. Manche Leute brauchen einen Hieb über den Schädel, um sich ihrer Umgangsformen zu erinnern.

»Bist du jetzt zufrieden«, blaffte er, »jetzt, wo du Yara ins Koma gestürzt hast?«

Ich denke nicht, dass er darauf wirklich eine Antwort erwartete, behielt mir den Hieb über den Schädel aber weiterhin vor.

»Wo ist mein Enkelkind?«

»Unterwegs.«

»Meine Frau und ich werden Ela jetzt zu uns nehmen, und niemand wird uns daran hindern.«

»Wir werden es zumindest versuchen«, versprach ich. Und lächelte, sanft wie die Frau auf diesem Bild im Louvre.

Er riss sich zusammen. »In dem Fall leiten wir augenblicklich rechtliche Schritte ein«, kündigte er an, stapfte zurück zu seinem Wagen, schwang sich hinein und verschwand.

Ela und Scuzzi müssen weg, dachte ich. Sie müssen nach Mülheim. So bald wie nur irgend möglich. Sobald Yara dazu ihre Zustimmung gegeben hatte.

Ich fand keine Ruhe. Tagsüber nicht, abends nicht, nachts erst recht nicht.

Wann immer mir Mombassa über den Weg lief, plagte mich das Gefühl, dass ich ihm etwas schuldete, also lud ich ihn eines Abends spontan zum Essen ein. Ins Chez Céline.

Der Service war … umwerfend. Céline entwickelte einen

Hüftschwung, der eine Schiffschaukel neidisch gemacht hätte, lachte über alle unsere Bemerkungen, und wenn sie dem Koch Anweisungen zurief, ließ ihr Timbre das Mobiliar über den zitternden Fußboden wandern. Sie stopfte uns voll, sie füllte uns ab. Wir mussten noch dies probieren und dann das, und als nun wirklich beim besten Willen nichts mehr reinging, gab es Armagnac, und die Flasche blieb auf dem Tisch.

Ich stellte irgendwann überrascht fest, wie spät es geworden war, zählte ein paar Scheine ab, legte sie unter mein Glas und entschuldigte mich bei Mombassa mit einer Verabredung. Er zeigte enormes Verständnis. Als ich aufstehen wollte, steckte er mir unterm Tisch die Plastikscheide mit der Machete zu.

»Die brauche ich heute nicht mehr«, raunte er.

Ich war noch nicht ganz aus der Tür, und Céline hatte meinen Platz eingenommen, goss die Gläser voll und beobachtete Mombassas Gestenreichtum mit etwas, das ich »Kennerblick« nennen möchte.

Ich zog eine Zeitung aus dem nächsten Altpapiercontainer, schlug die Machete darin ein, klemmte sie mir unter den Arm und streifte durch die Straßen, auf der Suche nach Chris und nach Autos mit Marseiller Kennzeichen. Ohne Erfolg.

Schließlich traf ich zumindest auf ein paar seiner Kumpels, angesoffen vor dem schmuddeligen kleinen Supermarkt. Sie waren nicht unbedingt auskunftsfreudig. »Feindselig wortkarg« traf es eher. Mein Eindruck war, dass sie selbst nicht wussten, wo Chris abgeblieben sein mochte.

Vielleicht hat er sich abgesetzt, dachte ich, ohne wirklich dran zu glauben.

Chi Li schickte eine SMS aus London. Computerprobleme bei der britischen Flugsicherung. Nichts ging. Aber sie hatte eine Einladung zu einem Spiel in der Nähe von London. In einem Schloss!!!

Von Yaras Unfall schien sie noch nichts mitbekommen zu haben, und ich war nicht in der Stimmung, daran etwas zu ändern. Also antwortete ich erst mal nicht, sondern ging nach Hause, hockte mich an die Feuerschale und starrte in die Flammen bis der Schlaf kam.

*

Am nächsten Morgen rief mich Dr. Aziz an. Sie hatten vor, Yara an Silvester aus dem künstlichen Koma zu holen.

Das bedeutete, bis dahin musste ich irgendwie durchhalten. Abwarten. Nicht unbedingt eines meiner Talente.

Um etwas zu tun zu haben, griff ich zum Werkzeugkasten und versuchte mich daran, das Sea-Doo-Wrack doch wieder zusammenzubauen. Ähnlich dem Ausfüllen einer Steuererklärung wuchs sich diese Arbeit recht rasch zu etwas aus, bei dem einem jede Ablenkung willkommen ist.

Na ja, fast jede.

Er war Polizist, in Zivil, und er war auf der Suche nach mir. Soviel wurde mit nur einem Blick klar.

»Senhor Blaumanis?« Mitte vierzig, schlank, dunkelhaarig, höflich und reserviert, möglicherweise ein bisschen von oben herab, wie man halt so ist, im Umgang mit Leuten, die in Trailern hausen. »Jemand hat diese Person als vermisst gemeldet.« Er sprach passables Englisch und zeigte mir ein älteres Foto von Chris an Bord eines Schiffes, vielleicht einer Fähre.

Er stellte sich nicht vor, er sagte nicht den Namen des Gesuchten, nicht, wer Chris als vermisst gemeldet hatte, nicht, von wem er das Foto hatte, und auch nicht, weshalb er damit zu mir kam. Aber so sind sie halt. Es ist ein Eiertanz, jedes Mal aufs Neue.

Leugne irgendetwas, von dem sie wissen, dass du es weißt, und du hast sie endgültig an den Hacken.

Ich gab ihm das Foto zurück und fragte: »Und?«

»Sie kannten den Mann.«

Ha, der war gut. Vergangenheitsform. Doch ich habe in meinem Leben nicht in gut und gern hundert Verhörsituationen auf der falschen Seite des Schreibtischs gehockt, um noch auf solche Tricks hereinzufallen.

»Kannten?« Ich tat verblüfft. »Soll das heißen …«

»Nein«, unterbrach er mich. »Also: Sie kennen den Mann.«

Okay, nächster Schritt. Immer hübsch bei der Halbwahrheit bleiben und eine gewisse Kooperationsbereitschaft mimen. »Ja, flüchtig. Er hat mich das eine oder andere Mal angepöbelt. Weil ich ihm kein Geld geben wollte. Ich habe halt so meine Schwierigkeiten mit parasitären Nichtstuern.« Ich breitete meine Arme, bis zu den Ellenbogen schwarz vor Öl, ganz der selbstgerechte Malochertyp, bereit zum Schulterschluss mit allen, die für ihr Geld schuften müssen.

Man sah ihm an, dass er meine Show durchschaute und sie auch – schwer zu sagen, wieso, schwer zu erklären – zu würdigen wusste. Einfach zu lösende Fälle und einfach zu knackende Verdächtige machen die Polizeiarbeit nicht unbedingt interessanter. Vielleicht lag es daran.

Er fragte nicht weiter, er drohte mir nicht mit Maßnahmen oder Konsequenzen. Er sah sich nur auf eine interessierte Art um und ging dann, wie er gekommen war, grußlos.

Jetzt erleichtert aufzuatmen hätte eine vollkommene Fehleinschätzung der Situation bedeutet.

Das Meer vor Jerusalé wurde allmählich sauberer, das nächste Sturmtief braute sich bereits zusammen. Bis dahin machten die Surfer Party.

Entlang der Promenade liefen die Vorbereitungen für Silvester auf Hochtouren. Trucks kamen an, Bühnen wurden aufgebaut. Ein Brauseabfüller hatte eine Mega-Party geplant, ein Surfausrüster ein Riesenfeuerwerk. Um nicht herzlos zu wirken, wurde das ganze verknüpft mit einer Spendengala für Yara. Caroline fand sich bereit, das Geld feierlich entgegenzunehmen.

Ich sah sie schon am Neujahrsmorgen im ersten Flugzeug nach Marokko.

Die Wellen wuchsen wieder, am Tag vor all diesen Großereignissen. Ich fuhr Scuzzi und Ela runter in den Ort, ging mit ihnen Yara besuchen, während Benno den Datsun bewachte.

Yaras Zustand war stabil. Stabil wie der von Lenin in seinem Glassarg. Nach ein paar Minuten musste ich an die Luft.

Eine Handvoll Surfer war auf dem Wasser, das nicht länger aussah wie ein Flickenteppich aus Plastikpartikeln. Es war, als ob wieder Normalität einziehen wollte. Noch eine Woche, und O Menino und Yaras Unfall würden Teil der Surf-Geschichte, nicht unbedingt vergessen, aber auch kein wirkliches Thema mehr sein.

Zurück im TrailerPark schraubte ich am Sea-Doo-Wrack herum, bis mein Handy bimmelte. Es war Chi Li. Sie klang verändert. Ihre Stimme hatte alles Wimperngeklimper eingestellt, allen Halbernst eingebüßt. Ja, sie klang ein wenig atemlos und sehr besorgt. Und sie ließ ihre Maske fallen, komplett und übergangslos.

»Nepomuk«, sagte sie eindringlich, »sie wissen jetzt, dass sie den falschen Kristof haben.«

Ich fragte nicht »Wer?«, und ich sagte auch sonst nichts.

»Du musst mir glauben, dass ich ihnen nicht verraten habe, woher ich den Tipp hatte. Aber ich denke mal, sie sind jetzt trotzdem auf der Suche nach dir. In Jerusalé.«

»Wie viele sind es?«

»Zwei, Alain und Maxine.«

»Maxime?«

»Nein, Maxine. Sie steuert auch das Boot.«

Boot. Ah, verflucht. Diese Möglichkeit hatte ich vollkommen übersehen. Peinlich.

Na, der fünfte Verteidigungsring war einen Versuch wert gewesen, sagte ich mir, auch wenn er dann im Endeffekt nicht funktioniert hat. Es hatte mir ein wenig Zeit gekauft, nicht mehr, nicht weniger.

»Komm nach London. Heute noch, sofort. Wir könnten uns zusammentun. Du bist doch Detektiv.«

»War«, sagte ich.

»Es ist ein gutes Geschäft. Ich hätte zwanzigtausend für dich bekommen, plus zehn Prozent von dem, was von dem Geld noch übrig ist.«

Ich pfiff beeindruckt durch die Zähne und hörte sie glucksen. Es war möglich, dass sie mir nur auf den Zahn fühlte und endgültig sicherstellen wollte, dass ich tatsächlich Kristof Kryszinski bin, um doch noch abzukassieren. Aber das spielte keine Rolle mehr.

»Kommst du?«

»Ich denke drüber nach.«

Der Nachmittag war erstaunlich fortgeschritten, bis ich Motor und Anbauteile zumindest vom optischen Eindruck her wieder in ihren Originalzustand versetzt hatte. Okay, ein paar Schrauben waren übrig geblieben, doch die verstaute ich im Bug.

Ich zog das Wrack mit der Winde auf den Hänger und fuhr runter zur Werft, klopfte ein paarmal gegen das Tor und Eusebio öffnete.

»Jemand hat nach dir gefragt«, sagte er. »Ein Franzose.«

»Wie sah er aus?«

Eusebio dachte nach. »Gefährlich«, antwortete er dann. »Jung, schmal und gefährlich.«

»Was hast du ihm gesagt?«

»Dass du nicht mehr hier arbeitest.«

Ich fuhr aufs Gelände, band den kaputten Jetski mit dem Heck an eine Säule und zog den Hänger dann mit dem Datsun drunter weg.

Mein Handy klingelte, als ich gerade nach meinem Toyota schauen wollte. Der Einsatzleiter der Rettungsstation brauchte meine Dienste. Ein Hubschrauberpilot hatte eine reglos im Wasser treibende, offenbar tote Person gesichtet, etwa einen Kilometer vor der Küste, auf Höhe des Leuchtturms. Ob ich rausfahren und den Körper bergen könnte?

Scharf war ich nicht drauf, aber echt nicht, doch eine bitterböse Vorahnung ließ mich den Auftrag annehmen.

Mein Sea-Doo dümpelte am Anlegesteg der Rettungsstation, den Schlitten bereits hintendrangehängt.

Das Tageslicht schwächelte bedenklich, als ich den Leichnam endlich fand. Auf dem Bauch, Kopf unter Wasser, in T-Shirt und Jeans, Arme und Beine lose, bewegt von den Wellen, eine auffällige Tätowierung im Genick.

Chris. Wie geahnt. Meine Anteilnahme hielt sich in Grenzen. Ich bin nachtragend und generell der Ansicht, dass Leute, die versuchen, mich mit einem Ford Fiesta zu überfahren, nichts anderes als den Tod verdient haben.

Ich stoppte neben ihm, glitt ins Wasser, kippte den Schlitten auf die Seite, schnallte den Körper daran fest, drückte den Schlitten dann zurück in die Horizontale und zog die Klettbänder stramm. Chris war nicht allzu lange im Wasser gewesen, er besaß noch seine Augen, und die Haut war nur leicht verquollen. Ich fand keine Verletzungen, keine unmittelbar tödlichen, heißt das. Seine Füße waren nackt, und der Linke war schwarz. Verbrannt. Bis auf die gelblichen Knochen verbrannt. Um das andere Fußgelenk baumelte ein kurzer Strick mit zerfranstem Ende. Sie hatten Chris – vermutlich an Bord eines Schiffes – schwer gefoltert und anschließend mit einem Gewicht beschwert ins Meer geworfen.

Ich hievte mich hoch aufs Sea-Doo und sah mir die liegende Gestalt noch einen Moment lang an. Entführt, gefoltert und ersäuft. Es war wie ein Blick in meine eigene Zukunft.

Auf halbem Weg zurück in den Hafen riss ich den Lenker plötzlich herum und änderte meinen Kurs, steuerte die Klippe unterhalb des TrailerParks an.

Die Ebbe war auf ihrem Tiefststand. Gut. Dies hier, sagte ich mir, ist unter Umständen meine allerletzte Chance.

Ich ließ das Sea-Doo auf den schmalen Strand gleiten, stieg ab, watete ins Wasser und zog den Schlitten so weit wie möglich an Land, löste die Gurte und schleifte Chris' Leiche zum Fuß der Klippe.

Ich hatte ihnen einen Kristof Kryszinski geliefert, den hatten sie abgelehnt. Jetzt würde ich ihnen denselben noch mal unterjubeln. Nur diesmal protestsicher.

Die Dunkelheit war längst hereingebrochen, als ich den Datsun auf den TrailerPark lenkte, einzige Lichtquellen ein paar Sterne, die durch Wolkenlücken schimmerten.

Ela und Scuzzi schienen zu Hause zu sein, zumindest brannte Licht in der Rezeption, doch die meisten anderen Bewohner waren wohl noch in Jerusalé, wo im Verpflegungszelt nach dem Abendbrot gern noch ein bisschen gebechert wurde.

Ich stoppte zwei Meter vor der Klippe, ließ den Motor laufen, zog die Handbremse fest und schaltete die Seilwinde ein. Während das Drahtseil abspulte, zerrte ich die nie gebrauchte Tiefkühltruhe heran und kippte sie vor dem Datsun auf die Seite, so dass der Deckel direkt vor der Winde auf dem Boden zu liegen kam.

Mit einer etwas funzeligen Taschenlampe in der Hand

tastete ich mich den Klippenpfad hinab zum Strand, wickelte das Drahtseil um Chris' Oberkörper, hakte den Karabinerhaken ein und kraxelte wieder nach oben.

Die Winde zog mir Chris ohne jede Mühe bis auf den Deckel, ich löste das Seil, hob seine Knie an und faltete seine Arme, stülpte die Truhe schließlich über die Leiche, kippte sie auf die Seite und dann auf ihre Füße. Zu guter Letzt holte ich ein Verlängerungskabel aus dem Trailer und schloss das Ding an.

Nicht, dass es wirklich nötig war. Die »Regina Maris« lag unten im Hafen, eine Motoryacht aus Marseille.

Was immer die Zukunft für mich bereithielt, ich würde es nur allzu bald erfahren.

*

»Falls Yara heute aufwacht, falls sie ansprechbar ist und ihr Einverständnis gibt, musst du sofort abreisen. Nimm Ela und Benno mit nach Mülheim. Ich hole euch den Toyota.«

Ich hatte die Nacht im Datsun vor der Rezeption zugebracht, war bei jedem noch so kleinen Geräusch hochgefahren und befand mich nun in entsprechender Verfassung und Laune.

»Aber ich kann nicht Auto fahren«, erinnerte mich Scuzzi eines seiner zahllosen Defizite.

Meine Gedanken ratterten in rasendem Tempo. Entscheidungen mussten her, Lösungen gefunden werden. Heute. Hier. Jetzt.

»Wir fragen Yesus«, entschied ich. »Ja, Yesus soll euch fahren. Er kann in mein Apartment einziehen. Und Bian-Tao soll ihm einen Job in der Bar geben. Er könnte die Küche übernehmen. Es wird Zeit, dass es in der TaxiBar etwas zu beißen gibt.«

»Kann der überhaupt kochen?«

Ich seufzte in der sehr bemühten Geduld, die ich für nichtsnutzige, ewige Bedenkenträger aufbringe.

»Yesus ist Eritreer, Scuzzi. Wenn du dem sagst: Entweder du startest jetzt da drüben den Eurofighter und landest ihn auf dem nächsten Flugzeugträger, oder wir schicken dich nach Hause, dann kann der das, glaub's mir.«

Eusebio öffnete das Tor. Er hielt eine Zeitung in der Hand und schenkte mir einen »Du schon wieder«-Blick über den Rand seiner Lesebrille hinweg.

»Ich hab in der letzten Halle noch ein Auto stehen«, erklärte ich ihm. »Das will ich jetzt abholen.«

Er nickte geduldig und schlurfte zurück in sein Büro.

Aus dem Werkzeugschuppen nahm ich ein Ladegerät und eine Kabeltrommel mit. Vor der alten Halle mit dem halb eingesunkenen Dach zögerte ich und besah mir die frischen, dunklen, halbkreisförmigen Schleifspuren im Staub. Jemand hatte kürzlich erst das Tor aufgezogen. Zwar nur ein Stück, aber doch. Nachdenklich öffnete ich beide Flügel. Der Toyota stand unverändert, bedeckt von mehreren eingestaubten Planen, die wiederum beschwert waren mit einem Dutzend alter Reifen. Weil ich an die Batterie wollte, fing ich vorne an, die Reifen herunterzuheben und in eine Ecke zu stapeln. Erst als ich die Plane faltete, fiel mir der lange Schnitt auf, den jemand auf Höhe der Fahrertür von oben bis unten durch das Material gezogen hatte. Ich schlug die Plane hoch, öffnete die Tür und mein Personalausweis und Führerschein klemmten nicht länger unter der Sonnenblende, sondern lagen auf dem Fahrersitz. Ich hatte recht damit gehabt, mich beim Telefonat mit Chi Li nicht länger als jemand anders auszugeben. Es spielte keine Rolle mehr. Der Vulkan unter meinen Füßen rumpelte, und aus seinem Krater schossen Rauch und glühende Brocken kilometerhoch in den Himmel.

Ich öffnete die Haube und schloss das Ladegerät an. Mit ein bisschen Glück bekam ich Scuzzi, Ela und Yesus aus dem Weg, bevor es den ganzen Berg zerriss.

Mit Hilfe des Datsuns schob ich die Tiefkühltruhe in den Trailer. Ich hatte einen Plan, der zwangsweise etwas dürftig ausfiel, weil seine Durchführung entscheidend davon abhing, wie die Gegenseite zu agieren gedachte. Sie würden erst das Geld wollen und dann meinen Tod, deshalb lag nahe, dass sie mit mir Ähnliches vorhatten wie mit Chris: Entführung und … nennen wir es »Befragung« … zuerst.

Sie hatten mich identifiziert, wussten aber nicht, dass ich darüber informiert war. Das hieß, sie glaubten, sich Zeit lassen zu können. Zeit, bis es dunkel war, Zeit, bis das Partygetümmel losging, um mich dann zu packen und mir alle meine kleinen Geheimnisse abzupressen. Das war die Zeit, die mir bleib, um meine Vorbereitungen zu treffen.

Ich schraubte die Mülheimer Kennzeichen zurück an den Toyota, sah auf und sah Jorge Marquez aus seinem streifigen Vehikel klettern. Er trug heute eine karierte Hose, einen Pullover mit Rautenmuster, eine Mütze mit einem großen, transparenten Schirm, seine übliche Sonnenbrille, fingerlose Handschuhe und in einem davon ein Siebener-Eisen.

Scherz, das mit dem Siebener-Eisen. Es war ein Golfschläger, mehr kann ich dazu nicht sagen.

Ein Golfschläger ist ein hässliches Instrument in den Händen von jemand, der mit ungesunder Röte und dem Ausdruck wütender Entschlossenheit im Gesicht auf dich zustürmt.

»Ich komme mein Enkelkind abholen«, sagte Jorge Marquez in einem Tonfall, der seiner Miene in nichts nachstand.

»Sie kommen umsonst«, ließ ich ihn wissen. Ich war unbewaffnet, in meinen Arbeitsklamotten, von Kopf bis Fuß schwarz vor Staub vom Reifenstapeln und Planenfalten, und die Ruhe selbst.

»Wo ist Elvira?«

»Nicht hier.«

»Wieso das?« Seine Gesichtsfarbe wurde nicht angenehmer, je mehr er sich aufkröpfte. »Es war lange verabredet, dass ich Elvira heute abhole, zum Kindersilvester-Fest im Golfclub.« Wie zur Untermauerung verwies er auf seinen Landrover, dessen hinteres Abteil bis unters Dach voll war mit bunten Luftballons.

»Na, da werden Sie wohl allein hinmüssen«, befand ich mit der milden Heiterkeit eines Mannes, der nun wirklich andere Sorgen hat.

Marquez ließ sich davon nicht anstecken. Ganz im Gegenteil, er vergaß sich. Das hatte ich kommen sehen, weshalb ich nicht lange fackelte. Er hob – nicht weiter überraschend – den Golfschläger, und ich trat ihm vor die linke Kniescheibe, dass man es weithin knacken hören konnte. Stahlkappe, ich sag's doch.

Es nahm ihm komplett den Wind aus den Segeln. Er gab einen gepressten Schrei von sich, stolperte und brauchte den Golfschläger als Stütze. Schwer atmend und plötzlich aschfahl machte er kehrt, humpelte ein paar Schritte und zog sich unter Mühen in seinen Wagen. So halb und halb erwartete ich, dass er jetzt versuchen würde, mich zu überfahren – ich an seiner Stelle hätte das getan. Doch er rollte einfach nur mit Standgas und seltsam unkoordiniert davon, verpasste den Pool um eine Handbreit, traf dafür den Saniblock, und das war's. Ich ging rüber, zog die Fahrertür auf und griff nach dem Zündschlüssel, um das Hupen zu stoppen. Der Aufprall hatte nicht ausgereicht, um den Airbag auszulösen, aber doch, um Jorge Marquez übers Lenkrad zu werfen und ihm die Sonnenbrille von der Nase zu hauen. Seine Augen waren schon blicklos, starr.

Ich hätte eine Herzmassage einleiten können, ja, streng genommen müssen, die nötige Technik hatte man mir bei der Rettungsstaffel beigebracht, aber mir war nicht danach. Stattdessen öffnete ich die hinteren Türen, auch die im Heck, und sah zu, wie die Meeresbrise nach und nach all die bunten Luftballons aus dem Auto blies und davontrug.

Marquez' Augen waren ohne Wahrnehmung, ohne Ausdruck. Doch davor müssen sie einmal schön gewesen sein, in ihrem ganz leicht mit Blau behauchten Grün. Grün wie Smaragde.

Nach einer Weile griff ich zum Handy und rief einen Krankenwagen.

Es dauerte den ganzen Tag und die halbe Nacht, doch irgendwann war Yara zurück aus dem Koma. Matt, erdrückt von Schmerzen, geschockt von der Diagnose, vom Hals abwärts reglos, auf eine grausame Art fast ihrer gesamten Anmut beraubt, ein Anblick zum Rotz-und-Wasser-Heulen. Und sie war sehr tapfer. Nie zuvor in meinem Leben musste ich härter um Fassung ringen.

Nachdem Dr. Aziz und sein Team gegangen waren, hatte Yara eine Weile mit Ela allein gesprochen, dann ein paar Minuten mit Scuzzi. Jetzt umstanden wir ihr Krankenbett zu dritt. Von draußen vor dem Fenster drang Partylärm herein, konnte man einen Ansager einen lautstarken Countdown einleiten hören.

Yaras Augen suchten und fanden Elas.

»Nun geht schon«, flüsterte sie und lächelte. »Geht und seht euch das Feuerwerk an. Und du, mein Kind, pass gut auf Scuzzi auf. Du weißt ja, wie tollpatschig er ist.«

Sie gingen. Ich blieb.

Nach einer Weile räusperte ich mich. »Das hat sich gerade fast nach Abschied angehört«, tastete ich mich vor.

»Ja«, flüsterte sie. Jedes Wort kostete sie enorme Anstrengung. »Ich muss euch Ela anvertrauen, Nepomuk. Es geht nicht anders.«

»Das ist okay.«

»Du musst sie beschützen. Jorge …«

»Jorge ist tot. Herzanfall.«

»Ah. Gut.« Sie seufzte. Schwieg eine Zeit lang. »Ich kann so nicht leben, Nepomuk«, presste sie schließlich hervor.

»Aber …«

»Ich kann so nicht leben.«

»Vielleicht gibt es ja noch …«

»Ich kann so nicht leben. Ich kann nicht für Ela sorgen. Ich hätte nur meine Erinnerungen. Und die sind … nicht schön.«

»Das heißt …«

Sie sah mich an. »Ja.«

Das Feuerwerk begann mit einem enormen Böller. Ich ging auf die Toilette, griff mir eine Rolle Klopapier, suchte und fand das momentan unbesetzte Ärztezimmer, den Giftschrank, hielt die Papierrolle vor die Verglasung und schlug zu.

Mit hundert Millilitern Morphin und einer großen Spritze hastete ich zurück in Yaras Zimmer. Sie lag da mit geschlossenen Augen, während ich einen Infusionsbeutel abklemmte, den Schlauch knapp über der Braunüle in ihrem Handrücken durchtrennte, die Spritze mit dem Morphin aufzog und in den Schlauch schob.

»Ich bin soweit«, log ich.

Ich war alles andere als das. Ich wurde gebeutelt, geschüttelt von Angst, wollte wegrennen, mich irgendwo verkriechen und jaulen wie ein Hund. Ich wollte alles, nur nicht das hier.

»Es ist gut«, sagte sie leise.

Wir blickten uns in die Augen, während ich das Morphin

langsam und gleichmäßig in ihre Blutbahn drückte. Ihre Pupillen verengten sich, als die Wirkung der Droge einsetzte, doch sie löste ihren Blick nicht aus meinem.

»In einem anderen Leben …« flüsterte sie, versuchte zu lächeln, und starb.

Ich brüllte. Wasser umschäumte meine Waden, kam und ging und ich brüllte. Niemand nahm groß Notiz von mir. Freudenfeuer brannten, entlang der Promenade lag sich alles in den Armen, prostete sich zu, starrte verzückt in den Himmel, in dem Rakete auf Rakete explodierte, während ich weit weg an der Wasserlinie entlangwankte und brüllte und brüllte und brüllte.

Irgendwann erkannte ich in der Ferne Scuzzi, Ela und Benno und riss mich zusammen. Wie ein Mann am Ende seiner Kräfte schleppte ich mich über den Sand zu ihnen.

Benno saß zwischen den beiden und ließ die Ohren hängen. Scuzzi und Ela standen dicht beieinander, völlig absorbiert, Augen groß vor Staunen, und deuteten abwechselnd nach oben, zeigten sich gegenseitig das Feuerwerk. Wie man das so macht.

Ich schluckte. Am liebsten hätte ich mich in die Wogen gestürzt, oder in ein Messer, nur um dieser Aufgabe zu entgehen.

»Ela«, sagte ich und kniete mich vor sie hin.

»Ela«, sagte ich und fasste sie sachte an der Schulter.

»Ela«, sagte ich, sie senkte ihren Blick in meinen, und ihre Augen liefen über.

Der TrailerPark lag verwaist da, doch im nahen Dorf und vor allem auf dem angrenzenden Golfplatz wurde das neue Jahr noch mit einiger Ausdauer und maximaler Lautstärke begrüßt. Ich kann mehr, ich kann lauter, ich kann länger.

Benno war froh, sich ins Haus flüchten zu können, Scuzzi

und Ela folgten ihm, gingen packen, genau wie Monteyesus, der der Reise mit freudiger Erwartung entgegenblickte.

Ursprünglich sollten sie den Toyota nehmen, doch Jorges Landrover war bis auf eine zerbeulte Frontstoßstange unbeschädigt und obendrein geräumiger, weshalb der Toyota hierbleiben und Teil meines Plans werden konnte.

Jetzt musste ich nur noch das Geld holen, das sie mit nach Mülheim nehmen sollten.

Aus Jerusalé, aus dem Dorf und vom Golfplatz stiegen Raketen in den Himmel und barsten, Böller knallten, Heuler heulten, und mein Herz schlug hoch bis zum Hals, während ich mich so unbefangen, so normal wie nur eben möglich meiner dunklen Behausung näherte.

Ich war nahe dran, zu nahe schon, bis mir eine Veränderung auffiel, sofort gefolgt von Bewegung. Obwohl ich etwas in der Art erwartet hatte, zuckte ich trotzdem heftig zusammen.

Sie wälzte sich aus der Hängematte, er sprang leichtfüßig aus dem Liegestuhl. Beide waren jung, Anfang zwanzig, beide mager, beide dunkelhaarig und beide aus einem der härteren Viertel von Marseille. Sie mochten mit einer Motoryacht nach Jerusalé gekommen sein, doch war dies keineswegs der Lebensstil, in dem sie groß geworden waren. Manchen Menschen sieht man es einfach an, dass sie aus miesen Verhältnissen kommen, dass ihr Leben bisher scheiße war und sie abgestumpft hat, verroht. Maxine trug ihre langen Haare streng nach hinten gekämmt, die Schläfenbereiche allerdings kurz und blondiert, was ihr eine Art Tataren-Look verlieh. Sie war braungebrannt, während Alain, das Haar äußerst kurz, die graue Haut eines frisch Haftentlassenen zur Schau trug. Sie hätten Geschwister sein können, mit ihrer pockennarbigen Haut und den dunklen, amphetaminangefressenen Zähnen, und waren es vielleicht auch. Beide trugen Sportklamotten und hielten große, schwer aussehende Pistolen auf mich gerichtet. Auf meine Mitte, um genau zu sein. Professionell, wenn auch ein Scheißgefühl. Im Fernsehen zielen sie ja immer auf den Kopf. Nicht angenehmer, streng genommen, doch macht es die Chance, verfehlt zu werden, ungleich größer.

»Uh äh l'arschang?«, kam Maxine augenblicklich zur Sache, in diesem unverwechselbaren, abgehackten Slang.

»Welches Geld?«, fragte ich in meinem verständlichsten Französisch zurück. Dies war, denkt man an Chris, die denkbar schlechteste Gelegenheit, sich doof zu stellen, doch ich kann manchmal nicht aus meiner Haut. Und sollte es sofort bereuen.

»Aläng, va scherscheh le buffong eh l'angfang«, befahl sie, und mein Puls ging durch die Decke.

Alain machte sich sofort auf, um Scuzzi und Ela zu holen, ein Gedanke, der schlicht und einfach nicht zu ertragen war. Ein Gedanke, der mir solchen Widerwillen verursachte, dass jegliche Angst von mir abfiel und einer Attacke schwer kontrollierbarer Rage wich.

»Du, da rein«, kommandierte Maxine und wies auf den Trailer. Ich gehorchte, ging vor ihr her bis zur Treppe, warf mich dann plötzlich zur Seite, auf den Bauch und brauchte mich nur einmal zu wälzen und war schon unter dem Trailer, in vollkommener Dunkelheit. Sofort tastete ich um mich, bekam Toms Revolver zu fassen, den ich hier versteckt hatte, zielte und feuerte augenblicklich auf Alain, auf seinen Rücken. Und verfehlte ihn. Änderung des Plans, entschied ich, warf mich herum, bis ich Maxine – die wesentlich näher war – im Visier hatte. Ich konnte ihr Mündungsfeuer sehen, als sie, aus der Hocke, ein Knie auf der Erde, blindlings ins Dunkle schoss.

Unter Beschuss zu stehen ist ein Zustand reinen, kristallinen Terrors. Es kann dich lähmen oder es kann dich anpeitschen, bis du dich selbst nicht mehr erkennst.

Ich feuerte zurück, sie ächzte und ließ die Waffe sinken, ich drückte noch mal ab und sie stöhnte gurgelnd auf, blutiger Schaum quoll aus ihrem Mund und sie sackte in sich zusammen. Alain hatte sich mittlerweile zu Boden geworfen, duckte sich ins Gras, eine viel zu kleine Silhouette für einen Schützen mit meinen Fähigkeiten. Er hielt seine Pistole beidhändig und wartete darauf, dass ich meine Position verriet, also spreizte ich den Arm ab, feuerte einmal in seine Richtung, und wälzte mich dann rasend schnell seitwärts, bis ich hinter zwei Gasflaschen in Deckung war. Er zog durch und durch und durch, bestrich die ganze Breite des Trailers mit Kugeln. Querschläger schwirrten von den Gasflaschen, ich schrie einmal auf und er feuerte trotzdem weiter, bis das Magazin leer war, griff dann – verdammt – hinter sich und ersetzte das Leere durch ein volles.

Ein rascher Blick zur Seite – Maxine lag unverändert.

Auf dem Golfplatz wetteiferten die Vereinsmitglieder weiter mit ihren Silvesterböllern, sie schienen entschlossen, damit bis zum Morgengrauen fortzufahren. Niemand nahm von unserem Schusswechsel Notiz.

Was folgte, waren Minuten unfassbarer Selbstbeherrschung, nervenzerfetzenden Wartens und fiebriger Kalkulationen. Ich hatte den Vorteil, dass ich Alain sehen konnte, er mich aber nicht. Er hatte den Vorteil eines vollen Magazins gegen meine eine, fünfte und letzte Patrone. Und dann war da noch Maxines Pistole, im Gras vor dem Trailer. Verlockend, doch irgendetwas sagte mir, dass, wer sich zuerst rührte, schon so gut wie verloren hatte.

Schließlich war es Alain, der aufsprang. Er gab sich selbst Feuerschutz, indem er wie wild unter den Trailer schoss, und hastete geduckt in Maxines Richtung. Ich wartete ein paar Sekunden, dann wagte ich mich mit Arm, Waffe und meinem halben Schädel aus der Deckung, zielte mit aller aufzubringenden Sorgfalt und zog den Bügel durch.

Die Kugel traf ihn hoch oben in die Brust, richtete ihn ruckartig auf, die Miene geschockt. Mit wachsender Hilflosigkeit presste er eine Hand auf die Wunde, versuchte zu schreien, bekam keinen Ton raus, versuchte zu atmen, bekam keine Luft, versuchte zu laufen, doch seine Beine gehorchten ihm nicht, und er fiel nach vorn, aufs Gesicht, lag da und krampfte und krampfte zu qualvoll erstickten Geräuschen.

Es war grauenhaft zu beobachten. Einen kurzen, wackligen Moment lang fühlte ich mich wie ein kleiner Junge, dem das alles ganz schrecklich leid tut, der im Begriff ist in Tränen auszubrechen und Schuldzuweisungen zu erteilen. »Ihr habt damit angefangen«, so was in der Art.

Schließlich lag er endlich still, die Notwendigkeit des Handelns kehrte zurück und mit ihr meine Fassung.

Sie waren beide tot, was ich in mehrfacher Hinsicht sehr beruhigend fand. Fühllosigkeit kroch mir ins Gemüt und ließ mich agieren wie eine Maschine. Ich zerrte die Leichen nacheinander an den Beinen zum Trailer, die Treppe hoch, fasste sie unter den Achseln und setzte sie auf die Sitzbank am Kopfende. Sie wogen beide nichts im Vergleich zu Chris, den ich schon vor Stunden aus der Kühltruhe gekippt und aufs Bett gewuchtet hatte. Ich legte Toms Revolver neben ihn, neben seine rechte Hand, dann griff ich mir Maxines Pistole und jagte ihm noch rasch zwei Kugeln in den Wanst. Mit ein bisschen Glück würde man nicht nach der wahren Todesursache forschen, sondern die Situation so deuten, wie ich sie inszenierte und zu präsentieren gedachte.

Das Geld, erinnerte ich mich dann.

Ich schob den Datsun ein Stück zurück, holte den Eisenhaken aus der Werkzeugkiste, zog den Kanaldeckel beiseite und blickte in den knietiefen Schacht.

Noch in der ersten Woche hier hatte ich bei einem Baustoffhändler in Figueras zwei zusammen einen Meter hohe Ringe Kanalschacht gekauft und eines frühen Morgens nach einem besonders ausgiebigen lokalen Feiertag hinter dem Trailer im Erdreich versenkt. Eine Handvoll Grassamen über alles, und keine drei Wochen später sah es aus, als wäre der Deckel schon immer dagewesen. Was wie der Schachtboden wirkte, war in Wahrheit eine runde Sperrholzplatte, bedeckt mit einer kaum daumendicken Betonschicht und gelagert auf einer einzigen Stange. Ich sprang mit beiden Beinen auf eine Seite davon, die Platte gab nach und den Blick frei auf zwei unverändert prall gefüllte Kühlboxen.

So, und wenn Scuzzi und Yesus jetzt mal so ganz allmählich fertig würden mit Sockenfalten, dann könnte ich sie auf den Weg schicken und …

Mit den Kühlboxen in Händen blieb ich stehen, leicht verstört, weil ich, wie mir auffiel, noch überhaupt keine Vorstellung davon hatte, wie es mit mir von hier aus weitergehen sollte.

Goldregen prasselte hoch über mir, Böller krachten, Raketen zischten und detonierten.

Ich habe den Knall nie gehört.

Ein heftiger Schlag traf mich in die rechte Seite, ein wuchtiger Schlag, atemberaubend, im ersten Moment mehr lähmend als schmerzhaft. Die Halteriemen der Kühlboxen glitten mir aus den Händen, und ich taumelte rückwärts. Asche stob, als ich mit dem Arsch voran in der Feuerschale landete, sprachlos, vollkommen baff.

Larry trat aus dem Schatten eines unbewohnten Trailers, bleich wie nur eh und je, kahl wie nur eh und je, die Brille etwas dezenter als zuvor, linker Arm in einer Schlinge und irgendein orthopädisches Gestell ums rechte Knie geschnallt.

Von seiner unverletzten Hand baumelte ein schwarz glänzender Revolver mit langem Lauf, aus dem sich noch Rauch kräuselte.

Eigentlich hätte ich erwartet, dass Larry sich die Kühlboxen griff und verschwand, doch er zeigte nicht das geringste Interesse an ihnen, sondern hielt, Schritt für hinkenden Schritt, auf mich zu.

Ich versuchte, meine Zehen zu bewegen, krümmte meine Finger im Bemühen, die Lähmung aus meiner rechten Körperhälfte zu zwingen. Dabei verfluchte ich mich dafür, Alains und Maxines Pistolen im Trailer gelassen zu haben.

Larry humpelte heran bis zur Feuerschale, kam zwischen meinen Waden zu stehen und blickte auf mich herab.

»Tom ist tot«, sagte er leise, sein Londoner Akzent schwächer als bei unseren letzten Begegnungen. »Innere Blutungen«, fügte er tonlos hinzu.

Ein Kribbeln setzte ein, lief mein Bein, meinen Arm hoch, traf sich dann in einem Epizentrum rasant anschwellenden, dumpf pulsierenden Schmerzes.

»Er hat gelitten, Gott, was hat er gelitten.« Larry legte kurz den Kopf in den Nacken, kämpfte sichtlich mit den Tränen. »Willst du wissen, was sein letzter Wunsch war? Dass du genauso leidest. Und das wirst du«, sagte er und richtete den Revolverlauf auf meinen Bauch. »O ja, du wirst es nachempfinden. Letztes Mal war es nichts Persönliches, zwischen uns. Diesmal schon.« Er konnte es nicht lassen. Zu viel zu reden, meine ich.

Der Schuss fiel, ging aber in den Boden, weil ich es so gerade geschafft hatte, den Lauf mit der Linken zur Seite zu schlagen. Bevor Larry Zeit für einen zweiten Versuch fand, hieb ich ihm den Holzknüppel mit aller Wucht an die Schläfe. Er blickte verwirrt, angezählt, aber noch nicht k. o., also schlug ich noch mal zu. Und noch mal. Und noch mal.

»Ich glaub das nicht«, sagte Scuzzi und ächzte. »Ich glaub das einfach nicht, was ich hier tue.« Er half mir, Larrys Leiche zum Deckel über dem zentralen Entsorgungstank des TrailerParks zu schleifen. Ich zog den Deckel beiseite, und

Scuzzi riskierte einen Blick hinein. »Ich kotz gleich«, keuchte er. »Was ist, wenn er noch lebt?«

»Er ist tot«, versicherte ich.

Wir packten Larrys Beine und schoben ihn mit dem Kopf voran in die Öffnung, bis ihn uns die Schwerkraft aus den Händen nahm. Er versank mit einem unbeschreiblichen Geräusch.

Ich musste mich setzen. Das T-Shirt unter meinem dicken, beigen Wollpullover klebte mir klatschnass am Leib, und mir wurde kalt und kälter.

Scuzzi zog den Deckel zurück an Ort und Stelle, dann luden er und Yesus die Kühltaschen und das übrige Gepäck in den Landrover, holten die in ihrem Kindersitz eingeschlafene Ela und schnallten sie auf der Rückbank fest. Benno krabbelte eilig ins Auto, setzte sich neben Ela und legte sein Kinn auf ihren Schoß.

Dann waren sie fort.

Der Himmel über Jerusalé beruhigte sich, und selbst den Golfern schien allmählich das Feuerwerk auszugehen. Ich verwässerte die Blutspuren im Gras mit dem Gartenschlauch, schleppte mich zum Trailer, stieg rein, kramte mein Teppichmesser aus der Hosentasche, fuhr die Klinge aus und schnitt ein etwa zehn Zentimeter langes Loch in den Versorgungsschlauch des Küchenherdes. Gas trat aus, mit einem furzenden Prusten. Rasch setzte ich zwei Räucherkerzen in Brand, stellte sie auf den Tisch, verließ den Trailer und machte die Tür hinter mir zu.

Den Toyota mit den Mülheimer Kennzeichen ließ ich stehen, hockte mich stattdessen in den Datsun, setzte ihn ein Stück zurück und kämpfte mit schweren Lidern und etwas wie Schüttelfrost, bis sich irgendwann die Wände des Trailers blähten, die Fenster mit einem gewaltigen Knall herausflogen und grellgelbe Flammen aus sämtlichen Öffnungen geschossen kamen. Schwarz waberte der Rauch in unglaublicher Dichte und Menge, Funken tanzten in die Höhe und verglühten.

Ich startete den Motor, und als ich die Hand wegnahm, war der Zündschlüssel klebrig vor Blut.

Noch unterwegs zum Krankenhaus rief ich erst Ruben, den Reporter, an und dann Dr. Aziz.

»Ihnen ist klar, dass ich ungefähr zwei Promille habe?«, fragte der Doktor über den Kneipenlärm hinweg.

»Dafür bin ich nüchtern«, sagte ich. »Dann gleicht sich das wieder aus.«

Ruben wartete schon auf dem Parkplatz des Unfallkrankenhauses. Ich fischte das Foto aus dem Handschuhfach und reichte es ihm raus. Er warf einen Blick drauf, dann noch einen, bekam große Augen und pfiff leise durch die Zähne.

»Ich hab das Foto von Kristof Kryszinski, dem Typen links auf dem Bild. Er hat es mir gegeben für den Fall, dass ihm etwas zustößt. Der Minderjährige rechts im Bild ist David, ich weiß seinen Nachnamen nicht …«

»Omowongo, David Omowongo«, half mir Ruben auf die Sprünge. »Erst kürzlich von der Polizei erschossen worden.«

»Genau. Kryszinski war wohl sein Zuhälter und hat obendrein versucht, einen oder mehrere der Freier mit dieser Aufnahme zu erpressen.«

Kein wirklich schmeichelhafter Nachruf, den ich mir da bastelte, wenn man nur eine Sekunde drüber nachdenkt. Doch was tut man nicht alles, um als verstorben zu gelten. Und um David zu rächen, nicht zu vergessen.

Obwohl der Morgen graute, wurde es dunkler und dunkler um mich. Ich musste mich beeilen.

»Als Reaktion darauf hat wohl einer der Erpressten zwei Killer aus Marseille angeheuert. Die haben, wie es aussieht, diesen Kryszinski in einen Trailer verschleppt, es kam zu einem Schusswechsel und irgendetwas ist explodiert.« Ich wies mit dem Kopf zum TrailerPark, über dem immer noch Flammen in den Himmel stiegen.

»Und im zarten Alter von achtundvierzig Jahren«, murmelte Ruben verträumt, »feiert Ruben Rubirosa seinen nationalen Durchbruch als investigativer Journalist.«

»Ja, wo bleiben Sie denn?«, rief Dr. Aziz und kam, schon in grüner OP-Kluft, in Begleitung zweier Schwestern aus der Tür der Notaufnahme gestürmt. »Wollen Sie warten, bis Sie tot sind?«

*

Wenn man aus einer Narkose erwacht, einer Ohnmacht, einem Koma, ist das erste Bedürfnis, das sich einstellt, ein geistiges, nämlich das nach Orientierung. Wer bin ich, wo bin ich, und warum?

Jemand kniepte an meinem rechten Auge herum und ein Lichtstrahl stach mir hinein.

»He's coming to.« Das war eindeutig Dr. Aziz' weiche levantinische Stimme. Jerusalé, hieß das, Krankenhaus, auch wenn ich momentan noch nicht recht sagen konnte, warum, und wer genau ich heute war.

»Ah, verdammt«, fluchte jemand mit einem deutlich weniger geschmeidigen Organ. »Can you not pull a few Stecker, Doktor, we äscher him ein, and I put his Urne on my desk as a Briefbeschwerer?« Ich kannte diese Stimme, ich kannte sie, selbst wenn sie dem Englischen Gewalt antat, aber ich bekam kein Gesicht dazu, nicht im Zusammenhang mit Dr. Aziz, nicht mit Portugal.

»Er hat eine Menge Blut verloren«, erklärte der Doktor, ohne auf Hufschmidts – *Hufschmidt!* Es traf mich wie ein Stromstoß, und plötzlich hatte ich sie vor Augen, die schlabberbackige Visage des Mülheimer Kommissars – Vorschlag einzugehen, »doch er macht einen zähen Eindruck.«

»Ja, ja, einfach nicht kaputtzukriegen«, knurrte Hufschmidt und klang bis auf die Knochen genervt dabei.

Wenn man aus einer Narkose erwacht, macht man sich keine großen Gedanken darüber, wen man gern als Erstes zu Gesicht bekäme, in wessen Augen man am liebsten blicken würde, sobald man die eigenen aufschlägt. Doch als ich es tat, war mir sofort klar, dass es definitiv nicht dieses Paar eisgrauer Iriden war.

»Sehen Sie zu, dass Sie wieder auf die Beine kommen«, forderte Hauptkommissar Menden. »Ich habe einen Job für Sie. Was sagen Sie dazu?«

»Ja, Scheiße.«

Jörg Juretzka im Unionsverlag

»Deutschlands witzigster, respektlosester und originellster Autor von Kriminalromanen.« *Welt am Sonntag*

»Jörg Juretzka ist der Mann für den Spaß, seine kleinen Helden um den abgehalfterten Privatdetektiv Kryszinski sind die wahren Stehaufmännchen des deutschen Krimis.« *Günther Grosser, Berliner Zeitung*

»Juretzka schreibt, als ob er gemeinsam von Quentin Tarantino und Charles Bukowski in kreativem Schreiben unterrichtet worden wäre.« *Stern*

Kristof Kryszinski ermittelt

Brav ist der Detektiv Kristof Kryszinski sicher nicht: Ermittelt wird ohne Rücksicht auf Gefahr und Gesetzbuch, und mithilfe wunderbar schräger und zwielichtiger Charaktere aus seinem Bekanntenkreis. Frech-witzig und aktionsreich!« *Annette Kiehl, Westfälischer Anzeiger*

Prickel
Sense
Der Willy ist weg
Fallera
Equinox
Bis zum Hals
Alles total groovy hier
Rotzig & Rotzig
Freakshow
TaxiBar
TrailerPark